MELISSA

王太子妃になんてなりたくない!!
王太子妃編

月神サキ

Illustrator
蔦森えん

リディ
リディアナ・ファン・デ・ラ・ヴィルヘルム。
ヴィヴォワール筆頭公爵家の一人娘。
前世の記憶持ちであり、
王族の一夫多妻制を
受け入れられなかったが、
想いを通わせたフリードとついに結婚、
晴れて王太子妃となった。
フリード
フリードリヒ・ファン・デ・ラ・ヴィルヘルム。
優れた剣と魔法の実力に加え、
帝王学を修めた天才。
一目惚れしたリディだけを愛し続け、
正式に妻として迎えた、
ヴィルヘルム王国王太子。
王太子妃になんてなりたくない!!
王太子妃編
CHARACTER

シオン

リディの前世の初恋の相手。
現在はヴィルヘルムの
軍師を務める。

カイン

赤の死神と呼ばれる、
元サハージャの暗殺者。
リディを主と定め、
契約を結んだ。

エリザベート

エリザベート・ファン・デ・
ラ・ヴィルヘルム。
フリードの母である、
現ヴィルヘルム王妃。
リディ同様＜王華＞を持つ。

ヨハネス

ヨハネス・ファン・デ・
ラ・ヴィルヘルム。
フリードの父である、
現ヴィルヘルム国王。
リディの助力でエリザベートと
関係を修復した。

ウィル

ウィリアム・フォン・ベジェグリーニ。
ヴィルヘルム王国魔術師団の団長。
グレンの兄。

アレク

アレクセイ・フォン・ヴィヴォワール。
リディの兄。元々フリードの側近で、
フリード、ウィル、グレンとは幼馴染兼親友。

グレン

グレゴール・フォン・ベジェグリーニ。
ヴィルヘルム王国、近衛騎士団の団長。
フリードとは幼馴染かつ親友。

これまでの物語

一夫多妻の王族のもとになんて嫁ぎたくないと思っていたのに、正妃の証である
魔術刻印＜王華＞を与えられ、王太子フリードと婚約することになってしまったリディ。
巻き起こる様々な出来事を乗り越え、ようやく愛するフリードと結婚、
正式にヴィルヘルム王国の王太子妃として迎えられたのだが——。

この作品はフィクションです。
実際の人物・団体・事件などに一切関係ありません。

王太子妃になんてなりたくない!!　王太子妃編

MELISSA

1・彼女と新たなる日常

——筆頭公爵家令嬢、リディアナ・フォン・ヴィヴォワール。

それが、私がこの世界に生まれてから十八年もの間、呼ばれ続けてきた名前である。

魔法や魔術、秘術というものが身近に息づく世界。国王を頂点とする、貴族社会。

私は、その数多《あまた》いる貴族の中でも、一番の家柄と言われるヴィヴォワール公爵家の一人娘として生まれた——だけならまだ良かったのだが、私には、なかなか他人においそれとは言えない秘密があった。

何の因果か、幼い頃《ころ》に前世の記憶を思い出してしまったのである。

しかもこの魔法世界ではなく、科学が発達した日本という、全くの異世界で過ごした記憶。

こんな記憶を思い出して、しかもそのまま成長してしまった私は、ある意味当然と言おうか、かなり前世の倫理観に縛られていた。

それが、一夫多妻制度は絶対に許せないというもの。

私が前世で暮らしていた国では、一人の夫に一人の妻が当たり前で、複数の妻を持つことは許されなかったのだ。

生まれ変わったこの世界、いや、この国——ヴィルヘルム王国では、基本的には一夫一妻で私の倫理観に合っていたが、頂点である王族にのみ、それは当てはまらなかった。

世継ぎを求められる関係でか、愛妾《あいしょう》を娶《めと》ることを（しかも何人でも！）許されるのだ。

——あり得ない。

私の頭は、当然のようにそれを拒絶した。

王族とだけは結婚したくない。そう、強く願うようになった。

とはいえ、そんなことを考えていようがいまいが、王族となど縁がないまま一生を終えるのが普通だろう。

だが、非常に残念なことに私の家は普通ではないのだ。

筆頭公爵家。貴族の最高位。その娘の嫁ぎ先など想像に難くない。

ある意味当たり前のように、私はこの国にいるたった一人の王太子の最有力婚約者候補となった。

王太子、フリードリヒ・ファン・デ・ラ・ヴィルヘルム。

金髪碧眼《へきがん》の見目麗しい『完全無欠《かんぜんむけつ》』などと呼ばれる、私より三つ年上の王子。

その王子と、というか王族とどうしても結婚したくなかった私は、ありとあらゆる手段を使って、彼との仕組まれた見合いを拒否し続け、何とか無事、成人となる十八の年を迎えた。

私が頑張っている間に、別の誰《だれ》かと婚約してくれないかと期待していたのに、そんなことにはならず、相変わらず私はフリードリヒ王子の婚約者候補のまま。

このままではいよいよまずいと考えていた矢先、父が特大の爆弾を落とした。

——フリードリヒ殿下がお前の婚約者だ。

予想はしていたが、衝撃を受けた。悠長なことはしていられないのだと理解した。

そして何が何でも彼と結婚したくなかった私は、とある手段を思いついた。

それは、王子以外の相手と寝て、処女を捨てるというもの。

――王家には処女でなければ嫁げない。

ヴィルヘルム王家にはそのような決まり事があるのを思い出したのだ。

――そうだ。それなら一発ヤってしまえば、王子の婚約者なんておさらばできる。

一夫一妻ではあるが、性事情にわりと大らかだった前世の記憶を持っていた私が、そう考えたのも、まあ、仕方がないだろう。それに、うちの国も王族以外は処女性をそこまで重視しない。悪い案ではない、いや名案だと言えた。

しかし、問題は相手だった。

知っている相手には、気まずすぎて頼めない。

そしてできれば相手には、私が『ヴィヴォワール公爵家の一人娘』だと知られないまま、処女を奪ってもらいたいのだ。もちろん私も、相手の素性など知りたくない。

必要なのは、処女でなくなることだけなのだから。

そう考えた私は、最近流行だという仮面舞踏会に出席することを決めた。仮面舞踏会ならお互い素性は分からない……というか探らないのがマナーだからだ。

それに友人から聞いたのだが、私にとって都合の良いことに、仮面舞踏会にはここのところ毎回現れる謎《なぞ》の青年がいるらしいのだ。来る者拒まずという話で、しかもエッチも上手《うま》いと聞いた私は、意《い》気揚々《きようよう》と彼に処女を奪ってもらえるよう準備万端整え、仮面舞踏会へ出席したのだが――。

詳細は省くが、そこで出会った例の青年に処女を奪ってもらい、全《すべ》て上手くいったとほくそ笑む私に突きつけられた真実は、その青年こそが私の婚約者であるフリードリヒ王子で、そして、彼との初体験の時に彼の正妃であるという証《あかし》『王華《おうか》』を刻まれていたというもの。

しかもフリードリヒ王子――いや、フリードに妙に執着されてしまっていた。

入れ墨のような、青い薔薇《ばら》の王華。それは私の左胸に刻印のように浮かび上がっていた。

『王華』は消すことができない。これを刻まれた以上、私はフリードに嫁ぐしかないのだ。混乱し、それでも逃げようとする私にフリードは、愛妾は娶らないと宣言した。

私が嫌だったのは、夫を複数の女性とシェアしなければならないこと。

それをしないと言うのであればと、そして逃げられない事実に撃沈した私はあえなく彼と婚約。

フリードの人となりを知り、色々あって……まあ、自分でもチョロいと思うのだが、結局好きだなって気づいてしまった。

だってフリードはすごく格好良いのだ。外見もそうだが内面も素敵で、そんな人に惚《ほ》れられて、大事にされて、好きにならないはずがない。ああ、好きだよ。大好きさ。彼以外なんて絶対に嫌。

そして先日ついに結婚式を挙げ、王太子妃になりたくなかったはずの私は、大喜びでフリードの妃《きさき》となったというわけだ。

様々な人と出会い、そして多くのことを経験して、私は王太子妃となった。

これから頑張っていこう。フリードの妃として、恥ずかしくない誇れる女となるのだ！

そう決意して、二人きりの蜜月《みつげつ》を過ごし、城に帰ってきた私は張り切って王太子妃業を務めるぞと思っていたのだが――。

◇◇◇

「おはようございます。ご正妃様」

女官長の声が聞こえる。私は呻《うめ》きながらもまだまだ重たいまぶたを上げた。

「……おはよう、カーラ。あんまり聞きたくないんだけど……今、何時かしら」

「お昼前、といったところでしょうか」

「……ううう。また、寝坊してしまった」

なんとかベッドから身体《からだ》を起こした私はがっくりと項垂《うなだ》れた。

そんな私を見て、カーラがクスクスと笑いながらカーテンを開ける。眩《まぶ》しい日の光に、私は思わず目を眇《すが》めた。

「なんか……起きる時間がどんどん遅くなっている気がする」

巨大なベッドの上。私の隣を見る。そこには当然誰もいない。

私の夫であるフリードは、数時間前に執務に行ってしまったのだ。

私に「ゆっくり寝ておくといいよ」と言い残して。

結婚してからというもの、喜びのあまり見事に盛りまくったフリードは、私を毎日、朝日が昇るまで抱いていた。いや、結婚前から似たようなものだった気もするが……とにかくそのせいで、私は起きられず、昼まで眠りこける羽目になっているのだ。

私には『王華』という彼の正妃の証、魔術刻印があって、そのおかげで彼との夜の負担はかなり軽減されているのだが、睡眠不足だけはどうにもならない。

「あーあ……。もっとちゃんとしたかったのにな」

私の予定では、朝早くから起きて、格好良く王太子妃としての仕事をこなしているはずだったのだ。

だが、蓋《ふた》を開けてみればこの始末。

「ううううう……」

悔しさに呻いていると、カーラが振り返りながら笑顔で言った。

「お気になさる必要はありません。ご正妃様は毎日しっかりお勤めを果たしていらっしゃるのですから。ご立派です」

「……ありがと」

この勤めとは、やはりフリードに抱かれて子作りに励むということだろうか。

身体中、至るところに付けられた鬱血痕《うっけつあと》が目に入る。

婚約当初、カーラはこれを見る度、恥ずかしそうにしていたのだが、結婚してからは満足そうに頷《うなず》くようになった。多分、私がフリードに抱かれていると確信できて嬉《うれ》しいのだろう。

そういえば、結婚するまで知らなかったのだが、なんとヴィルヘルム王族の伴侶《はんりょ》――妃は、元々午前中の仕事が免除されているらしい。

それを初めて聞かされた時は驚いたし、呆《あき》れもした。そしてその理由を察したくないのに察してしまった。

あれだ。ヴィルヘルム王族の男性があまりにも性豪過ぎて嫁を抱き潰《つぶ》すから、午前中は睡眠時間に充《あ》てるか休ませようという配慮なのだ。

必要なことだと思うし、堂々と休息を取れるのは有り難いが、代々王族と結婚した女性たちの苦労が垣間《かいま》見えた気がして、私としては乾いた笑みを浮かべるしかなかった。

「どうぞ」

カーラが恭しく、私に水の入った杯を渡してくる。それを受け取り、一息に呷《あお》った。

「まずはご入浴をお済ませ下さい。ご正妃様さえよろしければ、お手伝いさせていただきますが」

空になった杯を受け取り、カーラが尋ねてくる。それに私は首を横に振って答えた。

「要《い》らないわ。すぐ出てくるから外で待っていて」

「はい。お召し物の用意を調《ととの》えておきます」

「今日は一日部屋で過ごすつもりだから、派手なものにはしないで。あと、のんびりしたいから、呼ばない限りは部屋に入ってこないでね」

「かしこまりました」

カーラの返事を聞きながら、ベッドから立ち上がる。踝《くるぶし》まである夜着がさらりと揺れた。今日は、フリードが執務に向かったあと、着替える余力があったので、夜着を着てから眠ったのだ。余力がない時は……あまりしたくはないが、裸のまま寝ている。

ベッドから出て、すぐ近くにあった扉に手を掛ける。この奥は浴室になっているのだ。

二人で使っても余裕の広さがある浴室は、私が希望したもの。

部屋を用意するという話になった時に希望を聞かれたので、これ幸いと色々注文してみたのだ。小さいが私専用のキッチンもあり、浴室がある今の部屋は、前まで使っていたフリードの私室よりも広くて使いやすい。元々結婚した王太子と王太子妃用に用意されていた二つの部屋を一つにしたのだから当たり前かもしれないが。

「どうして私とリディが離れて暮らさなければならないんだ？　どうせ同じ場所にしかいないのだから二部屋あることに無駄を感じる」

部屋の話になった時、そうフリードが断言し、私も「そうだよね」と妙に納得してしまい、王太子夫妻用の部屋を作ることで話が決まってしまったのだ。

プライベートな空間が欲しいなと思わなくもないが、今のところ不便は感じていないし、実際、フリードは執務をしていない時は、ほぼ確実に私の側《そば》にいる。

それなら最初から同室にしておいた方が無駄がないし、部屋も広い。良いこと尽くしだ。

「ご正妃様。こちらへ」

浴室で汗を流して出てくると、カーラが心得たように、用意したドレスを着付けていく。

カーラの他《ほか》に五人女官がいて、彼女たちは女官長であるカーラの命令をよく聞いていた。

彼女たちはカーラが推薦してくれた王太子妃付きの女官。とはいっても基本はカーラが私の世話をしてくれて、彼女たちはその補佐という感覚だ。

女官長であるカーラは元は義母やフリードに付いていたのだが、今では殆《ほとん》ど私専属状態だ。義母やフリードがそうして欲しいと彼女に命じたからという理由もあるのだが、カーラと私の母が友人同士で、それもあってか積極的に世話を引き受けてくれているというのもあると思う。カーラは優秀な人物なので、私としてはとても有り難い。

支度を調え、少し、いやかなり遅めの朝食をとる。カーラたちが頭を下げて出ていったところで私はいそいそと寝室に戻り、ベッドの下に隠していた私物の服を取り出した。ドレスとは違う。平民が着るような服だが、動きやすいし可愛《かわい》らしいデザインで私は気に入っていた。何より王華がちゃんと隠せるのが素晴らしい。

さっさと着替え、準備を調える。

全ての用意を終えた私は、よしっとばかりに名前を呼んだ。

「カイン」

「おう、おはよう、姫さん」

「おはよう」

一切音を立てず、天井から一人の男が飛び降りてきた。

黒い巻き毛に赤い瞳《ひとみ》。忍び装束に似た衣装を着込んだ彼は、忍者……ではなく、元暗殺者で、今は私を主《あるじ》と仰ぐ、優秀な護衛だ。

サハージャで『赤の死神』と呼ばれた有名過ぎるほど有名な暗殺者だった彼と私がどうやって出会ったのかはまあ、面倒なので説明するのは省くが、とにかく彼は非常に優秀で、唯一、カインの存在を明かしているフリードも彼のことは信頼していた。

彼が護衛にいるのならと、わりと自由な行動も許してくれる。

王太子妃という身分になったのだ。行動を制限されるのも当たり前だと覚悟していた私には非常に嬉しい話だった。

「出かけるのか？」

「うん。今日はやらないといけないことも特にないし」

カインの言葉に頷く。

王太子妃になったばかりの私を気遣ってくれているのだろう。仕事はあるが、どれも些細《ささい》なものだし、週に二度ほどは休みもくれる。今日はその休みの日なのだ。

夫であるフリードはブラック企業のような働きぶりだというのに、妻の私がこんなに楽をして良いのだろうかとも思うが……それを言うと、私に一番して欲しい仕事は別にあるから体力を温存して欲しいと真顔で返された。

一番して欲しいこと……当然、世継ぎの妊娠である。

ヴィルヘルム王族はなかなか子ができないことで有名だから、早く妊娠しないからといって責められはしない。だけどその分、もっと励んでくれと背中を押されるのが辛《つら》い。

これ以上励めって、一体どうしたら良いのだろう。

真面目《まじめ》に聞いてみたい気もするが、聞けば最後という予感がしたので、黙っておくことにした。

裸でフリードを待っていろ、なんて言われたら、「婚約者時代にやった」と答えるしかないし、その事実を知られるのは恥ずかしすぎて、私が土に埋まりたくなってしまう。

「んんっ……」

その時のことを思い出しそうになるのを堪《こら》え、平静を装いカインに言う。

「えっとね、予定通り、デリスさんのところへ行こうと思って。フリードには言ってあるし」

「ああ、オレも聞いてる」

王都に存在する四つの町。その一つである南の町に隠れ住んでいる魔女、デリスさんは私の友人で、色々とお世話になっている人でもある。今日はのんびり話をする時間もあるし、結婚してから初めて、久々に彼女の家を訪れようと考えていた。

昨夜、その話をフリードにすると、「カインが一緒なんでしょう？　それならいいよ。久しぶりに楽しんでおいで」と笑顔で言ってくれたのだ。

私の旦那様《だんな》、優しい。好き。

カインの秘術を使い、城を抜け出る。

外出許可を得ているのだから堂々と外へ出れば良いのではないかと思うだろうが、カインの存在はフリード以外には秘密にしているので、一人で外に出ようとすれば、心配した兵士たちに止められる。それどころか、親切心で護衛の申し出をされてしまうので、私としては断りにくくて大変なのだ。まさか魔女の住処《すみか》に護衛の兵士を連れていくわけにもいかないし、それにこれは私の我が儘《まま》なのだが、町にくらい気軽に行きたい。

結局、カインの一族が誇る『ヒユマの秘術』とやらに頼るしかなかった。

カインのおかげで上手く外に出た私は、誰も見ていないことを確認してから、何食わぬ顔で人混みに混ざった。そうして、デリスさんの家に通じている路地へ行き、秘密の通路をくぐり抜ける。

不思議な靄《もや》の中をしばらく歩けば、薬瓶が描かれた看板と、古い一軒家が見えてきた。

「こんにちは」

「お入り」

扉の外から声を掛けると、どこからともなくデリスさんの返事が聞こえた。

いつものことなので気にせず、言われるまま扉を開ける。

すっきりとした薬草の匂《にお》いが心地よい。デリスさんは別名『薬の魔女』とも呼ばれているのだが、その名称通り、何百種類もの薬草を自在に扱うことのできるすごい人なのだ。

「デリスさん」

「ああ」

名前を呼ぶと、下から答えが返ってきた。黒いフードを被《かぶ》った小さなおばあさんが私を見上げている。彼女がデリスさん。私の大事な友人の一人だ。

「久しぶりだね、リディ。下に下りておいで」

「はい」

一見すれば単なる二階建ての家なのだが、デリスさんの家は吹き抜けになっていて、地下に下りられるようになっている。入り口のすぐ隣にある階段を伝って下に下りると、デリスさんは私をじっと見つめ、目を細めた。

「元気そうで何よりだよ、リディ。私の祝いは役に立ったかい？」

「っ！」

いきなり言われてしまった。言葉に詰まった私を、デリスさんが不思議そうな顔で見てくる。

「うん？　どうしたんだい？」

その視線に耐えられず、私はそっと目を逸《そ》らした。だけど、これは言わないわけにはいかない。

「……です」

「ん？」

ボソボソと呟《つぶや》いた声はデリスさんには届かなかったようだ。私は顔を真っ赤にして、彼女に言った。

「だから！　せっかくいただいたのにごめんなさい！　薬、持っていくのを忘れたんです！」

「へ？」

目を瞬かせ、デリスさんが私を見つめてくる。その問いかけるような視線に私は口ごもりながらも何とか答えた。

実はデリスさんには、結婚祝いに、体力回復薬をもらっていたのだ。

フリードはおかしいくらいの絶倫で、王華がある私でもついていくのはなかなか辛い。そんな私のために薬の魔女であるデリスさんが特別に用意してくれた、菓子の形の薬だったのだが、それを私は見事に城に置いてきてしまったのだ。

気づいた時にはあとの祭り。結局私は、自分の力だけで二週間もの蜜月を乗り切った。

本当、我ながら頑張ったと思う。

「っ！　あはははははっ!!」

ポカンとしていたデリスさんが、話を聞いて、弾《はじ》けるように笑い出した。

思わず、渋い顔をしてしまう。

大変だったのだから笑わないで欲しいところだが、自業自得《じごうじとく》なのはよく分かっていたので、何も言えない。どちらかと言うと、せっかくのデリスさんの好意を台無しにした気がして、申しわけない気持ちの方が強かった。

「すみません……せっかくいただいたのに……」

頭を下げると、デリスさんはひぃひぃ笑いながら私に言った。

「い、いや……やったもんだから好きにすればいいが……だけど、何のために……やったと……ひぃ……ははは っ！　いくら私でもあんたが薬を忘れるところまでは予測できなかったよ！」

「……そうですよね。私もまさか忘れるとは思いませんでした」

「はは……あはははは っ！」

「デリスさん、笑いすぎです」

「いや、悪いね……でも……ひぃっ……」

お腹《なか》を抱えて笑うデリスさんなど、滅多にお目に掛かれない稀少《きしょう》な姿だ。

だが、全力で笑われている身としては、心の傷にズサズサと追加攻撃を食らっている気分である。

「ううう……」

「なんだ……それなら、オレを呼んでくれれば薬くらい届けてやったのに」

同じようにこっそり笑っていたカインが、目の端に滲《にじ》んだ涙を指で擦《こす》りながら言う。

それはその通りなのかもしれないが、こちらにも都合というものがあるのだ。

「……蜜月中に、呼びたくない。それに……正直に言えば、別邸に入ってからカインを呼ぶ暇なんて全くなかったし」

「姫さん……それって」

「察してくれたのなら、それ以上は言わないで」

「お、おう」

カインの顔が真っ赤だった。

でも、嘘《うそ》は吐《つ》いていない。結婚式後、別邸、そして寝室に入った途端、フリードは全力で盛り、

(私も久々の軍服祭りを堪能《たんのう》した。楽しかった)予定されていた二週間が終わるまで、カインを呼ぶ暇など全くないほど愛されたのだ。

完全に爛《ただ》れていた。そして改めて、フリードを愛していて良かったと心から思った。

だってあんなハードで濃い蜜月、好きでもない人と過ごせる気がしない。ちょっと我慢すれば良いなんてレベルではないのだ。

好きな人が相手だから、最後まで付き合おうと思えるのだし、何をされても許せるのだ。

蜜月中のことを思い出しつつ、遠い目になっていると、笑いを収めたデリスさんが言った。

「まあ、どっちにしてもカインを呼ぶのは難しかったと思うよ。あんたがあの王子と籠《こ》もっている間、ずいぶんとこき使ってやったからねえ」

「え？　そうなんですか？」

それは初耳だ。驚きつつも確認すると、デリスさんは今度はニヤニヤしながら肯定した。

それとは反対に、カインが、酷《ひど》く疲れたような顔をする。

「……そうだった。あまりにも酷い目に遭ったんで、記憶から消去してたんだった。もう二度とごめんだ」

「え？　何かあったの？」

『赤の死神』とまで呼ばれるカインが、記憶から消去するほどのこととは一体何だろう。気になって尋ねると、彼は渋い顔になって言った。

「国内外、色々な秘境に容赦なく飛ばされた。猛獣のいる深い森の奥や、魔物が棲《す》み着いている遺跡。そこに生えている特殊な薬草がいるとかで……。一番酷かったのは、魔物の巣の中に生えている薬草を取ってこいって言われた時かな。その魔物ってやつ、熊《くま》みたいな体格で、しかも集団で行動するんだぜ？　雌が集まって全員で巣穴を守っているんだ。めちゃくちゃ獰猛《どうもう》で、全く隙《すき》がない。いくらオレでもあの時は、本気で死ぬって思ったな……」

「うわあ……それ、採ってこられたの？」

さすがのカインでも無理ではないかと思ったが、彼は「当たり前だろ」とあっさり言った。

「失敗なんてオレのプライドが許さない。でも、あれはやばかった」

「そこまでしなくても……命あっての物種だよ？」

本気で心配だったのだが、カインはからりと笑った。

「大丈夫だって。でもさ、酷い話なんだ。姫さんが別邸に行っている間、ここに泊めてくれるって条件で今の話を呑《の》んだんだけどさ。結局、ずっと外に出ていて、泊まった日なんて一日もなかったんだぜ」

「わぁ……」

それは騙《だま》された気分にもなるだろう。気の毒にと思ったが、デリスさんはいけしゃあしゃあと言ってのけた。

「そりゃあ、あんたがさっさと戻ってこないのが悪いんだろ」

「帰ってきたら、即座に『次へ行け』とこき使うばあさんがいたからだろ！」

「知らないねえ」

「ひでえ!!」

「いやあ、助かったよ。おかげで稀少な薬草がたんまり集まった」

ニマニマと笑うデリスさんを見て、カインはがっくりと肩を落とした。言うだけ無駄だと気づいたらしい。

だけど、本気で嫌そうな顔はしていないから、多分カインなりにデリスさんから頼りにされたのは嬉しかったのだろう。でなければ、デリスさんの言いなりにはなっていないと思うからだ。

「ほら、いつまでもブツブツ言ってるんじゃないよ。お茶を持ってきてやるから、座りな」

立ったまま話していた私たちをデリスさんが促す。私たちは頷き、それぞれいつもの席に着いた。

しばらく待っていると、デリスさんが、コップをテーブルの上に置いてくれる。中身は緑色。

これは、前回出してもらった緑茶と同じものだろうか。

あれは美味《おい》しかったなと思いながら手に取る。チラリと隣を見ると、カインも同じように思ったらしく全く警戒することなくコップを手に取っていた。

「いただきます……っ!?」

久しぶりにガツンと来た。

緑茶だと思い込んでいた私の舌に突き刺さったのは、あまりにも生々しい緑。青汁を煮詰めたら多分こうなるのではないかと思うような凄《すさ》まじい味が口内に広がり、思わず咽《むせ》てしまいそうになった。

「んんんんっ!!」

吐き出しそうになるのを必死で堪え、飲み込む。気を抜いていただけに、衝撃は今までの中でも一、二を争うほどだった。かなりの苦行だったが、何とか気合いで全てを飲み込み、胃に収めることに成功した。

「ごほっ……こほっ……」

咳《せ》き込んでいると、デリスさんが無言で水の入ったコップを渡してくれた。それを有り難く受け取り、飲み干す。

「……ふぁ……生き返った」

まだ口の中は酷い状態だが、先ほどよりはマシだ。

ホッとしながら隣を見る。カインはどうしているのだろうと思ったのだが彼は——あまりのまずさにか、机に突っ伏してヒクヒクと痙攣《けいれん》していた。

「カイーーン!!」

「おやおや、だらしないねえ」

「……くそまずい」

ボソリと呟かれた声から、カインが無事であることを察した。

だが、重症であることは間違いない。慌てて倒れているカインにも水を渡すと、彼は震えながらも身体を起こし、一気に水を呷った。

「……死ぬかと思った」

「……」

そこまでは言わないが、緑茶だと思って飲んだだけに、酷かった。まずいのを覚悟して飲むのとは全然ダメージが違うのだ。

肯定も否定もできず、引き攣《つ》った笑いを浮かべていると、デリスさんがカインの手からコップを取り上げながら言った。

「大袈裟《おおげさ》だねえ。これは、すっごく貴重な薬草茶なんだよ？　魔物の巣の中に生える特殊な薬草を使わないとできないお茶でね、驚くほどの滋養効果があるんだ。カイン、あんたが採ってきてくれた薬草だよ。頑張ってきた褒美に、一番の功労者であるあんたにも飲ませてやろうと思ってね」

「い、要らねえ……」

「リディ、あんたにもお裾《すそ》分けだよ」

「あ、ありがとうございます……」

デリスさんが厚意で言ってくれているのは分かっているが、こんなお裾分けはできれば遠慮したかった。久しぶりの激しすぎるお茶に涙が零《こぼ》れそうである。

まだ口の中にあの衝撃的な味が残っているような気がして、思わず口を押さえてしまった。

カインがしみじみと言う。

「……あの薬草、こんなにくそまずいのか……オレ、こんなまずいものを命がけで採ってきたのか？やってられねえ」

「価値を知る者なら、誰でも喉から手が出るほど欲しがるほどの薬草だって言うのに……」

「茶なんて味が全てだろ。あーあ……うっ……まず……」

文句を言いつつも、カインは残った薬草茶をきっちり飲み干した。そうして二人揃《そろ》って言う。

「ごちそうさまでした」

味は確かに酷いけれど、デリスさんのお茶の効能は確かなものだと知っているし、私たちのために貴重な薬草を使ってお茶を作ってくれたのだと思えば、残すなどあり得ない。

有り難くいただくのが礼儀だ。

とはいえ、まずいものはまずいので、そこははっきり言わせてもらうが。

でも、今の私なら、青汁ですら本気で「美味しい」と言えるような気がする。

「まだ舌が痺《しび》れているような気がする」

新たに水をもらったカインが、顔を顰《しか》めながら舌を出す。それに心底同意しつつも私は言った。

「緑茶だと勘違いして飲んだ私たちが悪いよ」

「そりゃ、分かってるけどさあ。一度美味《うま》い茶を飲んだら、どうしても期待すると思うんだ。姫さんは違うのか？」

「思いっきり期待した結果、咽せかけたけど？」

「だよなあ」

真顔で答えると、これまた真顔で同意が返ってきた。

そんな私たちを見て、デリスさんがクツクツと笑う。いつもの優しくも楽しい時間。

それに割り入ったのはどこかで聞いたことのある声だった。

「あらあら。デリスのお茶を全部飲んじゃうなんて。目の前で見てもまだ信じられないわ」

「え？」

鈴を転がしたような可愛らしい声に慌てて振り返る。そこには一人の美女が立っていた。

踊り子の衣装のような薄い生地でできた裾の長い服を着ている。それはサラサラと彼女の足下に纏《まと》わり付き、非常に艶《なま》めかしく見えた。彼女はその上から黒いローブを羽織り、微笑《ほほえ》んでいる。

真っ赤な口紅。そして美しい黄金色の瞳に目が行った。

ヒールを履いているからか、とても背が高い。同性でも思わず見とれてしまうような彫りの深い強烈な美人だ。

私たち以外誰もいなかった場所へいきなり現れた謎の美女。

あまりの出来事に驚いていると、デリスさんが面倒そうに言った。

「突然来るんじゃないよ。来るなら来るって念話の一つくらいよこしな」

「あら？　そろそろ私が来るって、デリスなら気づいていたでしょう？　それに私たちが今まで一度だって念話なんかで連絡を取ったことがあったかしら？」

「ないね」

「でしょう？」

「ええと、デリスさん。この方は……？」

なんとなく予測はついたが、尋ねてみる。デリスさんは憮然《ぶぜん》とした顔をしつつも、強烈な美人を紹介してくれた。

「あんたも聞いたことくらいはあるだろう？　こいつは、結びの魔女、メイサさ。高い山の山頂に自分の工房を構えていてね。なかなかの偏屈者で有名なんだ」

「偏屈者ですって!?　あなたにだけは言われたくないわね、デリス！」

柳眉《りゅうび》を逆立て、メイサと呼ばれた美女がデリスさんに文句を言う。その声にやっぱり聞き覚えのあった私は、眉《まゆ》を寄せた。一生懸命、記憶を洗う。

「……ええと……あっ！　町で会った占い師！」

彼女が、フリードとデートしていた時に、相性占いをしてくれると呼び止めてきた占い師であることに気づき、私は思わず声を上げた。

そうだ。間違いない。

私とフリードが結婚するのは揺るがないけれど、そこへ至る道はいくつもあるとか言って、そして風のように消えてしまった人。

確かフリードが、彼女は本物の魔女だと言っていた。

結びの魔女、メイサ。

まさか本当に、あの占い師がデリスさんと同じ魔女だったなんて。

驚愕《きょうがく》していると、メイサさんは全てを魅了するような笑顔を私に向けてきた。

「正解。あの時は、二人のデートを邪魔して悪かったわね」

「なんだ、姫さん、知り合いか？」

カインが胡散《うさん》臭そうな顔を隠さずに聞いてくる。それに苦笑しつつも頷いた。

「知り合いって言うか……フリードと町でデートした時に、占いをしてもらったの。その……相性占い的なものをね」

「相性占い？　姫さんと王太子が？　ああ、そういや、あの時、占い師みたいなのに捕まってたな。なあ、結婚することが決まってたのに、わざわざ占うことに何の意味があるんだ？」

「い、意味はなくても、そういう行為自体が楽しいってあるの！」

そういえば、カインは私の護衛をしてくれていたのだった。ばっちりデート現場を目撃されていたことを思い出し、恥ずかしくなった私は何とか誤魔化そうとしたが、別の方向から茶々が入った。

「恋人たちの戯れってやつよね。もう、目の前に私がいても関係なくイチャイチャしてくれるものだからすごく大変だったの。目のやり場に困るっていうか……ガン見しちゃったわ」

「それ、全然困ってねえじゃねえか」

カインが尤《もっと》もすぎるツッコミを入れる。

私は……何と言えばいいのだろう。

メイサさんと会った時、まだ私はフリードのことを好きだと認めていなかった。好きかな？　とは思っていたが、自分的には曖昧《あいまい》だったのだ。にもかかわらず、イチャイチャしていたと言われるのはなかなかに複雑だ。

今？　今なら何とも思わない。だって、新婚だもん。

ちょっとくらい大好きな旦那様とイチャイチャしてもいいじゃないか。

そんなことを思っていると、メイサさんが言った。

「ふふ、良かったわ。結局、一番良い道を選ぶことができたのね。占い、してあげたでしょう？　その彼、彼が死ぬルートもあったのよ？　あと、ヴィルヘルムが戦渦《せんか》に巻き込まれるルートもね。だけどあなたは、それらを全部回避して、誰も死なないルートを選んだ。なかなかできることじゃないわ」

「えっ!?　カインが？」

彼、と言いながらメイサさんがカインを指さす。当人であるカインも吃驚《びっくり》したように目を見開いた。

「ええ、でも、あなたはそのルートを選ばなかったのだから何も問題はないでしょう？　……へえ、あなたが例の死神さんね。はじめまして。私は、メイサよ」

「……オレが死ぬって……やっぱり、あの選択の話か……？」

「選択？」

「……何でもない」

気になったが、カインは答えなかった。メイサさんが軽い口調で言う。

「残念だけど、軽く占うだけじゃそこまで見えないのよ。私が見たのはいくつもの道。その中に、あなたが血の海に沈む絵があった。それだけのことよ」

「血の海……」

「でもね、それ、かなりの高確率だったの。だから、こうして生きているあなたと会えて嬉しいわ」

ふふふと笑うメイサさんだったが、聞かされた方は堪《たま》ったものではない。

——カインが死んでしまっていたかもしれないなんて。

私はぶるぶると身体を震わせた。

悪い冗談だと笑い飛ばすことはできなかった。だって、メイサさんは魔女なのだ。

魔女という存在が如何《いか》にすごいのか、私はデリスさんを通じて知っている。冗談なんかではない。

きっと彼女が言ったことは本当で、カインはその細い生還の道を掴《つか》み取ったに違いないのだ。

「良かった……」

カインが無事で、本当に。

心からそう思っていると、メイサさんがウィンクをしながら言った。

「まあ、心配なんてしていなかったけどね。あなたにはデリスが付いているもの。みすみすそんな事態を引き起こさせはしないだろうって。実際、そうだったでしょう？」

「私は何もしていないよ。この結果を引き出したのは、この子たち自身さ」

ふん、とそっぽを向くデリスさんだったが、メイサさんは、それで話を終わりにはしなかった。

「本当に？　あなたのことだもの。結局、見ていられなくて、ヒントか何か出したんじゃないの？」

「ヒント……あ」

カインが何かに思い当たったような顔をする。それについて聞こうと思ったが、デリスさんが話を遮るようにぴしゃりと言った。

「ああもう、うるさい！　終わった話なんてどうでもいいよ。メイサ、あんたも用事があって来たんなら、こっちに座りな。ここは私の家だよ。あんたの勝手にされると困るんだ」

「図星ってところかしら。へえ？　あなたがねえ。ずいぶんと優しくなったものねえ。他の魔女たちに言えば、皆なんて言うかしら」

「さっさと座りなと言ったよ！」

「やだ、怖い」

デリスさんのキツい視線を受け、メイサさんが笑いながら椅子《いす》に座る。

魔女同士ということもあり、仲が良いのだろう。遠慮のない会話が聞いていて新鮮で楽しかった。

椅子に座ったメイサさんがウキウキとしながら言う。

「こんなに楽しい話、私だけで抱えているのはもったいないわ。……って、デリス。私、あなたのお茶は要らないわよ？　毒よりまずいお茶なんて、飲みたくないの」

「勝手に来ておいて、出されたものにケチをつけるのかい？」

デリスさんが、メイサさんの前に置いたのは、真っ赤なお茶……というのも憚《はばか》られる極悪非道《ごくあくひどう》なものだった。赤いだけではなくぐつぐつと煮えたぎっているように見えるのは、果たして私の気のせいだろうか。

メイサさんがヒクヒクと口元を引き攣らせる。

「や、やだわぁ。ちょっとした冗談じゃない。デリス、私が悪かったわ。これ以上あなたをからかったりしないし、この子たちのことは、他の魔女に言わない。だから、ね？　勘弁してよ」

「……ちっ」

「今、舌打ちしたわよね！」

「……とっておきのお茶だったんだけどねえ」

「あなたの『とっておき』ほど怖いものはないわ！　胃が煮えくりかえったらどうしてくれるのよ！」

「やだねえ。私がそんな真似《まね》するはずがないじゃないか」

「信用できないのよ！」

カッと目を見開き、メイサさんがデリスさんに食ってかかる。それをさらりと躱《かわ》し、デリスさんは冷ややかな目でメイサさんを見た。

「で？　あんたは何をしに、ここまで来たんだい？　それもわざわざこの子たちのいる時を狙《ねら》って」

「ん？　ああ、そのこと？」

一瞬にして態度を元のものに戻したメイサさんは、お茶をデリスさんに突き返しながら、私に視線を向けてきた。

「狙ってというか、私の用は元々この子たちにあるの。特にこの子」

「へ？」

「ああ、やっぱりそうかい」

デリスさんは納得したようだったが、私に心当たりなどあるわけがない。首を傾《かし》げ、自らを指さした。

「えと、私、ですか？」

「ええ。言ったでしょう？　結婚式が終わったあとにでも、会えると良いわねって」

「は、はい」

確かに、彼女はそんなことも言っていた。

フリードとのデートで会った彼女は、占いが終わったあと、そう言って姿を消したのだ。

頷いた私に、メイサさんがからかうような口調で言ってくる。

「ねえ、あなたの旦那様も一緒だと思ったのに、連れてこなかったの？　あの、あなたにぞっこんでイケメンの旦那様」

「えと……フリードは仕事があって」

「王太子だものね。暇なんてないか。残念」

当たり前のようにフリードのことを王太子と言うメイサさんの言葉に曖昧に頷く。

でもそうか。やっぱりあの時彼女は、私たちの素性を知った上で声を掛けてきたのか。

だけど、前回会った時とはずいぶんと印象が違う。

あの時彼女はベールをつけていたから顔は分からなかったけれど、もっと掴みどころのない感じだったように思うのだ。

そんな風に考えていると、メイサさんがまるで私の思考を読んだように言った。

「そりゃあ、初対面の占い師として会ったのだもの。少しくらい『らしく』しないと」

「らしく、ですか」

「ええ、占い師らしく、ね?」

そう言った瞬間、メイサさんの手の上には、水晶玉が出現していた。

「再会祝いに、占いをしてあげるわ。……あなたの幸運は南方にあり。これから出会う人たちとは仲良くしておくと良いわよ。後々それが生きてくるから。あとは――」

「メイサ！　余計なことを言うんじゃないよ。魔女は俗世に必要以上に関わらない。それを忘れたのかい」

デリスさんから厳しい叱責《しっせき》が飛んだ。普段とは全く違う強い声音に、思わず私は目を瞬かせたが、メイサさんは唇を尖《とが》らせただけだった。

「デリスのケチ。そんなこと分かっているわよ。でも良いじゃない、これくらい。あなただって十分過ぎるほど、この子に関わっていると思うわ。私だって仲良くしたいのよ」

「仲良く、だって?」

「ええ、そのために、今日、わざわざ出てきたのだもの」

ツンと澄まし、メイサさんがデリスさんに訴える。

「この子にはいずれ大きなお願い事をしなければならないの。その時、快く頷いてもらうためにも、仲良くしておいて、少しくらいヒントだって出して、めいっぱい恩を売っておかなくちゃならないのよ。だからあなたは黙っていて」

「えっ？」

恩を売っておくという言葉が怖すぎる。そして私は何をさせられるのだろうと不安に思っていると
デリスさんが低い声で、まるで牽制《けんせい》するように言った。

「メイサ、あんた、この子に何をさせるつもりなんだい。事と次第によっちゃ、許さないよ」

「秘密。でも、お願いするかどうかは、あの子次第だから……やっぱり頼まないかもしれないわね。

ただ、私はあの子に償わなければならないから、できるだけのことはしてあげたいのよ」

「償う？　もしかして、あんた……また何かやらかしたのかい？」

デリスさんの質問に、メイサさんは気まずげに視線を逸らした。

「またとか言わないでよ。ここ数年で大きなミスは一つしかしていないわ！　こほん。……まあ、
色々と。そう、私にも色々とあるのよ。とにかくそういうことだから。あなたの大事な子だってのは
分かっているから、命に関わるような真似はさせないわよ。それであなた、名前は？」

「え……リディアナです、けど」

知らないはずはないが、確かに私自身が彼女に名乗った覚えはない。そう思い、名前を告げると、
メイサさんは満足そうに笑った。

「ありがとう。確か、あなたの夫はリディと呼んでいたわね。私も、そう呼んでいいかしら？」

「はい」

返事をする。メイサさんは、今度はカインに視線を移した。

「赤の死神さん。あなたは？　私は名乗ったわよね？」

「……カイン」

「ありがとう、カイン。あなたも占ってあげるわ。――意外な再会がすぐ近くまで来ている。あら、生死に関わるような話でなくて良かったわね」

「……意外な再会？　……シェアトか？」

シェアト――黒の背教者の名前を出したカインは、眉を顰《ひそ》めた。メイサさんがすっと目を細める。

「さあ？　誰かまでは教えてあげない。だってこれは単なるサービスだもの。デリスにもできる程度の些細な、ね」

メイサさんがデリスさんに目を向けると、彼女は大きな溜息《ためいき》を吐いた。

「まあ……それくらいなら構わないが。気をつけておくれよ」

「分かってるわよ。私だって魔女なんだもの。定められた運命を曲げるような真似はしないわ」

「……本当かねえ」

疑わしげなデリスさんに、微笑むだけで応《こた》え、メイサさんは立ち上がった。そんな些細な仕草ですら、彼女がすると美しい。

「とりあえず顔合わせができたから帰るわ。リディ、今度機会があったら、あなたの旦那様を紹介してね。あなたにもだけど、彼にも頼みがあるのよ。とっても大切な、お願いがね」

「え、フリードにもですか？」

「ええ、あなたへのお願いと同じものだけど。大丈夫よ、ちゃんと選択権はあげるから」

「……分かりました。フリードに伝えておきます」

どうしてフリードまでと思ったが、とりあえず頷いておく。帰ったら、彼に話そう。そう考えていると、メイサさんは今度はカインに笑みを向けた。

「お願いね。――カイン、あなたは……そうね。せっかく生き延びたんだから、生き急がないようにね。もっと人生を楽しみなさい。達観するにはあなたはまだ若すぎる。最低でもあと百年は生きてからの方がいいわ」

「百年って……普通に死んでねえか？」

思わず頷きたくなるようなカインの指摘を、メイサさんは綺麗《きれい》に笑って躱した。

「あら、魔女には短いくらいよ。それじゃあ、またね。リディ、時が来れば会いましょう。でも、その前に一度、あなたのお菓子を食べさせてくれると嬉しいわ」

「あ……」

衝撃的なことがありすぎて、カインに預けていた和菓子を出すのをすっかり忘れていた。

今日は久しぶりに、イチゴ大福を持ってきたのだ。デリスさんの好物。

あまりにも衝撃的なお茶を飲んだのと、立て続けにメイサさんが来たことで、完全に存在を忘れていた。

「ご、ごめんなさい。良かったら是非、食べていって下さい。たくさん作りましたから」

「今日は良いわ。また機会を狙って食べに行くから、その時にはめいっぱいサービスしてね」

「サービス？」

「ええ。じゃ、今度こそさようなら」

コロコロと笑いながら、メイサさんはその場から姿を消した。

「……すげえ女」

カインが呟く。私はそれに思いきり同意した。

「うん。嵐《あらし》のような女性だったね」

同じ魔女のはずなのに、デリスさんとは全く違う。だけど話す言葉の端々に魔女らしさが滲んでいて、ああ、彼女も紛れもなく魔女なのだと分かってしまう。

彼女はそんな女性だった。

彼女という存在に驚いていると、デリスさんが苦々しげに口を開いた。

「メイサはいつだってあんな感じさ。あんたも嫌だったら嫌だとはっきり言いなよ。でないと上手く丸め込まれて、気づいた時には全部搾取されてる、なんてことになるからね」

「えぇーと、はい、気をつけます」

真顔で忠告され、私は首を縦に振りつつも彼女に聞いた。

「デリスさんは、メイサさんの頼みが何か知らないんですか？」

「知らないというか、興味自体ないね。魔女の中には面白がって他の魔女の行動を観察しているような奴《やつ》もいるが、あいにくと私はその行動に何の意味も見いだせない」

フリードも関わることらしいから、是非詳細が知りたかったのだが、残念ながらデリスさんにも分からないようだ。

「そうですか……」

「でも、本当にメイサが何か言ってきたら、まずは私に相談しな。その頼み事とやらが危険なものかどうかくらいは判断してやるから」

「ありがとうございます」

私では判断できないだろうと思っていたから、それはすごく助かる。ホッとしつつも頷くと、デリスさんは言った。

「イチゴ大福を持ってきてくれたんだろう？　お茶を淹《い》れ直してやるから気分を変えようじゃないか。本当に、せっかくあんたが訪ねてきてくれたっていうのにメイサの奴が乱入してくるから……」

「そうですね」

「なあ、そのお茶ってまともなものなんだよな？」

デリスさんのお茶という言葉に反応したカインが目聡《めざと》く指摘する。それにデリスさんは呆れたように答えた。

「まるで私がいつもまともでないお茶を出しているみたいな言い方じゃないか。そういう言い方は傷つくからやめて欲しいものだね」

「まともな茶が出てきたのなんて、一回だけじゃねえか！　変な茶を出すなら、オレは水でいいからな！　いや、水が良い！　頼むから水を出してくれ！」

ついには懇願し始めたカインを見下ろしデリスさんは言った。

「ふむ。そこまで言われると、逆に期待に応えたくなるというか……」

「やめてくれ!!」

カインが泣きそうな声を上げたが、それについては私も全面的に同意する。

デリスさんに翻弄《ほんろう》されるカインを見ながら、私は心の中だけで彼を応援しておいた。

◇◇◇

デリスさんが出してくれたのは、前回私たちに振る舞ってくれた緑茶だった。

緑茶とイチゴ大福を食べながら、ぼんやりと思う。

両方ともとても美味しい。緑茶なんて、飲むと気持ちがほっこりするし、和菓子を食べた時のまったり感は何とも言えない癒《い》やしのひとときだ。

そしてできれば、この癒やしの時間を私たちだけではなく、他の人たちにも感じて欲しいと思ってしまう。このヴィルヘルムに住む人たちに、皆にこの喜びを知って欲しい。そう思った私は、おずおずとデリスさんに尋ねた。

「……デリスさん。この緑茶……いえ、ハーブティー。外で振る舞っては駄目ですか？」

「ん？」

イチゴ大福を食べていたデリスさんが顔を上げる。私は彼女の顔色を窺《うかが》うように聞いた。

「すごく美味しいから、私の作るお菓子と合わせて販売してみたいなあって考えたんですけど……

うーん、やっぱり駄目ですよね。すみません」

「いいよ」

「分かってます……って、え？」

「だから構わないと言ったんだよ。なんだい。そんな鳩《はと》が豆鉄砲を食ったような顔をして」

「えっと、だって……」

デリスさんが許可してくれるとは思わなかったのだ。

デリスさんはあまり人間を好きではない。だから、不特定多数に振る舞いたいと言ってもきっと良い顔をしないだろうなと思ったのだが、予想外の答えが返ってきて驚いた。

だが、デリスさんは何でもないように言う。

「別に、私が直接売るわけじゃないし、これは薬草茶とは違うからね。ただのお茶だしあんたの勝手にすればいいよ」

「ほ、本当ですか」

それなら色々と夢が広がる。ちょっと、本気で考えてみよう。そんな風に思っていると、デリスさんが思い出したように小さな瓶を三本ほどテーブルの上に置いた。

「忘れてた。ほら、持っていきな。これをやるよ」

「ん？」

何だろう。何かの薬だろうかと思い、瓶を観察する。中には緑色の液体が入っており、まるで栄養剤か何かのようだ。

「えと、これは何ですか？」

「目の色を変える薬さ。具体的には赤目を黒に変える。カインには一度使わせたことがあるから知っているだろう？」

「そうなの？」

そんなものがあるとは知らなかった。確認するようにカインに聞くと、彼は「ああー」と思い当たったような顔をする。

「あのくそまずい薬な。確かに一回もらって使ったことはあるけど……」

「へえ？　いつ？」

単純に興味があっただけなのだが、返ってきた答えには咽そうになってしまった。

「……結婚前だけど、確か姫さんが王太子といちゃついている時だったかな。暇だから、ばあさんちに行ったんだ。そうしたら、効能を言わず無理やり飲まされた」

「……そう」

何が一番問題と言えば、『いちゃついている時』と言われて、特定できないことである。

フリードと両想いになってからは、大体いちゃついていた自覚があった私は、仕方なく分かった風に頷いてみせた。

……デリスさんが笑っている。きっと私の考えていることなどバレバレなのだろう。

「えと……それで、どうだった？」

「どうって……ばあさんに町に行けって放《ほう》り出されたから行ってみたけど……まあ、色々あった」

「色々？」

「……カレーを食べに行ったのと、あとちょっとした知り合いができて、そいつの用事に付き合わされた。最後は、飲んで終わったけど……いや、オレは嫌だって言ったんだぜ？　でも、あいつ、強引でさ……」

「え？　カレーを食べてくれたの？　どうだった？」

それは是非、味の感想を聞かせて欲しい。身を乗り出すと、カインは「美味かったよ」と言ってくれた。素直な言葉に笑顔になる。

「そっか。嬉しいな。でも、カインが一般人と一緒に行動って珍しいね」

ちょっとした知り合いというくらいだ。きっと暗殺者とかではなく、一般人なのだろう。そう思って聞いてみたのだが、案の定カインは否定しなかった。

「一般人……まあ、そうかな」

「楽しそう。教えてくれたら良かったのに」

是非詳細を知りたい。そんな気持ちで見つめると、カインは苦笑した。

「別に、大したことじゃないだろ。それに、その場限りの話だし」

「えー。でも、飲みに行ったんでしょう？　どんな話をしたの？」

「……主に、相手の愚痴を聞いてただけ」

「ふうん？　退屈じゃなかった？」

知らない相手の愚痴を聞くなど苦痛ではないかと思ったのだが、予想外に否定が返ってきた。

「いや。まあ……同意することも多かったし。……つーか、オレの話は別にいいだろ」

カインが強引に話を終わらせる。

できればもう少し詳しい話を聞きたかったが、本人が終わりだと言うのなら、これ以上はやめておこう。大人《おとな》しく退《ひ》くと、カインはデリスさんに向かって言った。

「で？　なんでこの薬なんだ？　どう考えてもオレにだろう？　オレには必要ないぜ？　赤い目はヒユマ一族の誇りだ。他人になんと言われようと、誇りを隠すような真似はしないからな」

きっぱりと告げるカインは格好良かった。

思わずおおおーと拍手をしてしまったが、デリスさんは退かなかった。

「あんたの誇りの話をしているんじゃないよ。これはもっと単純な話さ。この子が町を歩いている時、あんたの他に護衛はいないんだろう？　一人でフラフラ歩いているように見えるよりも、誰か側にいる方が手を出そうって輩《やから》は減るんじゃないか？　黒目なら、リディと一緒に歩いていても、誰も何も言わないだろう？　王太子妃になったことで、この子を狙う奴も増えるんだ。あんたが強いのは分かっているけどね、事件を起こさせないことも大切なんだよ」

「それは……」

「主人を守るのがヒユマなんだろう？　その主人を守るために赤い目を隠した方が良いってなった時、あんたは嫌だと言うのかい？」

「……」

薬を返そうとしたカインの動きが止まる。デリスさんは私にも言った。

「結婚式のパレードで、あんたが王太子妃だということはすでに多くの人間に割れているんだ。目に見える形で護衛を付けておくのも必要なこと。分かるね？」

「……はい」

カインがいるから大丈夫という気持ちは今も変わらないが、確かに、王太子妃が一人でウロウロしているように見えるのは問題だ。

カインの赤目はとても綺麗だが、赤目というのは『呪《のろ》われた一族』として民の間ではあまりにも有名なのだ。もちろん本当のわけがない。だが、皆が怖がっているのも事実。ばれたら大騒ぎになってしまう。だから普段は、隠れて護衛してもらっているのだが――デリスさんの指摘には納得するしかなかった。

カインが悔しそうにガリガリと己の頭を掻《か》いた。

「……オレの負けだ。そうだな。迷うまでもない。ヒユマにとって何よりも優先されるのが己の主だ。それを守るためなら、薬の一本や二本、飲んでみせる。目の色なんてどうでもいい」

「おお、それでこそヒユマ一族だねえ」

「ばあさん、からかうなよ。オレは真剣なんだからな」

憮然としつつも、カインが早速とばかりに一本、瓶を取り上げる。そうしてまじまじと瓶を凝視した。

「……理解はしたし、必要なことも分かったけど……これ、本当にまずいんだよなあ」

「効能にはこだわっちゃいるが、味まで気にしていないからね。ほれ、あんたの主人のためだ。潔く飲みな」

「分かってるって……うえっ……まずっ……」

薬を飲んだカインが、舌を出す。その舌は緑色に染まっていた。

「ちなみに、この薬もあんたに採ってきてもらった薬草で作ったんだよ。自分で材料を調達したってことで、代金は取らないから感謝しな。まだ薬草は残っているから、言えば新しいのは作ってやるよ」

「それは有り難いけど……そっか、オレ、自分で自分の薬の材料を採りに行ってたのかぁ……」

遠い目をするカインに、デリスさんは意地悪く言った。

「どうせ必要になると思ったからね。時間のあるうちに行かせようって思ったわけさ。まあ、他の薬草も採取してもらったし、別にあんたのためだけに頼んだってわけじゃないから安心しな」

二人のやりとりを聞きながらカインを見る。彼の綺麗な赤目が瞬きをする間に黒く変わった。

すごい。さすがデリスさんの薬だ。

確かにこれなら一緒に歩いていても、誰にも何も言われない。

関係を聞かれたら、素直に護衛だと言えば分かってもらえるだろうし、他人の目を気にせずカインと話すことができるのは私も嬉しかった。

「ありがとうございます、デリスさん」

「……また、あんたの菓子を楽しみに待っているよ」

「はい、持ってきますね！」

デリスさんの言葉に大きく頷く。

次も和菓子を作ろうと思っているので、彼女には是非食べてもらいたい。

あとはいつもの雑談をし、私はカインと一緒にデリスさんの店を出た。

◇◇◇

「前も思ったけど、なんか変な感じだな」

「そう？」

カインと並んで町を歩く。まだ日も高いし、急いで帰る必要もないと思った私は、自分が経営するカレー店に寄っていくことに決めた。

目が黒くなっているのでカインは私の隣を歩いている。彼はどうにも落ち着かないようだった。デリスさんの家を出てからずっとソワソワとしている。

「オレのことを妙な目で見てくる奴ばっかだったから……気にされないのが逆に気になる」

「結局どっちも気になるって、難儀な話だね」

「本当だよな。それに前回町を歩いた時は、一度きりだと割り切っていたからなあ。また何か感覚が違うというか」

困ったように笑い、カインはキョロキョロと辺りを見回した。周囲の人々の態度は普通で、何もおかしなところはない。行き交う人々の中には私の顔を覚えている人もいるらしく、「ご正妃様？

……いいや、まさか。ご正妃様がこんな町にいらっしゃるはずない……うん、他人のそら似だ」と自らを納得させていた。

「ごめん、本人です」とも言えず、その人の側を通りすぎていくしかないのだが、やはり結婚式効果は絶大らしい。懐疑的な視線を受けつつ、私は何食わぬ顔をしてカレー店に向かった。

「こんにちは。皆、元気でやってる？」

店はちょうど夕方の仕込みを始めたところらしく、客は入っていなかった。

裏口から顔を覗《のぞ》かせると、皆の顔が輝く。

店長を任せているラーシュが、奥から顔を出した。

「師匠！」

「久しぶり。ちょっと様子を見に来たわ。お邪魔するわね」

笑いながら手を振ると、ラーシュはささささっと辺りを見回した。

「？　何？」

いきなりの挙動不審な動きに、眉が中央に寄る。ラーシュは真顔で尋ねてきた。

「いや、王太子殿下はどちらに？　と思って」

「え？　フリード？　フリードなら今頃執務の真っ最中だと思うけど、それがどうかしたの？」

何かフリードに用事でもあったのだろうか。そう思ったのだが、ラーシュは首を横に振った。

「だって王太子殿下、師匠にメロメロだろ？　一人で師匠を出かけさせるわけがないと思ったんだけど」

真顔で言われ、私は顔を赤くした。そんな私をラーシュが若干呆れたような顔で見てくる。

「……そうだったな。師匠も殿下にぞっこんだったよな。新婚だし、仲が良さそうで結構とは思うが……師匠、そっちの男は？　師匠に限って、浮気ってわけじゃなさそうだけど」

「へ？　ああ、カインのこと？　彼は護衛よ」

ラーシュの視線がカインに向いていることに気づき、紹介した。しかし浮気とは、予想外過ぎて驚いた。

ラーシュは疑わしげな顔でカインをじろじろ見る。

「護衛？　全然強そうに見えないけど、こいつも城の兵士なのか？　……当然、王太子殿下は知ってらっしゃるんだよな？」

「強そうに見えないって……カインはすごく強いわよ」

何せ、元凄腕《すごうで》暗殺者だ。

だけど、彼は見た目だけなら単なる少年。ラーシュが分からないのも無理はない。

「城の兵士ではなく、彼は私専属の護衛なの。もちろんフリードも知ってるわ」

私の話を聞き、ラーシュが目に見えてホッとする。

「そうか……それなら良いんだ。新婚の王太子妃殿下が、愛人を連れていたなんて噂《うわさ》になったらどうしようかって思ってさ」

「愛人……」

もしかしなくても、カインのことだろうか。

それは嫌すぎると思っていると、カインが怯《おび》えたような声で言った。

「本気でやめてくれ。……そんな噂が立てられたら、オレが王太子に殺される」

「いや……さすがにフリードもそこまではしないと思うけど」

真実なら彼はやると断言できるが、単なる噂くらいで動いたりはしないだろう。そう思ったのだが、カインは心底嫌そうな顔で言った。

「本当にそう思うか？　姫さんがオレにほんの少し触れようとしただけで、ものすごい形相になる心の狭い男だぞ？」

「……ううーん」

それを言われると否定できない。ボソボソと話していると、ラーシュが言った。

「とりあえず、店の中に入ってくれ。久しぶりに師匠の話も聞きたいし……少しくらい話していけるんだろう？」

「ええ」

頷くと、ラーシュのみならず、他の店員たちも嬉しそうな顔をしてくれた。

王太子妃になっても、今までと変わらず接してくれる。

もしかしたら、態度を改められてしまうかもとちょっとだけ心配していたのだが杞憂《きゆう》だったようだ。

それがどうにも嬉しくて、私は声を出さずに小さく笑った。

◇◇◇

久しぶりに皆と話し、楽しい時間を過ごした私は、城に戻るべくゆっくりと道を歩いていた。

カレー店は相変わらず好調。

実は、結婚前から準備をしていたハンバーグ専門店もつい先日開店させたのだが、そちらも順調な滑り出しで、私のオーナー業はとても上手くいっている。

信用できる人物を店長にしているので心配はしていないが、今度はそちらの様子も見に行ってみようと考えながら家路を辿《たど》っていると、少し通りから外れた場所に人が大勢集まっているのが見えた。

「？　なんだろう」

「……姫さんはここにいてくれ。様子を見てくる」

「分かった」

素直に頷き、立ち止まる。カインは人混みを上手くすり抜け、すぐに目的地に辿り着いた。

その姿が見えなくなる。分かるところまで移動したのだろう。

「何かあったのかな……」

ソワソワしながら待っていると、すぐにカインが戻ってきた。

「分かったぜ、姫さん。他国から見世物小屋が来てるんだよ。イルヴァーンで興業したあとらしくて、結婚式直後で浮かれているヴィルヘルムに足を延ばしたらしい」

「見世物小屋？」

話に聞いたことはあるが、実物は見たことがない。

珍獣や、人間の奇形児を見世物にしていることもあると聞く見世物小屋は、私は好きではなかったし、ヴィルヘルムでは禁止されている。

だが、他国の人間が興業することまでは禁じてはいないし、（外交問題が関わってくるから）たまにこうしてやってきては、皆の関心を引いているのだ。

「見世物小屋か……。他国から来てるなら取り締まれないし……早く出ていってくれるといいのに」

ポツリと零すと、カインが不思議そうに聞いてきた。

「サハージャには多かったけどな。姫さんはああいうのは嫌いか？」

「嫌いというか……人や動物を見世物にするのは、倫理的にもどうかと思うの。ヴィルヘルムに来て欲しくないというのが私の本音だけど……そういうわけにはいかないよね」

頬《ほお》に手を当て溜息を吐く。カインは分からないというように首を傾げた。

「倫理ねえ……。見世物になっても、それで生きていけるなら別に良いとオレは思うけどな」

「……そっか」

厳しい環境下で生き抜いてきたカインに言われると、それ以上は何も言えなくなる。

公爵家という恵まれた、ぬくぬくとした場所で生きてきた私に、言い返せることなど何もないのだ。

——そんな考え方ができるのは、恵まれているから。

たとえばお前も最低な環境で生きてみて、それでも同じことが言えるのかと尋ねられたら、多分私は『はい』とは答えられないだろう。

私は自分がそんなに強くないことを知っている。

結局、私が言っていることは綺麗事でしかないのだ。

だから本当の意味で、過酷な環境を生き抜いてきたカインに言われると、もう、何も言えなくなってしまう。

――生きていけるのならそれでいい。

きっとそれはカインの本音なのだろう。

暗殺者としてしか生きていけなかったカインを思えば、彼がそう考えるのも仕方のないことで、それを違うと責め立てるのは間違っていると分かっていた。

「……うん。そうだね」

これ以上、この話題を続けるべきではない。そう判断した私は、急ぎ足で見世物小屋から離れることを決めた。

人混みを避けて、城に戻る道を行こうとすると、ちょうどさっきの見世物小屋の裏手に出た。

「……あれ？」

「がるるるる」

裏手には、見世物小屋のものだろうと思われる檻《おり》がいくつも置いてあった。その殆どが空だったが、一つだけ、大きな檻の中に巨大な犬が入っていた。

黒と灰の混じった犬。鋭い視線は全てを睨《にら》み付けるようだ。その視線が気になり、思わず足を止めてしまう。

「あっ……」

「この馬鹿《ばか》犬！　お前が暴れるせいで、全く金にならないじゃないか！」

「うわっ……姫さん、こっち」

怒鳴り声と共に、鞭《むち》を持った太った男の人が見世物小屋の裏口から現れた。シルクハットを被り、似合ってもいない燕尾服《えんびふく》を着ている。怒りの形相。いきなり現れた人物に驚いていると、カインが私の腕を引っ張り、上手く木の陰に隠してくれた。

「なんか……見つかったら怒られそうだからさ」

「うん……ありがとう」

なんとなく二人で、様子を窺ってしまう。

このまま立ち去っても良かったのだが、妙に気になったのだ。

男の人は苛々《いらいら》した様子で鞭を地面に打ち付けた。

「よりによってお客様を怖がらせるなんて！　怪我《けが》人が出なかったから良いようなものの、分かっているのか！　お前は、オレに買われたんだ！　お前は世にも珍しい見世物としてオレの言う通りに動いていればいいんだよ！　餌《えさ》代ばっかり掛かりやがって全然役に立ちやがらない……くそっ！」

「がるるる！」

「うるさい！」

犬に怒鳴る男の人を二人で見つめる。

一見したところ、あの犬に珍しいと思えるような特徴は見られない。大きな犬だなとは思うが、それくらいだ。

男の人は苛立《いらだ》たしげに檻を開けると、犬を引っ張り出した。檻にいたから分からなかったのだが、犬は銀色の酷く歪《いびつ》な首輪を嵌《は》められている。犬は必死で抵抗していたが、あえなく男の人に引き摺《ず》られ、その前に体躯《たいく》を晒《さら》した。

体格の大きな犬に、人間が勝てるとは到底思えなかったのだが、何故か、犬は抵抗できないようで、目つきだけは厳しく男を睨み付けていた。

「……どうして抵抗できないのかな」

無意識に疑問が口を突いた。それにはカインが答える。

「あの銀の首輪。服従の首輪っていうマジックアイテムなんだ。サハージャではよく奴隷に使われていた有名なものなんだけどさ。あれを付けられると、付けられた相手に抵抗できなくなってしまうんだよ」

「そんなものがあるの……」

恐ろしいマジックアイテムの存在を教えられゾッとした。

「抵抗はできなくても意志は残るから、ある意味性質《たち》が悪い。あれを付けられた奴を何人も見たが……大抵、早い段階で心が折れたか、面白がった所有者になぶり殺しにされていたな」

「……」

「……姫さん。姫さんが見るモノじゃねえ。さっさと行こうぜ」

カインが私の服の袖《そで》を引っ張ったが、私は動かなかった。

男は犬に向かって、口汚く罵《ののし》っている。

「お前を買ったのは大失敗だった！　一儲《ひともう》けできると思ったのに全然じゃないか！　ただ飯ぐらいな

んてうちには要らないんだよ!!　客引きもできないような奴は要らない。お前なんてもう、死んでしまえ!!」

「だめっ!!」

「姫さん!?」

犬に向かって鞭が振り上げられた瞬間、私は姿を現し、大声で叫んでいた。カインがギョッとしたように私を呼んだが、無視する。

まさか、見られているとは思わなかったのだろう。私に気づいた男が、慌てたように振り上げた鞭を隠した。私は彼の前で蹲《うずくま》る犬の側に行き、庇《かば》うように立った。

「殺すなんて駄目よ。この子は抵抗もできないのに……！　一体この子が何をしたと言うの」

私をジロジロと品定めするように観察した男は、先ほどまでの怒り口調を収め、窘《たしな》めるように言った。

「……お嬢さんには分からないことですよ。これはうちの事情です。関係のないお嬢さんはさっさと立ち去ってもらえませんかね。もし、見世物小屋に興味がおありなら、表口からどうぞ。色々と珍しいものを取り揃えておりますよ」

「興味はないわ。そうじゃない。私は、この子のことを言っているの。……あなた、さっきこの子なんて要らないってそう言ったわよね？」

「え？　ええ」

眉を顰めながらも男は肯定する。私はたたみかけるように言った。

「それなら！　私がこの子を買うわ。いくらなら売ってくれる？」

「え？」

正気かと私を凝視してくる男を、視線を逸らさず見つめ返す。すぐ後ろでは、私を追って出てきたカインが「あああ……だから、姫さんは……！」と頭を抱えて嘆いていた。

男がガラリと口調を変える。嘲笑《あざわら》うかのように私に言った。

「買う？　コレを？　はっ、お前に買えるものか！　買えると言うのなら、いますぐ全額耳を揃えて出してみろ！　それならお前にこの出来損ないの犬っころを売ってやるよ！」

売り言葉に買い言葉。男が告げた金額は確かにかなりのものだった。だが、舐《な》めてもらっては困る。私は二軒の店のオーナーをしているのだ。私財だけで十分まかなうことができる。

私は一瞬も迷わず頷いた。

「いいわ。その言葉、忘れないでよね。全額まとめて払ってあげる。……カイン」

「……ああ。本当にやっちまった……」

がっくりと項垂れながらもカインがお金の入った袋を渡してくる。私自身はそんなにお金を持ち歩いてはいないが、何かあった時のため、カインにはかなりの金額を預かってもらっているのだ。

「……嘘だろう？　本当に？　こんな小娘が？」

袋を受け取り、中身を確認した男が目を丸くする。

ヴィルヘルムの国民でもない彼には、さすがに私が誰かまでは分からないのだろう。予想外にお金を持っていたことに男は驚いたようだったが、すぐに袋を握り締めた。

どうやら損得勘定が働いたらしい。彼にとっては殺そうと思っていた犬を大金で売れるチャンスなのだ。男は懐にお金の入った袋をしまい込むと私に言った。

「い、良いだろう。商談成立だ！　この犬っころはお前にくれてやる！　はっ！　無駄飯ぐらいの何もできない馬鹿犬にこんな大金を払うなんて、どこの金持ちの小娘かは分からないが、後悔しても知らないからなっ！」

そう吐き捨て、こちらには見向きもせず行ってしまった。その後ろ姿を見送りつつ、ボソリと言う。

「小娘って……これでも私、既婚者なんだけどな」

カインが呆れたように言った。

「金持ちのってのはあってるんじゃないか？　姫さん、王太子妃だし」

「……そうだね」

別に国のお金を使ったわけではないが。

頷くと、カインは困ったように私を見上げた。

「頼むから、いきなり飛び出していったりしないでくれよな。めちゃくちゃ驚いた……いや、ある意味やっぱりなって気はしたけど」

「ごめん」

やっぱりとはどういう意味だと思いつつも、神妙に謝った。護衛であるカインに迷惑を掛けたのは間違いなかったからだ。だけど後悔はしていない。

「どうしても我慢できなかったから」

「姫さんがそういう性格だって分かってるから仕方ねえなって思うだけ。気をつけろって言っても無駄だしなあ。ま、金銭で解決できて良かったんじゃないか？」

「うん、もっとふっかけられるかと思った」

手持ちが足りなければどうしようと、内心焦っていたのだ。

あの男は私のことをただの小娘だとかなり侮っていた。だからこその金額提示だったのだろう。それが予想外にも一括で支払われてしまい、焦りつつも、良いチャンスだと考え直したわけだ。

とにかく、これでこの犬は彼のものではなくなった。私は話をしている間、じっとこちらを窺っていた犬の前にしゃがみ込み、言い聞かせるように口を開いた。

「大丈夫？　今、その首輪、外してあげるから、じっとしててね」

「おい、姫さん。大丈夫か？」

「うん、多分。だってこの子、すごく賢い子だと思うから」

カインの心配は当然のものだとは思うが、今回に限り杞憂だと思う。

だって、先ほどまで怒り狂った目で男を睨んでいた犬が、今は酷く大人しい様子で私を見ていたからだ。その瞳には理知の光があり、自分の置かれている様子を正しく理解しているようにも見える。

「ん？」

じっと観察する。ふと、あることに気がついた。

「……カイン、一つお願いがあるんだけど」

「……なんだ？」

「私と一緒に、この子を王都の外に連れていってくれるかな。どうもこの子、犬じゃなくて狼《おおかみ》みたいなの。それじゃさすがに王宮には連れていけないし、ここで放したらまた誰かに捕まっちゃう。それに、町の皆が怖がると思うから」

「狼？　……うわ、本当だ」

まじまじと犬――いや、狼を凝視し、カインが驚いた顔をする。そう、犬だと思っていたこの子は、狼だったのだ。

買った責任を取って王城で飼おうと思っていたのだが、狼なら野生に返した方が良いだろう。

「……仕方ねえなあ。分かったよ」

「ありがとう。あなたもごめんね。外に出たら、首輪を外してあげるから」

何もないとは思うが、狼を不用意に放つことはできない。私を見た狼は、疑わしげな顔をしていたが、やがて諦《あきら》めたように地に伏せた。

……うん、本当に賢い。

多分、こちらの言っていることをおおよそ理解していると見て、間違いないだろう。

「姫さん、ほら、オレに掴まれ」

「うん、ありがとう」

カインの腰の辺りを片手で掴む。もう片方の手で、狼の首輪を握った。

カインは両手で印を組むと、あっという間に秘術を発動させた。彼の左の赤目が輝きを増す。

次の瞬間には、私たちは王都の外に出ていた。先ほどまで私たちがいたのは、王都の外門の近く。

門はあるが、距離自体はそんなにないので、一回の跳躍で移動することができたのだろう。

カインが辺りを窺いながら私に言った。

「ほら、外に出たぜ。外門のすぐ近くだから、誰かに見つかる前にさっさとそいつを放してしまえよ。兵士に見つかると厄介だからな」

「分かった」

婚約者だった時ならいざ知らず、正式に結婚した今、さすがに兵士たちに私の顔は知られている。

自国の王太子妃が、王都の外でウロウロしていたら偽物と思うか、何か事件に巻き込まれたのかと大騒動になるだろう。それは絶対に避けたかった。

「今、外してあげる」

「……どうやって外すんだ？　それ、マジックアイテムで、人力では外せないぜ……って、ああ、そうか」

質問しながら答えに気づいたのか、カインが納得したような顔をする。

「うん。中和魔法があるから」

――外れて。

そんな気持ちを込めて、銀色の首輪に触れる。

首輪は呆気《あっけ》ないくらい簡単に外れた。ゴトリという重い音と共に地面に落ちる。

カインが呆れたような声で言う。

「……その首輪。専用の魔法の鍵《かぎ》と登録した主の声がなければ絶対に開かないって有名な首輪なんだけどな。姫さんには全然意味を成さないよなあ……。ある意味、無敵じゃねえ？　中和魔法って」

「不便なことも多いけどね」

私が使える唯一の魔法、中和魔法は、とても珍しいものらしいのだが、代わりに皆が使えるような普通の魔法が扱えない。

いや、デリスさん曰《いわ》く扱えなくもないらしいのだが、未《いま》だ上手くいかないのだ。

でも、この中和魔法が使えたおかげで助かっていることも多いので、要らないとも言い切れないところが難しい。

私は、驚いたようにこちらを見つめている狼に視線を向けた。

やっぱりこの子はすごく賢い子だ。全く吠《ほ》えないし、今、自分の身に起こっていることを理解しているような気がする。

「——首輪は外れたわ。ごめんね。こんな目に遭わせてしまって。でも、できれば人間を恨まないで欲しい。あなたがどこから来たのか分からないから、私にはこうして首輪を外して自由にしてあげることくらいしかできないけれど」

狼の頭をゆっくりと撫《な》でる。嫌がられるかと思ったが、狼は大人しく、私に頭を撫でさせてくれた。

「行って。もう人間に捕まらないでね。仲間を見つけて、幸せになって」

とん、と背中を押すと、狼はトコトコと数歩歩き、こちらを振り返った。それに笑って頷く。

「良いから。もう会うことはないと思うけど、元気でね」

分かってくれるかは不明だが、さようならの意味を込めて手を振る。狼はしばらく立ち止まっていたが、やがてゆっくりと離れていった。

——幸せになってくれるといいな。

もう二度と、彼が人間に関わらなくて済むように。

そう祈らずにはいられない。

「……帰ろっか」

狼の姿が見えなくなるまで見送り、カインに話しかける。

黙って側にいてくれたカインは、「ああ」と頷いた。

「そうだな。もう遅くなってきたしな。……姫さん。王太子が部屋に戻ってる。姫さんはまだかって、さっきから念話がうるさいくらいだぜ？」

「……まずい」

しんみりしていた気持ちが一瞬で消えた。

フリードには、彼の執務が終わるまでに帰ると約束していたのだ。約束を破ってしまったことに気づき、焦りながら言うと、カインも真顔で頷いた。

「おう。急ごうぜ。でないと、オレが王太子に睨まれる」

「……ごめん」

カインを睨むフリードの姿が簡単に想像できてしまい、私は思わず空を仰いだ。

「と、とにかく急いで帰ろう。カイン、帰りもよろしく！」

「ああ」

同じ姿を想像したのだろう。苦い表情をしたカインと顔を見合わせ、私たちは全力で王城に戻ることを決めた。

◇◇◇

カインの秘術で、部屋の中へと直接跳ぶ。

目の前には私の旦那様がいた。

金髪碧眼の溜息が出るほどに美しい王子様。（ただし、激しく絶倫）それが私の夫だ。

彼は脱いでも素晴らしく、実に私好みの身体をしている。細マッチョで、更には六つに割れた腹筋までをも有しているのだ。毎晩その腹筋を触らせてもらうのが私の楽しみ……じゃなかった、とにかく私の夫はすこぶる格好の良い人なのである。

「リディ」

見るからに機嫌の悪そうだった顔が、私を見て、ホッとしたように緩む。

心配を掛けてしまったのだと気づき、私は慌てて謝った。

「ごめんなさい。遅くなって……」

「た、ただいま」

色々と事情はあるが、説明するよりまずは謝罪だ。

執務が終わる前に帰ると約束したのは私なのだ。どんな理由であれ、約束を破ったのは事実だった。

フリードは私をギュッと抱き締めると、甘い声で囁《ささや》いた。

「遅くなった理由、聞かせてくれるよね？」

「うん」

彼の腕の中で小さく首を縦に振ると、フリードは私と一緒に跳んできたカインに視線を向けた。その目が一瞬大きく見開かれたが――すぐに彼は何事もなかったかのような顔で言った。

「……カイン、もういい。あとはリディから話を聞く」

「へいへい。分かってるって。オレは帰る。新婚夫婦のイチャイチャなんて見たくないからな。じゃ、姫さん。またなんかあったら呼んでくれよな」

「う、うん。ありがとう」

新婚夫婦のイチャイチャと言われ、顔がじんわりと赤くなった。

そんな私を見て、カインがふっと笑い、その場から姿を消す。きっと、自分の部屋かデリスさんの家に戻ったのだろう。

基本カインは、私がフリードと一緒にいる時はデリスさんの家にいることが多いのだが、実は城に自分の部屋を持っている。

フリードに正体バレした時に彼からもらったらしいその部屋は、誰も来ることがない秘密の場所にあるのだとか。自分の存在を知られたくないカインのために、フリードが特別に用意した部屋なのだが、実は私も見たことはない。一度カインに行ってもいいか聞いてみたのだが、良い顔はされなかった。主に来られても困るとか言って。そんな秘密の隠れ家のような場所、私も一回くらい見に行ってみたいのに。

「カインの部屋……興味あるんだけどな。どんな感じなんだろう」

彼の部屋のことを思い出し、呟くと、フリードが私の顔を覗き込みながら注意してきた。

「リディ、カインのことなんて気にしないで。部屋なんてどうでもいいでしょう。今は私と二人きりなんだよ？　私のことだけを見て欲しいな」

「ご、ごめん」

さすがに自分が悪いという自覚があった私は、素直に謝った。フリードがゆっくりと私の髪を撫でてくる。

彼の左手薬指には、真新しい金色の指輪が嵌められていた。

これはヴィルヘルムの『夫婦は揃いの装身具を身につける』という伝統文化に従ったものだ。フリードの指輪は私の目の色を意識したアメジストがついている。男の人が嵌めても違和感のない太い指輪で、私が今嵌めているものと対で作られている。

私の指輪は二連に変わった。以前フリードにデートの時に買ってもらった指輪と、結婚を機にもらった指輪を重ね付けしているのだ。そうすると宝石の色だけが違うお揃いの指輪に見える。フリードからもらった大切な指輪を外すのは嫌だと思っていたので、我が儘を聞いて、重ねづけできるデザインにしてくれた職人にはとても感謝している。

それに何より、こうして左手の薬指に二人で指輪をつけていると、結婚指輪みたいに見えるのだ。この世界には結婚指輪という文化も概念も存在しないが、結果として似たようなものを得ることができた私は内心とても嬉しく思っていた。

フリードが私の髪を柔らかな手つきで撫でる。その動きが気持ち良く、うっとりとしていると、彼がぼやくように言った。

「リディの顔が見たくて早く執務を終わらせてきたのに、帰ってもいなくて……すごく心配したんだからね？　思わず迎えに行こうかと思った」

「ん、ごめんなさい」

「出かけるのは構わないけど、約束はちゃんと守って」

「はい」

王太子妃という身分になったにも関わらず、フリードは自由を認めてくれている。それを有り難いと思うのならば、彼を裏切るような真似はしてはいけない。そう思い、私は神妙に頷いた。

「次からはちゃんと気をつける。……色々話すことがあるの。ね、私の話、聞いてくれる？」

そうっとフリードを窺う。彼は私の額に口づけを落とすと、優しく微笑んでくれた。

「もちろん。——全部、話してくれるんだよね？　隠し事はなしだよ？」

「……はい」

私がフリードに秘密にしていることなんて、体力回復薬を持っていること以外にない。

素直に頷くと、フリードは抱き締めていた腕を解き、代わりに私を横抱きに抱き上げた。

「ひゃっ……」

「じゃあ、ゆっくり話せる場所に移動しようか」

「う、うん」

今、私たちがいたのは主室で、そこにはじっくり腰を据えて話もできるソファもあったのだが、フリードはそれらを全部無視して歩き出した。そして、ある意味やっぱりとでも言おうか、夫婦の寝室へ入り、ベッドの上に私を下ろす。

「フリード？」

「寝室の方が落ち着いて話せるからね」

「そうかなあ。ある意味、落ち着かないような気もするけど……」

「それは、私に抱かれてしまいそうだから？」

ベッドの端に腰掛けたフリードが笑いながら振り返る。

私は自らフリードの側へと四つん這《ば》いで移動し、後ろから彼の首に抱きついた。いつも嗅《か》いでいるフリードの良い香りがする。私はその匂いを思う存分吸い込み、彼の首元にチュッと口づけながら言った。

「うん。……だっていつもここではフリードとエッチしてるから」

正直に告げると、フリードの笑みは深くなった。

「そうだね。今だってちゃんと話を聞こうと思っているのにリディが可愛い悪戯《いたずら》をするから、話はあとにして、先にリディを抱いてしまおうかな、なんて考えてしまうしね？」

目線も声も蕩《とろ》けてしまいそうなほどに甘い。それをうっとりと享受しながら私は言った。

「だって、フリードが好きなんだもん。ベッドになんて下ろされたら、抱きつきたくなっても仕方ないと思うの」

「私も、リディのことが大好きだよ」

「あっ……」

フリードが私の方へと倒れ込んでくる。気づけば、彼に覆い被さられる体勢になっていた。

顔の両横にフリードの腕がある。まるで閉じ込められたような気持ちになったが、怖いとは思わない。むしろ嬉しくなってしまう。

陶然とフリードを見つめる。彼はそんな私を見て、色気たっぷりに微笑んだ。

「リディ、すごく可愛い顔してる。そんな顔をされたら、先に食べてしまいたくなるよ」

「えっと……じゃあ、そうする？　私はそれでも構わない……っていうか、ちょっと期待しちゃったし」

ベッドに連れてこられた時点で、そういう展開なのかなと勝手に思ってしまったのだ。

ドキドキしながら彼の返事を待っていると、フリードは私の頬をそっと撫でた。それだけで、身体は簡単に反応する。

「期待してくれたの？　私の奥さんは、夫をその気にさせるのが上手いな。そんなこと言われたら、止まれないじゃないか」

「……むしろ、その気になっていないフリードなんて見たことがないんだけど」

「それは、リディが可愛いからだよ。可愛く私を誘ってくるリディが悪い」

「誘ってない時もあるんだけどなあ」

「じゃ、誘っている時もあるの？」

優しく尋ねられ、私はこくりと頷いた。

「あるよ。だって、今も誘ってる」

「――リディは私をその気にさせるだけじゃなく、煽《あお》るのも上手いよね」

声がふっと低くなる。響くような低音に、お腹の奥がずくんと疼《うず》いた。

「フリード」

両手を伸ばし、フリードを抱き締める。彼の顔が近づいてくる。私は目を閉じ、それを受け入れた。

「んっ……」

唇が触れる。粘膜の柔らかな感触を楽しんでいると、彼の舌が私の唇を割って中に侵入してきた。

「んんんぅ」

口内を舌で探られる心地よさに夢中になる。フリードの舌は私の舌を見つけると粘着質に絡み付き、自らの唾液《だえき》をまぶしていった。二人分の唾液が喉の奥に溜《た》まっていく。私はそれをこくりと飲み干した。

他人の唾液なんて美味しいはずがないのに、それがフリードのものだと思えば、甘露にも感じるのだから不思議なものだ。頭の中がクラクラする。

「は……あっ……フリードっ……」

濃厚なキスを交わし、互いに見つめ合う。言葉がなくても彼が何を言いたいのか分かる。

再び唇を重ね、舌を擦りつけ合う。

「ふぅ……んっ……んっ」

フリードの手が、身体を弄《いじ》る。服の上から触れられているだけなのに気持ち良くて堪らない。

「今日のリディはコルセットをつけていないから脱がせるのが楽だね。服の上からでもリディの柔らかさが分かるし、ドレス姿のリディも可愛いけど、私はこっちの方が好きかな」

「ひゃあ……」

予定では早めに帰り、カーラが着せてくれたドレスに着替え直すつもりだったのだが、そんな時間はなかった。つまり、外に出た時の格好のまま押し倒されているのだが……確かにいつもと感覚が違うかもしれない。

ドレスとは違い、柔らかく薄い生地は、たとえ服の上からだろうと彼の手の動きを敏感に感じ取ってしまう。

「は……フリード……」

「服、脱ごうね。全身、余すところなく愛してあげる」

「ん」

すっかり直接触って欲しくなっていた私は素直に頷いた。

フリードが焦《じ》れったそうに着ていた服、そして下着までをもはぎ取ってしまう。全裸を夫の目の前に晒しているという状況に、慣れているはずなのに身体が勝手に熱くなった。

脇《わき》を大きな掌《てのひら》で撫で上げられ、ビクンと身体が震える。彼に愛され慣れた身体は、フリードが与えてくれる快感に従順に反応してしまう。

「リディ……愛しい私の妃……」

　脇を撫で上げていた手が左胸に大きく広がった王華の上に移動する。青い薔薇の、精密な絵画のようにも見える王華は、私が彼の妃であるという証だ。その王華をフリードは愛《いと》しげに撫で、薔薇の部分に口づけた。

「んっ」

　満足したフリードの唇と舌が、今度は首筋を這う。時折強い痛みに似た快感を覚えるのは、彼が痕をつけているからだ。薄い皮膚を吸い上げられ、最後にざらりとした舌で舐められるのは心地よく、甘い息を零してしまう。

「ね、フリードも脱いでよ……」

「分かった」

　彼の上着をグッと引っ張ると、フリードは苦笑しながらも私の言う通り服を脱いでくれた。

　鍛え上げられた腹筋が目に映る。手を伸ばし、美しい筋肉にそっと触れた。

「……いいなあ……好き」

　割れた腹筋部分に指を這わせる。フリードには私の腹筋好きは知られているのでやりたい放題だ。

　フリードが笑いながら聞いてきた。

「好きなのは腹筋だけ？」

「まさか。フリードなら全部好き」

　真面目に返すと、褒めるように唇が落ちてきた。

下腹部に目を向けると、彼の雄がすでに臨戦態勢になっている。長大な肉棒は太く、見ただけでも硬くなっているのが分かった。それに気づいた途端、腹の奥から愛液が染み出す。彼に貫かれる感覚を思い出し、期待してしまったのだろう。

「あれ、リディ。私に抱かれるところを想像したの？」

足を擦り合わせてしまったことでフリードに気づかれたようだ。私は赤くなりつつも肯定した。

「うん。その……今日もすごく大っきいから、気持ち良さそうだなって思って」

「リディが欲しくて飢えているからね。いっぱい気持ち良くしてあげる」

フリードが欲に滲んだ目で私を見つめてくる。それに私は陶然としながら応じた。

「して。フリードので気持ち良くなりたい」

「リディ」

「あんっ」

無防備に晒していた乳房にフリードがかぶりついた。柔らかな弾力のそこは、先端ほどは感じないが、それでも性感帯としての役割をいかんなく発揮してくれる。

膨らみに軽く歯を立てられると、鈍い快感がじわりと湧《わ》き上がった。

「んんっ……」

もう片方の乳房を、フリードの手が鷲《わし》掴む。人差し指の腹で先端を押し潰された。硬くなりきっていなかった乳首に触れられ、甘い声が出る。

「ふぁっ……あっ……」

乳房を食《は》んでいたフリードが、今度は乳輪を舌で舐める。時折舌が乳首を掠《かす》め、物足りない気持ちになった。

「んっ……フリードっ……そこじゃなくて……」

「ここ?」

「ああんっ……」

焦らすような動きをしていたフリードが乳首を口に含み、強く吸い上げた。あまりの気持ちよさに、ビクビクと背を仰け反らせてしまう。

「ひぅ……あっ……」

「ん……あ、すごく濡《ぬ》れてる」

確認するように蜜口に触れたフリードが嬉しそうな声を出す。

彼が言う通り、そこはもうドロドロだった。陰唇《いんしん》はヒクヒクと痙攣を繰り返しているし、フリードが胸を刺激する度に、愛蜜《みつ》がひっきりなしに零れ落ちていくのだ。

「指、入れるね」

「ふぅんっ……」

蜜口から零れ出た愛液を指に絡め、フリードが指を二本、中へと差し込んでくる。少しキツかったが、濡れた膣内《ちつ》は彼の指を問題なく呑み込んだ。

「は……フリード……好き」

情欲にけぶったフリードの瞳を見つめながら言うと、彼は口元を緩めた。

「うん。私もリディを――リディだけを愛しているよ。だから早く準備して、繋《つな》がろう？　リディの中を感じさせて？」

「ん。私も早くフリードが欲しいの……あんっ」

蜜道に埋められたフリードの指が動き始める。二本の指はそれぞれ好き勝手に中を暴き始めた。隘《あい》路《ろ》を広げるように動きつつ、膣壁を擦り上げてくる。親指が時折小さな陰核をぐにぐにと押し潰した。中と外、両方からの刺激にお腹が熱くなってくる。

「ふあ……ああっ……ああ……！」

胸を弄っていた手が、乳首をキュッと摘み上げた。

知られ尽くした弱い場所を同時に責められ、熱くなったものが身体の奥から迫り上がってくる。

「ああっ……あっ……あっ……！」

「リディ、イきそう？」

「うん……うん……ああ……」

ガクガクと身体が震え始める。逃げたくなるような強烈な快感が休む間もなく襲ってくる。フリードは、蜜路に押し込んだ指を激しく出し入れさせた。じゅぷじゅぷという音が下腹部から響き、自分がどれだけ感じ、濡らしているのか分かって恥ずかしくなる。その羞《しゅう》恥《ち》が快感を加速させた。

「ああっ……あああっ……」

「リディ、ほら、暴れないで」

頭を打ち振るい、我慢できない悦楽から逃げだそうとした私をフリードが咎《とが》める。その間も指の動きは止めない。ドロドロと新たな蜜が溢《あふ》れ、彼の手を更に濡らし、伝っていった。

快感が弾け、頭の中が真っ白になる。

「んっ……!!」

訪れた法悦に一瞬息が詰まる。肉壺《つぼ》がフリードの指をきゅうっと食い締めた。

全身が硬直し、そして弛緩《しかん》する。達した直後の心地よさに息を乱していると、フリードが指を引き抜き、私の足を持ち上げた。蜜口に熱いものが当てられている。

「リディ。私と一緒にもっと気持ち良くなろう?」

「――うん」

微《かす》かに首を縦に振ると、蜜口に押し当てられていた肉棒が中に潜り込んでくる。

十分過ぎるほど解《ほぐ》れた媚《び》肉は柔らかく広がり、屹立《きつりつ》を受け入れた。

大きすぎるフリードの肉棒だが痛みなど感じない。彼のものを受け入れ慣れた蜜路は嬉しげに屹立を歓迎した。

「ふぁっ……」

肉傘《かさ》が膣壁を擦り上げていく独特の感覚が心地よくて、思わず背筋を震わせる。彼の長い肉棒はすぐに最奥へと到達した。一番奥の深い部分を亀頭で擦られると、気持ち良すぎて泣きそうになってしまう。

「はあ……んっ」

「ふふ……今日も、奥までぴったり嵌まったね」

「ん……」

肉棒が隙間《すきま》全部を埋め尽くす感覚にうっとりとしながら頷く。元から相性がいいのかそれとも彼に抱かれすぎて身体が変化したのかは分からないが、彼とのセックスはピタリと嵌まりすぎていて、それこそ癖になる気持ちよさなのだ。足りないところがないと言うか、全部が全部、欲しいところにある感じがする。

太さも硬さも、長さも……ちょっと絶倫すぎるところも全部、綺麗に私に嵌まっている。

もちろん私が彼を愛しているからという前提条件があるのだが。

「フリードの……気持ち良い」

他を知っているわけではないが、きっと彼以外でこんなに気持ち良くなることはないのだろう。ほうっと息を吐き出すと、フリードが身体を倒し、唇を重ねてきた。そのまま腰をゆるりと動かす。

「んっんっんっ……」

淫《みだ》らに舌を絡めながら、フリードが強い力で腰を打ち付けてくる。

肉棒の動きは的確で、私の気持ち良い場所を確実に突いていた。ゾクゾクとした愉悦が湧き上がり、良い場所を執拗《しつよう》に狙ってくる屹立を食い締めてしまう。

「んぅぅ……はあ……」

舌を擦りつけあう湿った音と、性器同士がぶつかり合う乾いた音が寝室に響く。

フリードの熱い身体を抱き締める。愛しい人に求められていると激しく実感するこの瞬間が、私はとても好きだった。

「リディ、リディ、愛してる」

「フリード……大好き……あああっ」

彼に奥を突かれる度、快感が全身に広がっていく。硬い肉棒の感触が堪らない。ただ、出し入れされているだけなのに、それがどうにも気持ち良くて、私は悦楽のあまり涙を零した。

「あああんっ……気持ち良いっ……気持ち良いよぉ……ひゃああんんっ」

突くだけではなく、グリグリと膣奥を亀頭で捏《こ》ね回された。その動きに感じ入り、彼の雄を力いっぱい締め付けてしまう。

快感が波のように押し寄せてくる。熱くも硬い肉棒が私の中を行き来するのが手に取るように分かる。奥に屹立が入り込む度、淫《いん》肉は蠢《うごめ》き、肉棒を逃がすまいと絡み付く。フリードの腰の動きはどんどん激しくなっていった。あまりの気持ちよさに、つい、同じように腰を揺らしてしまう。

「ああっ……ああっ……」

「ふふ、離したくないって、中が吸い付いてくるよ？」

「んんっ……だって……すごく気持ち良いからっ……」

フリードが腰を振りやすいように、自分から足を大きく広げる。そうすると彼の肉棒を更にしっかりと呑み込めるのだ。

「リディ、自分から足を開いて……すごくいやらしくて可愛いよ」

「あんっ……フリード……また硬くなった……！」

ぐん、と中に埋まったものが体積と硬度を増した。

ガツガツと肉棒を打ち付けながら、フリードが楽しそうに目を細める。

「仕方ないよね。リディが私を煽るような真似ばかりするから。こうやって足を開いてくれたってことは、もっと激しく突いて欲しいってことでいいのかな？」

そういう彼の目は酷くぎらついていて、まるで肉食獣か何かのようだ。

雄を全面に押し出したフリードに、胸がキュンキュンと高鳴る。

――ああ、もう私の旦那様、格好良い。

こんな姿を見せられては「はい」と言うしかないではないか。

了承の意味を込めて頷くと、抽挿のスピードが更に速くなった。無遠慮に中をガツガツと激しく蹂《じゅう》躙《りん》される。だけどそれが身悶《みもだ》えするほどに気持ち良くて、私は嬌声《きょうせい》を上げた。

「あああっ……ああああっ……！　気持ち良いっ、気持ち良いのっ」

「くっ……中が締まって……」

苦しそうな声を出し、フリードが肉棒の動きを単調なものへと変える。フリードが腰を打ち振るう度、重くなった陰嚢《いんのう》が当たる。激しい抽挿で陰唇が擦られ、新たな愉悦を生み出した。

「はあ……ああっ……」

奥に肉棒が振れる度、弾けるような快感が訪れる。小さな絶頂を何度も繰り返しているせいか、中はずっと痙攣を起こしたようにひくついていた。それが気持ち良いのか、フリードが辛そうに眉を寄せる。

彼の手が伸び、乳房を無遠慮に掴んだ。強すぎる力だったがそれが逆に気持ち良い。

「フリード……っ……あぁっ……あああっ……」

「リディ……！」

「や、も……またイくっ……」

連続して訪れる絶頂が辛くて、また涙が零れる。それをフリードは己の唇で吸い取った。

「イって。私だけにしか見せないリディの顔、もっと見せてよ。……私もイくから、ね？」

「ひゃあんっ……」

言葉とほぼ同時に、中で肉棒が爆《は》ぜた。熱い液体が膣奥に向かって噴射される。それを私は喜びをもって受け入れた。彼の長い肉棒でも届かない場所にフリードの子種が流れていく。中で出される心地よさに感じ入り、私は彼に少し遅れて更なる絶頂に至った。

深い絶頂に快感が堰《せき》を切り、意識が途切れそうになる。

「んんん……！」

膣内が艶めかしく蠕動《ぜんどう》している。精を吐き出す肉棒に、襞《ひだ》肉が全て吸い尽くそうと複雑に絡み付いているのが分かる。

蜜壺はギュッギュッと収縮を繰り返し、もっとと言わんばかりに、肉棒を強く締め付けた。

「はあ……ああ……」

押しつけられた肉棒からドクドクと精が噴射されている。フリードは回数もさることながら、一度に出す量も多いのだ。本当に、これだけ出して、どうして疲れもしないのだろうと不思議に思ってしまう。

――むしろ元気になっているって、なんだそりゃ。

「リディ……」

フリードが、チュッチュッと顔中に口づけを落としていく。優しい口づけに私は微笑んで応えた。

腹の中は熱く、彼の放ったものでいっぱいになっている。

「フリード……」

「ふふ……夕食前に何をしているんだろうね、私たちは」

耳元に口づけながら、フリードが満足そうに笑う。確かに、まだ夕食前。こんな時間から何を盛っているのだと思うだろう。だけど。

「そうだね……でも、いつも通りな気もするけれど」

何と言っても新婚なのだ。エッチの回数は、確実に結婚前よりも増えた。それこそ、義母が悩んでいた通り、暇さえあればエッチ三昧《ざんまい》の日々。彼との性生活にこの半年で完全に慣らされてしまったから気にはしていないが、普通なら逃げたくなっても仕方ないのかもしれない。冷静に考えれば、かなりヤバい生活をしていると思う。

「んっ⁉　あんっ」

私の中に埋まっていた肉棒がピクリと反応した。その動きに感じ入り、甘い喘《あえ》ぎ声を漏らしてしまう。

フリードが無言で私の片足を持ち上げ、側位の体勢に持っていった。そのまま腰をゆっくりと動かし始める。肉棒を入り口付近まで引き摺り出すと、彼が放った白濁がドロリとリネンの上に零れ落ちた。先ほどまでとは違う体位で腰を打ち付け始めたフリードは、ついでに陰核も弄り始める。肉棒で奥を穿《うが》たれながら陰核を指で弾かれた私は、あっという間に彼の手管に陥落してしまった。

「フリード……フリード……あんっ……一緒に弄るのだめっ。気持ち良いの」

陰核を弄るフリードの手を止めようとするも上手くいかない。逆に、もっと強く擦られてしまう。

「気持ち良いなら構わないじゃないか。ほら、この可愛く飛び出た部分を摘まむと、リディの中がドロドロに蕩けるんだ。キュウキュウに私のものを締め付けてきて堪らない。ね、少し零れちゃったし、もう一回、中に出してあげるね」

「ふぁっ……あっ……」

ぬぷりという音がし、奥へと肉棒を押し込められる。先ほどよりも卑猥《ひわい》な音に、耳が犯されたような気がした。

「フリード……んっ、でも……時間が……」

抱かれるのは構わないが、そろそろ夕食の時間が近づいている。その上でもう一度というのはちょっとと思っていると、彼が耳元で低く囁いた。

「大丈夫だよ。まだ、夕食まで時間はあるから。……もう一回、ううん、二回くらいはできるんじゃないかな?」

「ひゃあっ……ああんっ」

グリグリと肉棒を膣奥に押しつけられ、甘い声が上がった。フリードから与えられる快楽にすこぶる弱い私は、あっという間に流されてしまう。

「ひんっ……あんっ……あんっ……」

「ああ、私のつがいは可愛いな……。どれだけ抱いても全く足りない。リディと結婚できて幸せだよ」

「ひっ……んっ……あっ……私も……フリードと結婚できて……幸せ……なの……」

「嬉しい。リディ、愛してる」

「あっ！」

陰核に軽く爪《つめ》を立てられ、その衝撃でイってしまった。視界がチカチカとし、頭の中が真っ白に染まる。フリードが興奮しきった様子で言った。

「は……リディ、リディ……可愛い……可愛い私の妻。もっと愛してあげる。だから安心して私に溺《おぼ》れて？　私だけを見ていて」

「ひあっ……！　やあ、激しいっ！」

達して弛緩した身体をフリードが容赦なく責め立ててくる。

硬い肉棒がひくついている媚肉を突く。弱い場所を徹底的に責められた私は甲高い悲鳴のような嬌声を上げた。

「ひぅうっ！　やあ……！　だめっ……キツいのっ！　そこ、突いちゃやあ……！」

首を打ち振るって訴えるも、フリードは止めてくれない。しつこく同じ場所を暴かれ、断続的に絶頂感がやってくる。

「やあ……ああっ……あああっ……フリード……待って……！」

「待たない。だってイってるリディの顔、すごく可愛いんだもの。もっとその顔を見せてよ」

「も……馬鹿あっ……ああんっ」

グチグチと肉棒を押し回され、あまりの気持ちよさにまたイってしまった。どうやら身体がかなりイきやすくなっているようで、些細な刺激で絶頂に達してしまう。

「あああ……あああっ……やあ……」

フリードが陰核を指でグリグリと捏ね回す。その快感に肉棒を銜《くわ》え込んだ媚肉が反応した。肉棒を圧搾しようと激しい収縮を繰り返す。中に埋め込まれたフリードのカタチをはっきりと感じる。彼のモノに蹂躙されている現状に、身体は確実に悦《よろこ》びを覚えていた。

「中、また濡れてきたよ。グチャグチャですごく動きやすい。ね、気持ち良いね」

「気持ち良い……気持ち良いよぅ……ひぅ……またイくっ……」

「いいよ。いくらでもイって」

「ひあっ」

ずんずんと腰を打ち付けられながら、私はまた達した。その瞬間、膣壁を抉《えぐ》っていた雄をぬめった襞が絡み取る。

啼《な》きながら何度も絶頂を繰り返す私を、フリードは愛おしそうな目でじっと見つめていた。

「ああ……もう……リディ、可愛い。ずっと抱いていたい」

「フリード……フリード……」

もう、頭の中がグチャグチャで、何が何だか分からない。

フリードの腰を打つ速度が速くなる。私はそれを啼きながら受け入れた。

「ああ……ああっ……んんんっ！」

ガツンと肉棒が膣奥に押しつけられた。中に広がっていく熱いものはフリードの精だ。二度目の精を吐き出された私は、ヒクヒクと身体を震わせた。

「はっ……ああ……」

身体に力が入らない。

外から帰ってきてすぐの二回戦にへとへとだ。フリードと交わっている場所に痛みはないが、私の体力の方が持たない。

ぐったりとリネンに突っ伏す。フリードはそんな私をぎゅっと抱き締めてきた。行為が終わり、急激に冷え始めた身体に、彼の体温は酷く心地よい。ホッと息を吐いているとフリードが、窺うように言った。

「ごめんね。リディが可愛くってつい」

「元はと言えば私が誘ったから、謝る必要はないけど……でも……けほっ、ちょっと疲れちゃった」

「良い声で啼いてくれたものね。私もつい、熱くなってしまったよ」

恨めしげに告げると、フリードからは輝くような笑顔が返ってきた。

うん、ものすごく満足そうだ。

「……ええと、そうだ。うやむやになっちゃってたけど、町で何をしてきたのか聞かなくていいの？」

今更ではあるが、尋ねる。

エッチが終わってから、事情を説明するという約束だったことを思い出したのだ。

「もちろん、話は聞くけど、それは夕食を食べながらにしようか。食事はこちらに運ばせるよ」

「今でなくてもいいの？」

早く話を聞きたいのではないかと思ったが違うのだろうか。

「良いよ。カインから念話で軽くは聞いているから。緊急の案件はないでしょう？」

「緊急？　うん、そういうのはないかな」

話をしなければいけないことは色々あるが、どれも緊急案件ではない。そう思いつつ頷くと、フリードは「それならあとでも構わない」と言った。

フリードがそれで良いのならそうしよう。納得した私は、それで、と話を切り出した。

「あのね、フリード……その……いい加減、コレ、抜いてくれると嬉しいんだけど」

「ん？」

フリードが何のことだと言わんばかりに首を傾げる。その仕草はとっても色気があって美しかったが……絶対分かってやっているのは間違いない。

——コレ。

つまりフリードの肉棒のことだ。彼は二度欲を吐き出しても、まだ肉棒を私の中に埋めたままで抜いてくれていないのだ。先ほどからまた屹立が熱くなってきて、気になって仕方ない。

「夕食前にお風呂《ふろ》に入っておきたいの。だから」

「お風呂？　うん、分かったよ」

私の言葉に頷き、フリードが肉棒を引き摺り出す。意外と素直に応じてくれ、ホッとした。きっとごねられると思ったのだ。だが、もうすぐ抜けると気を抜いた瞬間、肉棒がねじ込むように奥に押し込められた。

「あああっ！」

強引に快楽の海へと引き戻される。

ガツンと奥を強く穿たれ、目の奥に星が飛んだ。私は喘ぎながらもフリードに何とか文句を言った。

「フリード！　馬鹿！　抜いてくれるって……！　あんっ、動かないで」

怒っている最中に、フリードが腰を動かし始めた。精を二回吐き出した直後のぬかるみは肉棒の動きを助けはしても、阻害するようなことはない。

痺れるような快感に襲われ、私は堪らず声を上げた。

「ひゃあああ」

「ん、いい声。ねえ、リディ。やっぱり私はもう少し、可愛い奥さんが欲しいんだけど。二回程度じゃ全然足りない」

笑顔ではあるが、その目は確実に欲に染まっている。こうなったフリードは止まらない。それは実体験として良く知っていたが、さすがに私も多少の抵抗は試みた。

「わ、私、もう疲れた……！　疲れたって言った！」

「うん。だからあと一回で今は我慢するから……ね？」

今はという言葉がとても怖い。そう思いつつ、確認せずにはいられなかった私はフリードに聞いた。

「今はって……んっ、あの、やっぱり寝る前もするつもりなの？」

「え？　当たり前だけど」

フリードが何を言っているのかという顔で私を見つめてくる。それに私は、呆れるしかなかった。がくりと項垂れる。

——そうだよね。知ってた！

私の夫はヴィルヘルム王国の誇る絶倫王太子だ。今、数回したところで夜がなくなるわけではないのである。

私はできるだけフリードを刺激しないように気をつけながら言った。

「ね、フリード。それならさ、せめて、今くらいはこれで終わっとこうよ。もうすぐ食事の時間だし、私、ゆっくりお風呂入りたいの。だから、ね？」

「食事の時間なんてどうにでもなるよ。それにお風呂なら、終わったあと一緒に入ればいいじゃないか。全部終わったあと、カーラに食事を運ばせるから。……ね？　リディの希望はちゃんと叶《かな》えるからさ——私の欲も受け止めてよ」

「……しまった」

部屋で食事をとるという話が見事に裏目に出た形である。

部屋で食べるのなら、確かに食事時間など簡単にずらせる。そこに気づかなかった私のミスだ。

「……」

「リディ？」

「……分かった」

しばらく葛藤《かっとう》し、それでも私は頷いた。

旦那様の欲を受け止めるのは妻である私の役目。フリードは私の夫なのだから、彼が足りないと言うのならば私が頑張るしかないのだ。

疲れたのは疲れたが、あと一回くらいなら付き合うこともできるだろう。

二回と言われると……さすがに勘弁して欲しいと思うけど。

——うん。今夜はデリスさん印の体力回復薬を飲むことになりそうだな。

ぐったり倒れてフリードに心配を掛けるのも嫌だし、飲んでおかなければ夜の行為は付き合えそうもない。

——仕方ないか。

これから取る自分の行動を決め、諦観《ていかん》した私は、潔くフリードの背に自らの両手を回した。

ヤると決めた限りは、全力で応える。これが私の流儀なのである。

「続き、して？　フリード」

じっと彼の目を見つめる。

「リディ」

フリードが、ぱっと顔を明るくする。

その表情を見られただけで、まあ良いかと思ってしまうのだから、きっと私はとてもチョロい。

――別にいいもん。

そういう人だと分かっていて惚れたのだから、私に勝てる要素などどこにもない。

フリードの熱い肉棒を体内に感じながら、私は三度、彼との肉欲に溺れていくのであった。

◇◇◇

少々遅くなってしまったが、無事夕食にありつけた私は、ある意味定位置とも言おうか、フリードの膝《ひざ》の上で食事を食べさせられていた。

「リディ。次は何が食べたい？」

「えっとね、その鶏《とり》もも肉が良いかな」

「分かった。はい、あーん」

口元にフォークが近づけられる。フォークにはリクエストした鶏肉が刺さっており、私は遠慮なく口を開け、かぶりついた。さっぱりした味付けの冷たいもも肉が身体に染みる。

「……ん。美味しい」

「そう？　じゃ、私も食べさせてもらおうかな」

「うん。……はい、あーん」

「あーん」

「はい、あーん」

「あーん」

フリードの口の中に同じく小さく切った鶏肉を押し込む。彼は満足そうな顔で、それを咀嚼《そしゃく》した。

「美味しいね。あ、リディ。ソースが口の端に付いているよ。取ってあげる」

フリードが私の口に付いたソースを、己の舌で舐め取る。

「わ、ちょっと……ん、ありがとう」

「どういたしまして」

顔が離れる際、オマケとばかりにチュッと口づけられた。自然と表情が緩んでしまう。

「えへへ……」

「リディの唇を目の前にして、何もしないなんてあり得ないからね」

砂糖の上に更に蜂蜜《はちみつ》を掛けたのではないかと思うほど、フリードの声が甘い。でも、それが嬉しかったりするから、私も似たようなもの。

イチャイチャしすぎだなとは私も思う。だけどこれが最近の日常なのだから仕方ないではないか。

食堂で食事をする時はさすがにこんな真似はしないが、部屋で二人きりの時は、大概今みたいな感じ。特に今日は、話をしなければならないこともあって、人払いは済ませてある。

誰も見ていないのであれば気にする必要もないわけで……新婚を理由にしてべったりしている自覚はあった。

そういうわけで、とても楽しい食事を終えた私は、フリードの膝に乗ったまま、彼と話をすることになった。

デリスさんの家で結びの魔女であるメイサさんに会ったこと、そこで言われたことを告げると、フリードは考え込むように視線を伏せた。

「……私に頼み、ね」

「うん。今度会った時、フリードのこと紹介してって言われたの。私にするのと同じ頼みだって言ってたけど……」

「選択権はくれるって言ってたんだね？」

「うん」

メイサさんの言葉を思い出し、頷く。

「デリスさんも相談に乗ってくれるって言ってたし、そこまで警戒しなくて良いとは思うんだけど」

「薬の魔女が？　そう、リディの友人である彼女がそう言うのなら、心に留《とど》めておく程度でいいのかな」

私の話を聞き、フリードが表情を緩めた。メイサさんの話をしてから彼の顔はずっと怖かったのだ。付き合いのない魔女が自分とコンタクトを取りたがっていると聞けば、警戒しても仕方ないのだろう。

「しかし、結びの魔女、か。リディと一緒に会った彼女が魔女だということは分かったけど、まさか結びの魔女だとは思わなかったな」

「私も自己紹介されて吃驚した」

「……薬の魔女も言っていたけど、私の父が結びの魔女と接点があるようなんだよね。知り合った経緯や、何で世話になったのかは分からないんだけど」

「そういえば、そんなことも言ってたね」

彼が言っているのは、フリードと一緒にデリスさんの家を訪ねた時の話だ。デリスさんは、フリードの父、つまりは国王とメイサさんが長い付き合いだと言っていた。

その時は、フリードとデリスさんが主に話していて、私は聞いているだけだったのだが……そうか、メイサさんは義父のことも知っているのか。

「ますますメイサさんが何を頼んでくるのか気になるね」

国王とも面識のある人が、わざわざ私たちを指名して頼み事があると言ってくるのが不思議で仕方なかった。

「そうだね。でも、今気にしても仕方ないよ。それはその時に考えよう」

フリードも頷く。

「うん」

「で？　他には何をしてきたの？　それだけで帰りがここまで遅くなることはないでしょう」

「ええっと……」

フリードの尋問は続くようだ。とはいえ、もとより秘密にするつもりはなかったので、素直に話を続ける。

「デリスさんに、カインの目の色を黒く変える薬をもらったの。護衛は、見えている方が牽制になるし良いだろうって言われて。で、目の色を変えたカインと一緒にカレー店に行った」

薬のことを伝えると、フリードは納得したように頷いた。

「なるほど。それでさっき、カインの目が黒かったのか。一体何があったのかと思ったよ」

「あ、気づいてたんだ」

「そりゃあね」

どうやらフリードは、カインの目のことに気がついていたらしい。やりとりはほんの少しだったというのに目端が利くというか、さすがだ。

「魔女の薬が原因だって言うのなら納得だ。私としても、リディが一人で歩いているように見える現状が心配だったから、彼女の厚意は有り難いな」

「……だよね」

やはりとでも言おうか。フリードも心配してくれていたようである。

全くそのことに考えが及ばなかった私としては、小さくなるより他はない。

そんな私を見て、フリードが苦笑する。

「知っている人が見れば、あまりの不用心ぶりに驚くと思うよ。新婚の王太子妃が町を一人で歩いているんだからね」

「……ごめんなさい」

居《い》た堪《たま》れなくなり、思わず謝った。フリードがポンポンと宥《なだ》めるように背中を叩《たた》く。

「リディはちゃんと私の許可を取って出かけたんだから謝る必要はないよ。実際は、誰よりも頼りになる護衛を付けているわけだしね。ただ、外から見ただけじゃ分からないから……せめて側に護衛がいると分からせた方が良いかもとは思っていたんだ」

「……うん」

「カインは城の兵士には見えないけど、腕が立つのは見る人が見れば分かるから、リディの護衛だと理解してもらえると思う」

「そっか。うん、そうだよね。愛人になんて見えないよね」

あんな変な勘違いをするのはラーシュくらいなものだ。良かったと思いフリードに笑いかけると、彼の表情が目に見えて強《こわ》ばった。

「……は？　愛人？　何それ、リディ、どういうこと？　私に分かるように説明してくれるよね？」

「え？　……う、うん」

フリードの目と声が怖い。特に目だ。ハイライトが消えているというのはこういうことを言うのではないかと思うほど、怖かった。

「え、えと、ラーシュがね……」

これは言い逃《のが》れはできないと直感した私は、全面降伏な気持ちで全てを吐いた。

フリードとラーシュは面識がある。名前を出し、彼としたやりとりを話すと、フリードは「ふうん」と、こんな声が出せるのかと思うような低く恐ろしい声で言った。

「……近いうち、ラーシュとは直接話をした方が良さそうだね。……ははは。カインがリディの愛人だなんて全くふざけた発想だよ。私という最愛の夫がいるのに愛人。愛人、ねえ？　……私がリディを、私以外の男に近づけさせるはずないじゃないか」

「そそそ……そうね」

めちゃくちゃ怖い。

カインがフリードに殺されるかも、なんて言った時はさすがにないと笑い飛ばしたが、今なら彼に全面的に同意する。

恐怖に戦《おのの》いていると、カインだってリードが不満げに言った。

「本音を言うなら、カインだってリディには近づけたくないんだ。だけど私には執務もあるし、いつもリディの側にいられるわけじゃないから。女性の護衛も考えないでもなかったけど、やっぱり戦力という面で考えれば、カイン以上の適任はいないし……でも、愛人なんて噂を立てられるくらいなら」

――まずい流れだ。

せっかくカインの存在をフリードに認めてもらったというのに、それがなしになるのだけは避けたい。そう思った私は焦りながらも言った。

「そんなこと言うのはラーシュだけだって。大体、フリードは、私がフリードだけが好きって知っているでしょ」

「それはもちろん、知っているけど、でも――」

「ちゃんと皆にも護衛だって説明する。絶対、もう二度と、冗談でも愛人なんて言わせないから」

「……リディがそう言うのなら……分かった」

渋々ではあるが、フリードは頷いた。

「仕方ないね。腹立たしいとは思うけど、実際、カイン以上に腕の立つ護衛はいないし、彼になら安心してリディを任せられるから。……でもリディ、カインが愛人、なんて言われないよう、彼との距離感には十分注意してよ？」

「わ、分かった」

妥協してくれたことに安堵《あんど》しつつもしっかりと頷く。私だって、大事な友人と思っているカインが『愛人』呼ばわりされるのは嫌だ。それに、フリードに言った通り、私はフリードだけが大好きなんだから……。

私が本気で頷いたのが分かったのだろう。フリードの表情がいつもの優しいものへと戻った。

「ラーシュにはあとで個別に話を聞くとして、うん、この話は終わりにしようか。リディ、続きを話して」

「……やっぱりラーシュに話はするんだ」

「当たり前だよ」

フリードとしても、そこはどうしても譲れないらしい。これはもう、ラーシュには諦めてもらうしかないなと内心手を合わせ、私はカレー店を出た後の話をすることにした。

「ええと……外国から見世物小屋が来ていたの。で、そこで虐げられていた犬を見つけて――」

城に帰るのが遅くなってしまった本命の事情をようやく説明すると、フリードは目に見えて心配そうな顔になった。

「見世物小屋の興行主に、殺すくらいなら売ってくれって啖呵《たんか》を切ったの？　……リディ、頼むから危ないことはしないでよ……」

「ごめん……でも、放っておけなかったから」

目の前で、生き物が殺されそうになっていて、見捨てられるわけがない。そう正直に告げると、フリードは困ったように言った。

「それがリディだって分かってはいるけど……はあ。やっぱり、カインじゃないとリディの護衛は無理だな……」

「……」

それはどういう意味だろう。

じっとフリードを見つめると、彼もまた私を見つめ返してきた。

「リディ、リディはもう単なる公爵令嬢ではなく、私の、ヴィルヘルムの王太子妃になったんだよ？もしリディが、たとえかすり傷だろうと傷付けられでもしたら、私は絶対にその男を許さない。草の根を分けてでも探し出すし、誰がなんと言おうと報復する。そうしたら、国際問題になるって分かってる？」

フリードの表情はどこまでも真剣で、彼が本気で言っているのだと分かる。私は項垂れつつも謝った。

「……ごめんなさい。そこまで考えてなかったの。ただ、あの子を救いたくて……それだけで」

「分かってる。実際はカインがいたことだし、そうはならないとは思うけどね。でも、本当に気をつけてよ」

「はい」

フリードの膝の上で小さくなりながら頷く。

　確かに考えなしの行動だった。あの子を助けたかったのは本当だが、もっと他に方法があったのではなかろうか。何も考えずに突っ走った自分が恥ずかしかった。

「気をつけます。ごめんなさい」

「うん。ちゃんと反省してくれたのならいいよ。こうして何事もなく、私の元に帰ってきてくれたことだしね」

「ん……」

　ぎゅっとフリードの服を握りしめる。私の行動に気づいたフリードが優しく笑った。

「リディってばまた可愛いことをしてるね。でも、話はまだ終わりじゃないでしょう？　その犬、結局リディは買ったんだよね。その後はどうしたの？」

「カインに頼んで、王都の外へ連れていってもらった。で、魔法の掛かった首輪をしていたからそれを中和魔法で外して……もう捕まらないでねって言って放した」

「放したの？　リディのことだから飼うと言い出すかと思ったよ」

「本当に犬だったらそうしたんだけどね……」

　疑わしげにこちらを見てくるフリードに、微笑んでみせる。

「実はあの子、犬じゃなくて狼だったの。犬なら、フリードが言った通り城に連れて帰って飼おうかなとも考えたんだけど、狼だと気づいちゃったから。さすがに狼と分かったあとじゃ、飼うなんて選択はできないし」

「狼？　狼だったの？　リディ、大丈夫？　怪我なんてさせられてない？」

「平気。すごく賢い子だったから」

焦ったようにフリードは私のボディーチェックを始めた。私に傷一つないことを改めて確認し、胸を撫で下ろす。心配してくれたフリードには悪いが、大事にされてるんだなと感じ、口元が緩んでしまう。

「良かった。でももしリディが狼を連れて『飼う』と言い出したら、アレクと宰相辺りが卒倒しそうだね」

「……」

兄と父を例に挙げられ、確かにそうかもと思ってしまった私は、なんとなくフリードから視線を逸らした。フリードがぽんと私の頭を叩く。それがとても優しいものに思え、何だか心がほっこりした。

先ほどもそうだが、最近、彼の行動の端々にますます愛を感じるようになり、幸せだなと思う時が増えた。

すっかり上機嫌になり、フリードに擦り寄る。彼はそんな私をしっかりと抱き締めながら言った。

「確かに狼じゃ、野に放つしかないだろうね。せっかくリディが助けた狼だ。再び人間に捕まらなければいいけど」

それには私も心から同意した。

「そうなんだよね……あと、住んでいた場所が分からなかったから、王都の外で放すことしかできなかったっていうのが気がかりかなあ。仲間の群れがいるところに返してあげられれば一番良かったんだけど……」

「それは仕方ないよ」

「うん、分かってはいるんだけど」

やっぱり故郷に帰してあげたいではないか。無理なことは百も承知の上でそう思ってしまう。

私を抱き締めたフリードが、顔を覗き込んでくる。

「よく分かった。結局、その狼を王都の外に放していたから、リディは帰ってくるのが遅れたわけだね？」

「うん。……ごめんなさい」

「事情は分かったし、今回は仕方のないことだったと思うよ。虐待されている生き物を助けようと思う心は尊いものだからね。できれば、突発的に飛び出していって欲しくはないけど、それがリディだということは分かっているし。だからこそどんな時でも対処できるカインを付けているわけだしね。……でも、本当にリディは、外に出るだけで色々なものに行き当たるよね」

「？　そうかな」

そんな自覚は全くない。首を傾げていると、フリードが私の顎《あご》に指を掛け、上を向かせた。

「だから、できればリディが外に出る時は私も一緒に行きたいんだけどね。でも、そんなことをすれば、アレクが怒りそうだし……」

「フリードはお仕事があるから仕方ないよ」

ヴィルヘルムの慣例として、王太子に第一子が誕生すると王位が譲られる。フリードが結婚したことで、国王はすっかり孫を期待し、重要な案件をいくつも息子である彼に任せ始めていると聞いていた。新婚とはいえ、彼は本当に忙しいのだ。

フリードが秀麗な顔を歪《ゆが》めながら言った。

「本当、王太子というのはままならない仕事だよ。可愛い奥さんと一緒にいることすら碌《ろく》にできないんだから」

「うん。もっと一緒にいられるといいよね」

「今度リディが外に出る時は、絶対に一緒に行くから。その時はデートしよう？」

誘ってくれたのが嬉しくて何度も頷く。

仕事が入って予定が潰れてしまったとしても構わない。そういう風にフリードが言ってくれたことが大事なのだ。

「楽しみにしてる」

笑顔で言うと、フリードは私を再度強く抱き締め、「リディが可愛くて我慢できない。話も終わったことだし、もう一回しよう」とその場で私を押し倒してきた。

その展開を読んでいた私は、やっぱりかと思いつつ、新婚で浮かれているのは私も一緒なので、「いいよ、大好き」と言って、夫を喜ばせた。

2・彼女と南国の王太子

「リディ、今、ちょっと良い?」

「ん? 何?」

午後、お昼が終わった時間。お茶が飲みたいなあとカーラを呼ぼうとしたタイミングで、フリードが部屋に帰ってきた。

仕事の途中で顔を見せてくれるとは思わなかったので望外の喜びだ。小走りで彼の側《そば》に行くと、フリードは私に言った。

「カーラを連れてきたから、悪いんだけど着替えてくれないかな? もうすぐ、ヘンドリックが来るんだ」

彼の後ろを見れば、カーラだけではなく女官たちもずらりと雁首《がんくび》を揃《そろ》えている。私は、記憶を漁《あさ》り、名前から当たりを付けてフリードに聞いた。

「ええと、ヘンドリック様って、イルヴァーンの王太子の?」

「そう」

「え? でも、つい最近、結婚式に参列して下さらなかったっけ? 帰ったばかりなのにどうしてまた?」

ヴィルヘルムの南に位置する友好国イルヴァーン。

その王太子、ヘンドリック・リヴェイア・イルヴァーンは、現在二十歳。

フリードとは個人的に仲が良いらしく、二度ほど婚約祝いなるものを送りつけられて……いや、いただいている。……それがミニスカートのメイド服だったり、猫耳や尻尾《しっぽ》が生える腕輪だったりしたことには吃驚《びっくり》だったが。

その彼は、私たちの結婚式とその後の宴《うたげ》にまで出席してくれた。

軽くではあるが挨拶《あいさつ》はしたし、確か、妃《きさき》も連れてきていたはず。

その時のことを思い出しているとフリードが言った。

「どうやら私たちに頼み事があるそうだよ。手紙には書きづらい内容らしくて、急遽《きゅうきょ》、転移門を使って日帰りで来ることになったんだ。彼の妃も一緒にね」

「え？　日帰り？　本当に急な話なんだね」

転移門というのは、人や物を一瞬で運ぶことのできる、魔力で起動する門のことだ。門と門をリンクさせておけば、どんなに遠くてもあっという間に移動することができる。

町や教会、そして城。転移門は様々な場所にあるが、使うには多量の魔力と代金が必要で、平民にはなかなか利用できない代物と化している。

王家もいくつかの転移門を城内に持っているが、その中に王族専用の転移門があったことを思い出した。

王族専用転移門。

文字通り、王族だけが使える特別な転移門である。

各国と繋《つな》がっており、それこそ特別な許可を取らなければならないが、他国へ跳んだり、来てもらったりすることができる。

「転移門で来るってことは、王族専用の転移門を使うってこと？」

尋ねるとフリードからは肯定が返ってきた。

「うん。二時間後には来るよ」

「えっ⁉　じゃあ、急いで準備しないと」

そんなに急な話だとは思わなかった。

慌ててカーラと女官たちを招き入れ、準備を調える。

友好国の王太子夫妻。

厳密には初対面ではないが、結婚式の時はそれこそ挨拶程度しかできなかったのだ。ある意味、初めての外交ということもあって、私はとても緊張していた。

「大丈夫だよ。ヘンドリックは堅苦しい奴《やつ》ではないから」

「それは……そうだろうけど」

準備を終え、フリードと一緒に城の廊下を歩く。王族専用の転移門は王族居住区の隅にあるのでそこまで迎えに行くのだ。

他国の王族が王族居住区に現れるのは安全面を考えてもどうかと思うのだが、そもそも王族専用の転移門自体が酷《ひど》く特殊で、互いの国のトップの了承がないと門を繋げることすらできないのだと聞き安心した。

私たちが今、迎えに行っているのも、フリードが門を起動させるため。

あらかじめ取り決めをしておいた時間にフリードが魔力を門に注ぎ、向こうの王族も自国にある門に魔力を注ぐ。そうすることで初めて門は両国を繋ぐことができるのだ。

国王が来なくて大丈夫なのかと思ったが、ヘンドリック王子はフリードの友人だ。彼が相手をするということで話は付いているらしい。

そういえば、私が今着ているのは、盛装用のドレスだ。

レースが美しいこのドレスは、やはり胸元が大きく開いたデザインだ。正妃の証《あかし》である王華《おうか》が綺麗《きれい》に見える。

本来、王族と会うのなら正装で挑むのが筋なのだが、相手が友人ということで、盛装で落ち着いたらしい。フリードも私が大好きな正装ではなく、普段着ている服とあまり変わらない。ただ、生地やデザインがいつもより華やかで品があり、彼の王子としての魅力をよく引き出していた。

つまり、めちゃくちゃ格好良いのだ。

夫にすでに骨抜きになっている私は、絵本の中から抜け出てきたような彼の王子様ぶりに、内心萌《も》え転がっていた。

それをおくびにも出さず（気づかれているような気もする）私はフリードに言った。

「フリードの奥さんになってから、他国の王族に会うのって初めてなんだよ。緊張しないわけないじゃない」

「ヘンドリック相手に、その緊張は無用なんだけどね」

フリードが苦笑する。

確かにヘンドリック王子は友人に平然とメイド服を送りつけてくるような人だ。冗談も通じる親しみやすい人物なのだろう。それは予想できたが、どうしたってドキドキする。

無意識に胃を押さえていると、フリードが私を安心させるように言った。

「ヘンドリックのことは本当に気にしなくて良い。リディには、彼の奥方の相手をしてもらいたいんだ。これは彼からの手紙に書いてあったのだけど、リディに友人になってもらいたいのだって。だからわざわざ奥方を連れてくるようだよ」

「へ？　私と？」

「うん。それもあって、リディを呼びに来たんだよ」

「えええ？」

まさかの指名に目を瞬かせた。

夫婦が一緒に来国する理由が、まさかの私と友人になって欲しいからとか誰《だれ》が想像できるだろう。

イルヴァーンの王太子夫妻と言えば、去年結婚したばかりの新婚夫婦として有名だ。

自分探しの旅に出るというふざけた理由で数ヶ月ほど行方《ゆくえ》をくらませていた王太子。

そんな彼が、ある日突然、女性を連れて帰ってきた。そうして国王に告げたのだ。「彼女と結婚する」と。

身元もはっきりしない結婚相手に、さすがに国王夫妻も臣下の貴族たちも良い顔をしなかった。

どこから連れてきたのかと聞いても王子は答えない。ただ、彼女と結婚するの一点張り。

当たり前だが国内は荒れに荒れ、揉《も》めに揉めた。

だが王太子の意思は固く、結局、国王が折れ、結婚は認められることになった。

貴族階級出身でない王太子妃は、イルヴァーンでは初めてで、ヴィルヘルムでもずいぶんと噂《うわさ》になったものだ。

そんなある意味有名過ぎる夫妻に名指しで指名され、私は戸惑っていた。

「なんで？　結婚式でお会いした時も、軽く挨拶しただけだよ？」

どうして指名されたのか本気で分からなかったので首を傾《かし》げると、フリードが私の手を握りながら言った。

「ヘンドリックの妃はどうやらかなり内向きな性格のようでね、友達がいないんだってさ。結婚式の宴でリディを見て、リディなら友人になれるのではないかと思ったらしいよ」

まさか、そんなところでロックオンされていたとは想像もしなかった。

だけど、私の何を見て、彼の妃の友人候補にしたのだろう。

「……私、宴の時、かなり猫を被《かぶ》っていたと思うんだけど……良いのかな」

「あの時のリディはまるで妖精《ようせい》のように綺麗で、見る者全《すべ》てを魅了していたよね。そのリディが私のものになったんだって、すごく幸せな気分だったな」

「そういうのはいいの！　それに素敵だったのはフリードの方なんだから」

正装姿のフリードに勝てる者などこの世にいるはずがない。

自信を持って言ったが、フリードは懐疑的な顔をした。

「何言ってるの。リディだよ」

「フリードだってば……って、やめよう。なんかすっごく不毛な気がしてきた」

どっちの方が素敵だったか揉めているとか、完全にバカップルのすることだ。

無駄に脱線した話題は置いておくことにして、話を戻す。

「ええと、それで、本当に私で良いの？」

少々強引に話を戻すと、フリードが苦笑した。彼も不毛だとは分かっていたらしい。

「向こうが良いって言ってるんだから、リディが気にする必要はないよ」

「そっか。それなら喜んで。友人が増えるのは嬉《うれ》しいな」

噂に聞くイルヴァーンの王太子妃はどんな人物なのだろう。友好国、しかもフリードの友人の妃。

これから顔を合わせる機会が多いのは予測できるし、親しくなれるのなら是非なりたい。

「イルヴァーンの王太子妃かあ。まだ新婚だよね？　フリードも式には参列したの？」

友人同士だと言うのなら、結婚式には出たのだろう。そう思い聞いてみたのだが、フリードは否定した。

「実は去年のヘンドリックの結婚式。もちろん招待はされていたんだけど、私は式に出られなかったんだ」

「そうなの？　あ、でも、確か去年、イルヴァーンの王太子の結婚式にお父様が出席していたような気がする」

宰相である父は、他国の王族の結婚式にもよく呼ばれる。いつものことなので気にしていなかったが、もしかして。

　フリードに目線を向けると、彼は困ったような顔で肯定した。

「そう。本当は、宰相ではなく私が行く予定だったんだ」

「お父様は国王代理じゃなく、フリードの代理で式に参列したってこと？」

「うん。さすがに大事な友好国の結婚式を欠席するわけにはいかなかったからね。父が宰相に命じて行かせたんだ」

「……へえ」

　それはどうしてだろう。

　フリードは友人を蔑《ないがし》ろにするような人ではない。仲良くしている隣国の王子が結婚することになって、そして招待状が来たのなら、喜んで出席すると言うはずだ。

　疑問に思っていると、フリードは眉《まゆ》を下げながら言った。

「……あの頃《ころ》は王華がなくて、一番酷い時期だったからね。夜は眠れないし、身体《からだ》は疼《うず》くしで辛《つら》い毎日だった。あの状態ではとてもではないけど隣国まで行って笑顔でおめでとう、なんて言えなかったんだよ。それでも行く気だったんだけど、父が察してくれたみたいでわざと私が行けないような用事を入れてくれたんだ。代理を派遣しやすいようにね」

「……そっか」

　王華は、ヴィルヘルム王族の多すぎる魔力を制御するために役立っている……というか、王華の主な役目がこれなのだ。これがなければ王族は、魔力制御に酷く苦しむことになる。

私は今の元気なフリードしか知らないから想像もつかないが、王華のないフリードがかなり厳しい状態だったということは、グレンや兄からも聞いて知っている。

体調が悪い中、隣国まで……確かにそれは難しい話だし、かえって相手にも失礼になってしまう。

「まあ、そういうことで悪いけど私は欠席させてもらった。今回の私の結婚式、彼は式に来てくれたわけだけど、自分が欠席してしまっただけに申し訳なかったな。ヘンドリックは気にするなって言ってくれたけどね」

本当に、フリードとヘンドリック王子は仲の良い友人らしい。王太子同士、気軽なやり取りができるのだから、間違いないだろう。

「殿下、お待ちしておりました」

転移門が設置されている部屋へ行くと、そこにはウィルが待っていた。

ウィリアム・フォン・ペジェグリーニ。

ペジェグリーニ公爵家の嫡男で、魔術師団団長。私と兄の幼馴染《おさななじ》みでもあるモノクルがトレードマークの青年だ。少し気難しい印象を与える彼だが、気性はとても優しい。私は彼を第二の兄としても慕っていた。

そんな彼は重度の魔術オタク。魔具——マジックアイテムを集めるのが趣味で、よくプレゼントをしてくれたりもするのだが、そのセンスについては触れないでおく。私や兄、時にはフリードすら顔を引き攣《つ》らせると言えば伝わるのではないだろうか。親切心百パーセントだということが分かっているだけに辛い。

一瞬、どうしてウィルがここにいるのだろうと思ったが、彼の立場を思い出し、納得した。

王家所有の転移門は代々、魔術師団団長が管理していて、今はウィルがその全てを請け負っているのだ。今回、イルヴァーンの王太子夫妻が来るということで、管理者であるウィルも待機する話になったのだろう。

彼は私を見ると、一瞬、顔を強《こわ》ばらせた。

「リ、リディ……」

「？　どうしたの、ウィル？」

「い、いや……何でも……ない。気にしないでくれ」

さっと目を逸《そ》らすウィル。不審に思い彼を見つめると、それを許さないとでも言うようにフリードが私の手を引いた。

「リディ、何しているの。行くよ」

「えっ？　あ、うん」

久しぶりに会ったウィルの常にない態度が気になったが、確かに今は気にしている場合ではない。

私はそれ以上話をすることはやめにして、フリードについていった。

「……始めようか」

フリードが立ち止まったのは、魔術陣が描かれた台座のようなものの前だった。

この部屋には以前、一度だけ入ったことがあるが、使用するところを見るのは初めてだ。

未知の出来事にワクワクしているとフリードが私に言った。

「リディはそこで見ていて。約束の時間だ。――ウィル。魔力を流す。制御はお前に任せるぞ」

「はい、殿下」

ウィルがフリードに向かって頷《うなず》く。その表情は、先ほどまでと違い、まさに魔術師団団長というに相応《ふさわ》しく、彼が完全に気持ちを切り替えているのが分かった。

フリードが魔術陣に掌《てのひら》を向ける。次の瞬間、魔術陣が白く輝き出した。

「……転移門、展開。――イルヴァーンからの魔力確認。扉、繋ぎます」

ウィルを見れば、彼は己の頭上に魔術陣を三つほど展開させていた。おそらく、転移門の制御とやらのために使っている魔術なのだろう。ウィルの額からは汗が滲《にじ》み出ており、その表情は真剣なものだ。

転移門で移動してくるのは今まで何度も見たことがあるが、いつも魔力を通すだけで簡単に移動できるという印象だった。どうしてこんなに大変そうなのだろうと思っていると、自分の役目を終えたのか、フリードが私を振り返りながら言った。

「この王族専用の転移門はかなり特殊だからね。先ほども説明した通り、両国の承認が必要で、魔力を流すタイミングも合わせなくてはならない。ずっと繋ぎっぱなしの他《ほか》の転移門とは違って、この門は毎回繋げ直す必要もあるし、本当に難しいんだ。魔術師団の団長が管理しているというのはそれなりの理由があるんだよ」

「……ウィルってすごいんだね」

私の疑問を察してくれたのか、フリードが丁寧に説明してくれた。それに驚きつつも納得していると、ウィルが言った。

「殿下。転移門、イルヴァーンとの接続成功しました。――来ます」

「っ！」

ウィルの言葉と共に、部屋が眩《まぶ》しい光で満たされた。

思わず目を瞑《つむ》る。光はすぐに収まり、先ほどまで何もなかった魔術陣の上には五人の人物が姿を見せていた。前に二人、後ろに武装した護衛と見られる兵士が三人。前にいた一人、ヘンドリック王子がフリードを認め、破顔した。

「やあ、フリード。今日は無理を言って悪かったね」

結婚式でも会った王子をもちろん私は覚えていた。

腰の辺りまであるエメラルドグリーンの髪に目が行く。瞳《ひとみ》は私と同じ紫色。この緑と紫というのは、イルヴァーン王家特有の色彩だ。

言うなれば、ヴィルヘルムでの金髪碧眼《へきがん》のようなもの。

まるで女性のようなというのがぴったりな容姿を持つヘンドリック王子は、にこにこと笑顔を浮かべながらフリードに向かって手を振った。

そうして、隣にいた女性を大切そうにエスコートしながら、私たちの側へとやってくる。

ヘンドリック王子にエスコートされている女性は、イリヤ王太子妃だ。

成人しているのかと疑いたくなるくらい小さな少女。焦げ茶色の髪はふわふわで、金色の目はくるりとしている。ものすごく可愛《かわい》らしい。

これで会うのは二度目だが、彼女の愛らしさに、私は見事にノックアウトされていた。

――小さい。可愛い！

彼女の着ているドレスに目を向ける。

南国イルヴァーンは商人の国とも呼ばれ、人々の気質も明るくさっぱりしている。服装は赤や黄色といった明るい派手な原色を好む傾向が強い。

イリヤ妃が着ているドレスもイルヴァーン人が好みそうな原色に近い色が使われていた。ふんわりと膨らんだスカートが可愛らしい。彼女の愛くるしい外見によく似合っていると思った。

彼女は私に気づくと、小さく頭を下げてきた。私も同じように挨拶を返したが、彼女は恥ずかしげに夫の後ろに隠れてしまった。

「イリヤ。ほら、逃げちゃ駄目だって。……ごめんね。イリヤはちょっと人見知りが激しくて。気を悪くしないでくれると嬉しい」

「いや、それは構わないが……」

「リディアナ妃も。ごめんね」

「いえ……」

申し訳なさそうに言われ、私は慌てて首を横に振った。

改めて自己紹介と挨拶を交わし、用意していた貴賓室へと案内する。ウィルは転移門のある部屋に残った。王太子夫妻が帰る時のために、転移門のチェックを行うらしい。仕事とはいえ大変だ。

ヘンドリック王子は主にフリードに話しかけ、フリードの方も楽しげに会話に応じていた。

思っていた通りの仲の良い二人の様子に、嬉しくなってしまう。

貴賓室にはすでにお茶の用意が調えられており、私たちはそれぞれの席に座った。

控えていた女官が紅茶を淹《い》れ、部屋を出ていく。それとほぼ同時にヘンドリック王子が自らの護衛に言った。

「お前たち、すまないが外で待機していてくれ。友人と気軽に話がしたいんだ」

「……承知しました」

渋い顔をしたが、フリードと友人だということは知っているのだろう。護衛たちは比較的素直にヘンドリック王子の命令に従い、退出した。ヘンドリック王子の動きを見たフリードもヴィルヘルム側の護衛を退出させる。

完全に私たち四人になったところで、ヘンドリック王子が口を開いた。

「気を遣わせてごめんね。君たち以外に話を聞かれたくなくて」

「いや、それは構わないが。元々、手紙に書けない話だということは聞いていたから、護衛は退出させるつもりだった」

「うん、ありがとう」

フリードの言葉に頷き、ヘンドリック王子は安堵《あんど》したように笑った。改めてフリードの目を見つめ、感慨深げに言う。

「今更ではあるけれど、こうしてじっくり話すのは久しぶりだよね。結婚式では他にも客がいたからあまり話せなかったし……ええと、確か、前の国際会議で会って以来じゃない？　……うん、結婚式でも思ったけど、なんだか君、随分表情が明るくなった気がするよ。溺愛《できあい》しているっていう彼女のお陰かな？」

ヘンドリック王子の目が笑っている。それにフリードは真顔で答えた。

「ああ。リディと結婚したからな。体調もよくなるに決まっている」

「うわあ、言い切ったよ。こうも堂々と言われると逆に何も言えなくなるって本当だね」

ヘンドリック王子は驚いたように目を見張り、そうして次に私に目を向けてきた。じっと観察されるのが、妙に居心地が悪い。

「結婚式ではあまり話せなかったね。ねえ、リディアナ妃。僕、ずっと君に聞きたかったことがあるんだけど、この機会に聞いてみても良いかな？」

「は、はい。なんでしょうか」

名前を呼ばれ、返事をすると、ヘンドリック王子は笑顔のまま言い放った。

「ね？　僕が送った婚約祝い。色々あったと思うんだけど、どれが一番気に入った？」

「っ!?」

「ヘンドリック！」

とんでもないことをさらりと尋ねられ、絶句した。

隣に座っていたフリードが怖い顔でヘンドリック王子を睨《にら》む。

「お前、リディに何を聞いているんだ！」

「何って……送り主としては当然の質問だと思うんだけど。君の妃の答えを参考にして、どれくらい生産するかを決めるつもりなんだ。売るからには損はしたくないしね」

売る、という言葉を聞いて、ギョッとした。ヘンドリック王子は真顔でフリードに説明している。

「特に獣化の腕輪だよ。あれは絶対に儲《もう》かると踏んでいるんだけど。ただ、女性側が嫌がらないか、拒否反応がどれくらいのものなのか知りたくてね。メイド服は……材質的に量産は難しいから、販売するならもう少しクオリティを下げることになると思うし……」

「お前は何をしているんだ……」

疲れたように言ったフリードに、ヘンドリック王子はいけしゃあしゃあと答えた。

「え？　商業の国の王子としてはごくごく当たり前のことだと思うんだけど。それで？　君はどれが一番良かった？　全部一通り試してはくれたんだよね？」

「え……えーと……」

送り主には申し訳ないが、ものすごく答えに困ってしまった。

だってヘンドリック王子がくれたものは、全部その——フリードとのアレな営みで使ってしまったのだ。確かに楽しかったし、フリードも喜んでくれたから別に嫌な気持ちにはならなかったが、それについてどうこうコメントするのはさすがに無理だ。

メイドプレイでフリードが朝まで盛り上がって大変でした。私も楽しかったですとか、尻尾と猫耳、こちらも彼は大いに気に入ったようです。私もノリノリでメイド服とセットで着ました。あれ以来ちょくちょくリクエストされます。にゃあにゃあ言うと喜ぶからつい調子に乗ってしまいます、などとは事実であるが絶対に言えないのである。

……ちょっと普通ではないプレイをしている自覚はある。でも、フリードが楽しそうなんだもん。私にとってはそれが全てだ。

どう答えればいいのか視線を宙に彷徨《さまよ》わせた私を、フリードが庇《かば》う。

「その辺りは、私が返書に書いてやっただろう。女性であるリディに、答えられないような質問を振るな」

「えー、だって君もあんまり詳しくは書いてくれなかったじゃないか」

「当たり前だろう」

フリードの言葉には、全力で同意したくなった。だが、ヘンドリック王子は、納得できないようで首をひねっている。

「感想を聞かせてくれって手紙にも書いただろう？　君の返事、あんなのが感想だなんて言えないよ。使ったからには、僕が満足するような具体的な答えを返してくれないとこちらも困るっていうかさ……もっとこう、微に入り細《さい》を穿《うが》って……」

「勘弁してくれ……」

こめかみを押さえるフリードなど、なかなかに珍しい姿を見た気がする。

この城では兄がよくするポーズをフリードがしたことに驚きを隠せないでいると、ヘンドリック王子はクスクスと笑った。

「ごめん、ごめん。さすがに冗談だよ。ちょっと君をからかいたかっただけなんだ。だって、君ってば本当に面白みのない男だったからね。こういう話ができるようになったことを僕は心から喜ばしく思うよ。あの場では碌《ろく》に話せなかったから、改めて言わせてもらう。好きな女性と結婚することができて良かったね。おめでとう」

「……ああ。ありがとう」

複雑な表情をしつつもフリードは礼を言い、そうして話を切り出した。

「それで、ヘンドリック。わざわざ転移門を使ってまでヴィルヘルムにやってきた理由はなんだ。護衛は下げた。時間があまりないのだから、さっさと言え。確か、私たちに頼みがあるということだったが――」

「ああ、それね。分かってるから急《せ》かさないでよ。ええと、うん、いくつかあるんだけどまず――イリヤ」

ヘンドリック王子が名前を呼ぶと、彼の隣に座っていたイリヤ妃が顔を上げた。彼女は席に着いてからずっと俯《うつむ》いていて、話すどころではなかったのだ。

人見知りが激しいとのことだったが、これでは外交も大変なのではないだろうか。

でも確かに、結婚式の宴の時も、軽く挨拶しただけだった。あの時はひっきりなしに人が来て、目の回るような忙しさだったから気にしなかったが、もしかしなくてもあれが彼女の精一杯だったのだろうか。

だけど、と思う。

小さくて可愛らしい少女のような外見のイリヤ妃。

彼女を見ていると、なんだかレナという猫の獣人の少女を前にした時のような萌えが滾《たぎ》ってきてどうしようもないのだ。

――うううう。可愛い。なんか小動物みたいですっごく可愛い。

人見知りだろうがなんだろうが関係ない。これは頼まれなくても是非、仲良くしてもらいたいと思う可愛さだ。

じっとイリヤ妃を見つめていると、私の視線に気づいた彼女が照れたようにまた俯いてしまった。

そんな彼女に大丈夫だとでも言うように、ヘンドリック王子が頭を撫《な》でる。

仲の良い夫婦なのだろうと二人の雰囲気から察することができた。

イリヤ妃が落ち着いたのを確かめてからヘンドリック王子が私たちに言った。

「僕と二人ならイリヤも普通に話せるんだけどね。どうもこの子は他人と接するのが苦手みたいで……」

「す、すみません……わ、私も殿下の妃として、これではいけないと分かっているのですが……」

蚊の鳴くような声で答えたイリヤ妃に、ヘンドリック王子は優しい笑みを向ける。

「イリヤは頑張っているよ。急かすつもりはないから、気にしないで」

そうして再び私たちに視線を向けてきた。

「イリヤにとって、君たちの結婚式への出席が初の外交だったんだ。ちょっとね、この通り気の弱い子だから、最初からあまりハードなものを選ぶと辛いかなって、様子を見ていたんだよ。で、色々考えた結果、フリードの結婚式くらいならイリヤでも大丈夫だと判断して連れていったんだ。君が選んだ子が、変な子であるわけがないと思ったしね。友達になってもらうにもいいんじゃないかって」

その言葉にフリードは大きく頷いた。

「当たり前だ。先ほどもリディは、友人が増えるのは嬉しいと言っていた」

「そう？　それは嬉しいな。リディアナ妃。イリヤはちょっと内向きな子だけど、よろしく頼むよ」

「は、はい。こちらこそよろしくお願いします」

イリヤ妃も私をちらりと見て、小さく頭を下げてきた。その彼女を見て、フリードがヘンドリック王子に尋ねる。

「ヘンドリック。イリヤ妃は……確か成人しているのだったな？　かなり若く見えるのだが……」

フリードの疑問は納得だった。私にも彼女はまるで子供のように見えたからだ。

結婚式で会った時は、それに必死だったこともあり、気にする余裕もなかったが。

ヘンドリック王子が、ケラケラと笑う。

「あはは、やっぱりそう思うよね。でもね、イリヤは二十歳だよ。僕と同い年」

「二十歳？」

「うん。イリヤの一族は、童顔で子供みたいな体格が多いんだって。ね？」

「はい……」

小声で頷くイリヤ妃。

しかし驚いた。てっきり私より年下だと思っていたのに、まさかの年上。

イルヴァーンでは十六が成人だから十六歳くらいだと勝手に思い込んでいた。

吃驚していると、ヘンドリック王子は「それで――」とフリードに言った。

「君の言う通り時間もない。フリード、勝手で悪いけど、本題に入っても良いかな」

「ああ」

ヘンドリック王子の声音が変わった。フリードの表情もキリッと引き締まったものになる。

私たちの他に誰もいないことを目線だけで再度確認したヘンドリック王子がイリヤ妃を呼んだ。

「イリヤ。お願い」

呼ばれた彼女はビクリと身体を揺らした。そうしておずおずと己の夫を見上げる。

「……殿下。本当によろしいのですか？」

「この話は何回もしただろう？　今日だってそのためにわざわざ転移門を使ってここまで来たんだから。彼らなら大丈夫だよ。だからね」

「はい――」

訳の分からない話。なんだろうとフリードに目を向けると、彼もまた不思議そうな顔をしていた。

どうやらフリードにも心当たりはないらしい。

二人で戸惑っていると、しばらくじっと考え込んでいたイリヤ妃が、覚悟を決めたような顔をした。

私たちの注目を浴びる中、彼女は立ち上がると、その場でギュッと目を瞑る。

次の瞬間――。

「あっ……え？」

「は？」

驚きの声を上げる私とフリード。ヘンドリック王子は私たちの反応を分かっていたようで、困ったように笑った。

「うん。ま、そういうことなんだよ」

軽く告げられたが、私とフリードは目を丸くすることしかできなかった。

何故《なぜ》なら何もなかったはずの彼女の頭の上。そこに当たり前のように三角の可愛らしい猫耳がピコピコと主張するように揺れていたのだから。

「えっ……ええ!?」

ゆらゆらと揺れる猫耳を前に、動揺を隠せない。突然の出来事に言葉を失っていると、ヘンドリック王子が言った。

「うーん。やっぱり驚いたよね……」

それには同意しかない。私は、猫耳を凝視したまま口を開いた。

「はい、驚きました。猫耳って、出し入れ可能なんですね。知りませんでした」

うちにいる獣人――レナも同じことができるのだろうか。そんな風に考えているとヘンドリック王子が愕然《がくぜん》とした様子で言った。

「そっち!?」

「へ?」

何かおかしなことを言っただろうか。

首を傾げていると、隣で驚きから一足先に立ち直ったフリードが肩を揺らして笑っていた。

「ふふっ……本当、リディって……」

楽しそうに笑うフリードに、ヘンドリック王子が目を瞬かせながら言う。

「ねえ？　君の妃って天然なの？　まさかこういう答えが返ってくるとは僕も想像していなかったよ！」

思いきり指をさされ、私はむっと頬《ほお》を膨らませた。そんな私の頭をフリードが優しく撫でる。

「リディが一番気になったところがそこだったというだけだろう。うちには獣人の女官もいるし、驚きはしたが珍しいとは思わないからな」

「そうなの？」

視線を向けられ、頷いた。イリヤ妃も吃驚した様子で私たちを見つめている。

「獣人が？　ヴィルヘルムにいるんですか？　その……耳を隠さず？　本当に？」

「はい、イリヤ様と同じ、猫の獣人です。耳がくたっと折れ曲がっていて、すっごく可愛いんですよ！　モフモフで触り心地も抜群ですし！　背中の辺りを撫でると、ピンッと尻尾が上がるんです。それがものすごく可愛くって！」

力強く主張すると、頭を撫でていたフリードがまた、笑い始めた。

「触り心地って……リディ。そんなにベタベタ触っていたらレナが困っているんじゃないの？」

「……ちゃ、ちゃんとレナには触って良い？　って、毎回許可を取ってるもん。そ、それに触らせてもらったお礼にお菓子だって持っていってるし……」

お菓子を渡すと、キラキラと目が輝くのだ。その顔を見るのも楽しいのだが……彼女の主《あるじ》であるシオン辺りには、そろそろ呆《あき》れられている気もする。

彼女の主はシオンで、王族居住区にいる私はなかなか会えないのだが、それでも会えた時は、全力で可愛がることに決めていた。

「なるほど。賄賂《わいろ》は完璧《かんぺき》というわけだね」

まだおかしいのか、フリードは笑い続けている。ヘンドリック王子はどこか感心したような口調で言った。

「驚いた。君が喜んで結婚するような子だから変な偏見は持たないだろうと思っていたけど、まさか獣人の使用人がいるとは……しかもかなり仲良くしているみたいだし」

「偏見も何も、リディは最初からレナに対して好意的だったよ。リディが可愛がっているということで、兵士や女官たちも彼女のことは気に掛けてくれているようだし」

「へえ。ちなみに、どうして獣人を雇うって話になったの？　ヴィルヘルムならまあ、獣人だと知られても他国よりよっぽど過ごしやすいとは思うけど、それでも正体を隠すというのが普通なのに」

本気で不思議に思っているようだ。首を傾げるヘンドリック王子にフリードが答えた。

「最近私の部下になった男がタリムから連れてきたんだ。元は奴隷だったらしいが、今はその証も取れ、元気にしている」

「奴隷……」

フリードの話を聞き、イリヤ妃が自らの胸を押さえるような仕草をした。

妻の変化に気づいたヘンドリック王子がイリヤ妃を座らせ、慰めるように背を撫でる。

「タリムには奴隷制度があるからね。特に獣人は、奴隷に落とされやすい。正体を隠しているのならともかく、彼女はそうではなかったのだろう？」

ヘンドリック王子の質問には私が答えた。

「まだ十五歳の女の子なんです。五歳の時に島から攫《さら》われたって、彼女の主人からは聞きました。その人がレナを奴隷から解放したんです。国に帰って欲しいとその人は思ってるんですけど、レナは恩返しがしたいんだって彼と一緒にいます」

シオンから聞いたことを伝えると、イリヤ妃は何度も頷いた。ヘンドリック王子も納得したような顔をする。

「獣人は受けた恩を忘れない、義理堅い種族だからね。でも、猫の獣人か。……それなら、イリヤの一族なのかな？」

ヘンドリック王子の問いかけに、イリヤ妃は硬い表情ではあるが肯定した。

「はい。アルカナム島にいる猫の一族は、アウラ族だけですから。でも、五歳で誘拐されたのなら、耳や尻尾を隠す魔術を習えなかったのかもしれませんね。それなら、耳を隠していないということにも頷けます。多分、方法が分からないのでしょう」

アルカナム島。それが獣人たちが住むという島の名前だ。島には、四つの部族が住んでいるが、獣人を珍しがった人間たちが何度も誘拐騒ぎを起こしていることでも有名だった。

誘拐対象は、主に子供と女性。大人《おとな》になった男の獣人は人間の手に負えないからだ。

攫った獣人は奴隷に落とし、金持ちに売る。一時期、あまりにも誘拐騒ぎが多く起こり、ある一つの部族は完全に人間たちとの接触を断ってしまった。確か……ウサギの獣人の一族だったと思う。

とにかく、くしくもレナと同族だという存在を見つけた私は慌てて言った。

「あ、あの。それならあとでレナを呼びますから、是非会って下さい。同郷の人と会えるなんてきっと彼女初めてだと思うから……。ね、フリード?」

「ああ。私からもお願いします。イリヤ妃」

フリードに視線を向けると、彼も心得たようにイリヤ妃に頼んでくれた。イリヤ妃は嬉しそうに頷く。

「はい。あの……もしかしたら知り合いかもしれませんし、こちらこそ、是非。……殿下。構いませんか?」

「もちろんだよ。僕が駄目だと言うはずがないじゃないか。それより、イリヤ。先に」

「あ……」

すっかり忘れていたという顔をするイリヤ妃。彼女は恥じらいながらも口を開いた。

「あ、あの。私がこの姿を……というか、獣人であることをあなた方にお見せしたのは、一つお願いがあったからでして……」

「お願い、ですか?」

言葉を反芻《はんすう》すると、イリヤ妃はコクンと頷いた。猫耳が同時に揺れる。……可愛い。もふりたい。手がワキワキする。

目線がどうしても小さな三角の耳に向く。それに気づいたヘンドリック王子が笑いながら言った。

「もちろん、無理にとは言わないよ。話を聞いて、それからの判断で構わない。ただ、僕たちだけではそろそろ行き詰まっちゃってね。できれば君たちも協力してくれると嬉しいんだ」

「ヘンドリック。一体何の話だ」

眉を寄せるフリードだったが、ヘンドリック王子は気にしなかった。

「いいから。まずは話を聞いて。――イリヤ、ほら」

「はい」

イリヤ妃は頷き、座ったまま勢いよく私たちに向かって頭を下げた。

ぴこんと可愛らしい猫耳が揺れる。

「あの――不躾《ぶしつけ》なお願いで申し訳ないのですが……どうか、どうか……私の姉を探すのを手伝っていただけないでしょうか」

お願いいたします。そう一息に告げた彼女に続き、その夫であるヘンドリック王子も「頼むよ」とフリードと私に言った。

◇◇◇

「姉？　お姉さんですか？」

「はい」

イリヤ妃から発せられた予想外の姉という言葉になんと言って良いのか分からないでいると、彼女はポツポツと話し始めた。

「そもそも……私がヘンドリック殿下にお会いする切っかけとなったのが、姉の誘拐事件だったのです」

イリヤ妃の話はこうだった。

昔から問題になっている獣人の誘拐。それは、獣人たちが魔術で耳や尻尾を隠すようになってからは減ったけれども、それでも相変わらず続いていた。

特に子供は魔術を覚えるのが遅い。大人が見ていない場所で誘拐されることは最早《もはや》日常茶飯事で、皆、ぴりぴりしながら必死で子供を守っていたのだが、それでも毎年一定数が消えていた。

そんなさなか、今からおよそ五年前。狼《おおかみ》の獣人の一族、ノヴァ一族の跡継ぎの息子、イーオンが、己の嫁を求めて島を離れた。

島には己の求める女はいない。だから嫁探しに大陸に行くといい、彼は消えた。

それを悲しんだのが、イリヤの姉だった。

彼女は、イーオンを愛していた。自分が選ばれなかったことを嘆き、ある晩、姿を消した。

「姉が消えた時、皆は彼を追ったに違いないと考えたのです。ですが、私の考えは違いました。姉は確かにイーオンを愛してはいましたが、振られてまで追いかけるような、そんな殊勝な女性ではありません。それに書き置き一つありませんでした」

追いかけたのではなく、もしかして誘拐されたのではとイリヤは思ったらしい。

悩みに悩んだイリヤは、数年後、ようやく決意を固め、集落を離れて姉を探そうとした。

そこへ声を掛けてきたのが人間の男だった。

彼は言ったらしい。あなたのお姉さんの行方を私は知っている。良かったら連れていってあげるよ――と。

イリヤは喜び、男についていこうとした。だが、それを止めたのが、偶然自分探しという名の旅をしていたヘンドリック王子だったのだ。彼は二人の前に姿を現すと、厳しい顔で言った。

「君、奴隷商人だろう？　身内を心配する優しい気持ちに付け入って、彼女を売り飛ばそうっていう魂胆なんだろうけど、さすがに感心しないよ」

正体を見破られ、奴隷商人はヘンドリック王子に向かって剣を抜いた。ヘンドリック王子は見かけだけなら中性的だし、強そうには見えない。だが、彼も王族。剣術はひと通り修めている。

あっさり奴隷商人を返り討ちにし、にっこり笑って言ったのだ。

「それで？　彼女のお姉さんをどこに売り払ったのかな？　どうせ君が犯人なんだろう？」

ヘンドリック王子の威圧ある笑顔に怯《おび》えた奴隷商人は、震えながらも何年も前のことまで覚えていないと答えた。ただ、競り落としたのは男で、その男は肌が浅黒かったと、それは確かだと言った。

「ほ、本当だ。金払いも良かったし、それ以上気にならなかったんだ！」

奴隷商人を縛り上げたヘンドリック王子は、呆然《ぼうぜん》としていたイリヤに向かって言った。

「危なかったね。でも、集落を出たのなら、きちんと耳は隠しておいた方がいい。魔術は使えるんでしょう？」

「は……はい。あ、あの……ありがとうございます」

姉を探すことに必死で、耳を隠していなかったことに気づいたイリヤは慌てて頷いた。

そうして自分を救ってくれた恩人をそのままにはしておけないと、集落へ彼を連れ帰ったのだ。

イリヤがいなくなったことで集落は大騒ぎになっていた。彼女がヘンドリック王子を連れ集落に入ると、彼女の父親であり一族の族長でもある男が、血相を変えて飛び出してきた。

「イリヤ！　どこへ行っていたんだ！　あの子に引き続きお前までいなくなってどれほど心配したか……！　もしや誘拐でもされたのかと気が気でなかったのだぞ！」

「すみません、お父様。あの……確かに誘拐されかかったのですが、この方に助けていただいて……」

「なんだと!?　人間が、我々を？　ああいや、そんなことは関係ない。人間であろうと恩人は恩人。……失礼しました。ありがとうございます。娘を助けていただいて。感謝します」

「いえ……偶然通りかかっただけですから」

ころりと態度を変え、頭を下げたイリヤの父親に困惑しつつも、ヘンドリック王子は好意的な笑みを浮かべた。

娘を助けられた族長はいたくヘンドリック王子に感謝し、宴を催し、その夜、彼に何かお礼をしたいと言った。それに対し、ヘンドリック王子は「彼女を嫁に欲しい」と答えたのだ。

「恥ずかしながら一目惚《ぼ》れしてしまったらしくて。僕はイルヴァーンの王太子だけど、彼女をいただけるのならきちんと正妃として遇すると約束します。獣人とは……皆には明かせないけれど。それでも僕の全力で大切にすると誓います。ですから、是非、彼女を僕の妻にいただきたいのです」

本音を包み隠さず告げたヘンドリック王子に、族長は少し考えたあと、頷いた。

「……分かりました。恩人に嫁げるのなら娘も本望でしょう。イリヤ、この方によく尽くすのだぞ」

そうしてイリヤは、ヘンドリック王子に連れていかれることと決まった。

◇◇◇

「ちょ、ちょっと待って下さい」

「はい？」

話は途中だったが、私は思わず口を挟んでしまった。

「えーと。結婚なんですよね？　イリヤ様の意思とかそういうのは……？」

私の質問に、イリヤ妃は意味が分からないという顔をしながら言った。

「族長の意思は絶対です。族長が決めたことに私たちは従いますから……それに、私のようなものでも欲しいと言って下さったのが嬉しかったので、私は別に……」

ぽっと頬を染めるイリヤ妃。それを眺めつつ、私は納得した。

――なるほど。獣人の世界も貴族と同じ。父親や長《おさ》の命令に従うのが当然なのか。

イリヤ妃の意思が全く介在しない話につい待ったをかけてしまったのだが、どこも同じとそういうことだったらしい。頷いていると、それに――とイリヤ妃が少し悲しそうに言う。

「私は、集落では売れ残りでしたから。殿下の願いは父にとって、渡りに船だったのだと思います。獣人は、男が女を見初めます。私は、成人しても誰にも選んでもらえなくて……このままではただ朽《く》ちていくだけだと、私が可哀想《かわいそう》だと父が嘆いていたことも知っていました。……姉は変わり者で、求婚者が現れても己の求める男以外は嫌だと突っぱねていましたけど」

どこの世界にも、独自のルールがあるらしい。

イリヤ妃は選ばれなかったとしょぼくれたが、彼女の何が嫌なのか、正直その集落の男たちに問い質《ただ》したいくらいだった。だってこんなに可愛らしいのに。

ふわふわした耳も、抱き締めたくなるような愛くるしい容姿も、私の心を掴《つか》んで離さないというのに。

その思いが顔に出ていたのだろう。イリヤ妃が嬉しそうに笑った。

「ありがとうございます、リディアナ様。その……私が発するフェロモンが、どうにも彼らの気に入るものではなかったようなのです。獣人は匂《にお》いに誘われます。雄は雌のフェロモンで、つがいを決めると言っても過言ではないのです」

「フェロモン……」

驚いていると、ヘンドリック王子が立ち上がり、イリヤ妃の側へと行った。その肩に手を乗せる。

「イリヤはこんなに良い匂いがするのにね。でも、どうやらこの匂いは獣人には受け入れ難いものらしい。人間と獣人とで好むものが違うということは分かるけど、この花のような匂いが嫌なんて、それだけは納得できないな」

「殿下……」

「でも、そのおかげでイリヤを手に入れられたのだから、文句は言えないんだけどね」

「私も……殿下と一緒にいることができて幸せです……」

「イリヤ！」

ヘンドリック王子が嬉しげにイリヤ妃を後ろから抱き締めた。彼女は顔を真っ赤に染めながらも幸福そうに笑っている。

彼女にとって、ヘンドリック王子との結婚が良い転機になったのは間違いなかった。

「ヘンドリック。話が脱線している。さっさと続きを話せ」

ほんわかとした気持ちで二人を見ていると、フリードが厳しい声で言った。それにヘンドリック王子が文句を言う。

「ちょっとくらい良いじゃないか。君だって、奥さんが可愛いなと思ったら抱き締めたくなるでしょう？　僕の気持ちは分かってくれると思うんだけど」

「それとこれとは別だ。他人のいちゃつきに興味はない」

「うわ、本当君って、徹底しているよね」

ヘンドリック王子は苦笑し、私に視線を向けてきた。

「ねえ、フリードって結構面倒くさくない？　僕も知らなかったんだけど、こいつ、実はかなり重たい男でしょう？」

「え？　いえ……」

確かに、そんな風に思っていた時期もあったが、それは昔の話。

今は全く思わないので、まずは否定しつつ、口を開いた。

「私も、その……多分、かなり重たい女だと思いますので、お互い様だと思います」

理由はどうあれ、王族であるフリードに、自分以外の女を娶《めと》るなと言っている時点で、私はかなり面倒で重たいのだろう。それは分かっていたから正直に告げると、フリードが顔色を変えてきた。

「リディ！　私はリディを重いなんて思ったことはないよ！」

「大丈夫。分かってるから」

「重くなってくれれば嬉しいのにとは、常々思っているけど」

「……え？」

予想外の返しに思わずフリードを凝視する。彼は真顔で言い切った。

「リディは全然私に執着してくれないからね。もっと私だけを見てくれれば良いのにっていつも思ってる」

「ええ？　十分大好きだと思うんだけど」

少なくとも周りから呆れられる程度には、フリードを愛している自信がある。だが、彼はむすっとしながら口を開いた。

「足りない。リディからの愛情ならいくらあっても良いと思ってる」

「そ、そう……」

求められるのは嬉しいが、どう返せば良いのだろう。

困っていると、ヘンドリック王子が笑いながら言った。

「うっわー。やっぱり君、ものすごく重苦しい男になってるよ」

「うるさい」

「そんなにリディアナ妃が好きなんだ。良いねえ。そういうの、僕は嫌いじゃないな。だって君、すごく人間味が出てきたもの」

「どういう意味だ」

フリードがヘンドリック王子を睨み付ける。彼は全く意に介さず言った。

「女嫌いのフリードリヒ殿下。優しい笑顔に熱はない。彼を落とす女性は誰かって、あちこちの国で噂になっていたんだよ？　今回君が結婚すると聞いて、皆、君の妃に興味津々《きょうみしんしん》さ。次の国際会議では注目を浴びること間違いなしだよ」

「……面倒だな」

顔を歪《ゆが》めるフリードだったが、ヘンドリック王子は楽しそうだ。

「君が矢面《やおもて》に立ってくれると僕としても助かるよ。結婚して初めての国際会議だっていう意味では僕も君と一緒だからね。君がいれば目立たなくて済む」

「人身御供《ひとみごくう》にでもするつもりか」

「うん。そうだよ？　決まってるじゃない」

ケラケラと肯定するヘンドリック王子をフリードは睨み付けたが、それくらいで気にするような人ではない。ヘンドリック王子は笑いながら言った。

「またずいぶんと話が逸れてしまったね。ええと、話を戻そうか。確か僕が、イリヤを娶るというところまで話したよね」

「あ、はい」

本当に、ものすごく脱線していた。慌てて、きちんと話を聞く態勢に戻る。

ヘンドリック王子が楽しげに、当時のことを思い出しながら語っていく。

その冒険譚《たん》はなかなかに興味深かったが……とにかく詳細は端折《はしょ》るが、ヘンドリック王子はイリヤを無事イルヴァーンへ連れ帰ったらしい。そうして獣人であることを隠したまま結婚し、その後はこっそり姉の行方を探しているという話だった。

「話せることと言えば、これくらいかな。僕もイリヤも頑張ってるんだけどね、イリヤの姉が連れていかれた国がイルヴァーンとは限らないし、他国だと僕の力も及ばない。だから、できれば君たちにもイリヤの姉を探すのを協力してもらいたいんだよ。ヴィルヘルムの力を借りられれば心強いしね」

「なるほど……」

「もちろん、君たちにできる範囲の協力で良いんだ。国家を挙げてというような大層な話にするつもりはない。ただ、友人に力を貸すレベルで構わないから、彼女の姉を探すのを手伝ってもらえれば有り難いかなって」

「そういうことか」

難しい顔をして頷くフリードを見ながら、私もまた納得していた。

確かに、身内を探すために私たちの協力を仰ぐなら、自分の正体を隠しているわけにはいかない。

イリヤ妃がわざわざ夫と一緒にヴィルヘルムまでやってきて、獣人であることを明かした理由がよく分かった。

「イリヤの姉の名前はフィーリヤ。彼女と同じ、焦げ茶色の髪に金色の目。だけど性格は気が強く、見た目も似ていない。僕は見たことはないけど、イリヤの姉は猫の獣人としては珍しく、きちんと大人に見えるような容姿だったらしいよ。あと、おそらく尻尾や耳は隠していると思うんだけど——」

「ヘンドリック。その情報で探せとは、さすがに少々厳しくないか？」

　呆れたようなフリードの言葉に、私も思わず同意してしまった。

「……だよね。あの、絵姿とかはないんですか？」

「ない。あれば良かったんだけど、獣人に絵姿を残す文化はないらしい」

「そ、そうですか」

　本当に、ほぼノーヒントも同然だ。

　獣人であることを隠しているのなら、そもそも発見自体が難しい。金色の目に焦げ茶色の髪の色など決して珍しい組み合わせではないのだ。その辺りの一般人に紛れてしまう。

　頭を抱えていると、イリヤ妃が怖《お》ず怖《お》ずと、ドレスのポケットから何かを取り出し、差し出してきた。銀色のシンプルなチェーンには、指輪らしきものが通されている。

「あの……絵姿はありませんが、姉はこれと同じ指輪を持っています。私たちにと父が手ずから作ってくれた指輪で、他にはありません」

　銀色の太い、無骨な指輪。宝石などはついていなかったが、代わりに特徴的な彫刻が施してある。何かの呪《まじな》いだろうか。魔術刻印のようにも見えた。

「難しいことをお願いしているのは……分かっています。別に、捜索隊を出してくれというわけではありません。ただ……気に留めていただけたらそれで構わないのです。外交で外国へ行くことも多いであろうあなた方に姉の存在を知っていてもらえたら、それだけでも有り難く――」

「分かりました」

指輪を握り締めながら必死に告げるイリヤ妃に、フリードはしっかりと頷いた。私も一緒に何度も頷く。

「他でもない、ヘンドリックの妃であるあなたの頼みです。注意するようにしましょう。――そうだよね、リディ」

「うん」

はっきりとしたヒントが指輪だけというのは少々厳しいが、それでもないよりはましだ。少しでも力になれるのならなりたい。

「家族が行方不明って心配でしょうから。私も注意しておきます」

「ありがとうございます。フリードリヒ殿下、リディアナ様」

「いいえ。困った時はお互い様ですから」

わざわざヴィルヘルムまで来て自分の正体を晒《さら》した上で頼んできたのだ。嫌だなんて言えるわけがないし、彼女の身内探し、是非協力したいと思った。

「……あっ」

ホッとしたように笑ったイリヤ妃の身体が、突然傾《かし》いだ。そのまま床に倒れそうになった彼女の身体をヘンドリック王子が後ろから慌てて支える。

「イリヤ！」

「す、すみません、殿下……ホッとしたら力が抜けてしまったみたいで……」

「ああもう……ほら僕に掴まって。いや、抱き上げるから、僕の首に両手を回して」

「で……殿下！」

「フリード。そこのソファを借りるよ」

「ああ」

フリードが頷いたのを確認し、ヘンドリック王子は、イリヤ妃を抱き上げた。広い貴賓室には壁際にロングソファもいくつか設置してある。その一つにヘンドリック王子は彼女を横たわらせた。

「ほら、とりあえずその耳をしまって。用事は終わったからね。きちんと隠しておかないと」

「……はい」

途端、しゅっと頭の上の猫耳が姿を消す。

それまで可愛らしく揺れていた猫耳が消え、私はちょっぴり残念な気持ちになった。

——ああ、あの耳、すごく可愛らしかったのにな。

一人でがっかりしていると、ヘンドリック王子が私を振り返りながら言った。

「リディアナ妃。悪いんだけど、イリヤをお願いできるかな？　ついていてあげたいのはやまやまなんだけど、まだフリードとは話があるから」

「分かりました」

それくらいお安いご用だ。了承すると、ヘンドリック王子はフリードの方へ歩いていった。すぐに二人は話し始める。

ヘンドリック王子と話すフリードの表情は素に近い。二人の会話を邪魔する気はなかったので、私は言われた通り、イリヤ妃の方へと向かった。

「イリヤ様」

声を掛けると、イリヤ妃は上体を起こし、申し訳なさそうに頭を下げた。

「リディアナ様。あの……お見苦しいところをお見せしました」

「いいえ。その、無理せず横になっていた方が……」

「ご心配をお掛けして申し訳ありません。でも、もう、大丈夫ですから」

「本当に？」

「はい」

頷くイリヤ妃の顔色は確かに悪くなかった。それに安堵しながら彼女に尋ねる。

「そうですか。あの、隣に座っても構いませんか？」

「……はい。どうぞ」

許可が出たので、隣に座る。彼女の横顔を見つめ、私は言った。

「……レナのことですが、もし気が進まないようなら、無理に会う必要はありませんから」

「え？」

こちらを見たイリヤ妃に私は小さく続けた。

「あまり多くの人に正体を知られたくないのかなと勝手ながら推測しまして。レナと話すことで、少しでもイリヤ様の正体が知られるリスクがあるのなら、犯すべきではないかと思いました」

ヘンドリック王子の正妃が獣人だという話は聞いたことがない。下手《へた》をすれば本人たちだけの秘密である可能性だってあるのだ。その秘密を知る者が増えるのはあまりよくない。

レナは残念だろうが、彼女だって同族の女性が窮地《きゅうち》に立つことは望まないと思う。

だが、イリヤ妃は首を横に振った。

「こんな遠い場所で同族に会えるのは嬉しいことですから……会わないなんて言いません。でも……私のことを考えて下さってありがとうございます」

「っ！」

頬を染め、俯くイリヤ妃の姿に、ずきゅんと胸を撃ち抜かれたような気さえした。

――何この人。なんでこんなに可愛いの⁉

レナもそうだが、猫の獣人とは皆こんなに可愛らしいものなのだろうか。猫耳がなくてもモフモフしたいようなふわふわした雰囲気を持つイリヤ妃に、私は『萌え』という言葉の意味を激しく実感していた。

なんだかとっても叫びだしたいような気分。プルプルと震えていると、イリヤ妃が言った。

「でもあの。できれば……人払いをしていただけると助かります。やっぱり……人目があるとちょっと……」

「それはもちろんです」

同郷の獣人同士、話したいことも多々あるだろう。人払いなら任せて欲しいと請け負うと、イリヤ妃はふっと顔を伏せてしまった。

「イリヤ様？」

「いえ……その、すみません。なんだか……とても嬉しくて」

「嬉しい？」

　きょとんとすると彼女は何度も頷いた。

「殿下は大丈夫だとおっしゃって下さいましたが、正直なところを言うと不安だったのです。……正体を知ったあなたやフリードリヒ殿下が、どう反応なさるのか。特にリディアナ様は筆頭公爵家ご出身の方。……獣人などがと思われるのではないかと失礼ながら考えておりました。それが、思ってい た以上に優しくしていただいて嬉しくて……」

「イリヤ様……」

「イルヴァーンに嫁いでからは、殿下の他に私の正体を知っている者はいないのです。殿下のためにもそれがいいと思ってはいますが……時折無性に寂しい気持ちになります。それが、今日は……とても満たされた気分です」

　泣きそうな声で呟《つぶや》くイリヤ妃。なんだか堪《たま》らなくなった私は、彼女の両手をぎゅっと握り、真剣な顔で言った。

「わ、私でよければですけど、是非、お友達になって下さい」

「え？　リディアナ様？」

　目を瞬かせるイリヤ妃に私は言葉を重ねた。

「ヘンドリック殿下に言われたからではありません。恥ずかしながら、私、同性の友人が少ないんです。特に王族には全然いなくて。だからイリヤ様が仲良くして下さったらすごく嬉しいんです」

友達になって欲しいと頼まれたからではない。これは私の意志だ。

そうはっきりと告げると、イリヤ妃はパチパチと目を瞬かせた。

「私で……よろしいん……ですか？」

「もちろんです。できれば、リディって呼んで下さい。王太子妃同士なんですから、公式の場以外では敬語も抜きで。あ、もちろん、無理なら無理で構わないんですけど」

「そ、それは全然。むしろ嬉しいですけど、でも、その……私、獣人です……よ？」

小声だったが、しっかりと聞こえた。私はにっこりと笑って言った。

「大歓迎です」

むしろイリヤ妃だからこそ、仲良くしたい。そういう気持ちで頷くと、イリヤ妃は俯き、ぽろぽろと涙を零《こぼ》し始めた。

「え……え？」

――嘘《うそ》。泣かせた？

どうしようと狼狽《うろた》える私に、イリヤ妃は顔を上げると、とても綺麗に微笑《ほほえ》んだ。

そうして私の手を握り返し、押し抱くように何度も告げる。

「ありがとうございます。ありがとうございます、リディアナ様。是非。是非、私とお友達になって下さいませ」

「イリヤ！　どうしたの!?」

突然泣き始めた妻に驚いたのか、フリードと話していたヘンドリック王子が慌ててやってきた。それに彼女は泣き笑いのまま答える。

「いいえ、ただ、リディアナ様が私とお友達になってくれると言って下さって……それがすごく嬉しかったんです。――リディ、私のこともどうかイリヤと呼び捨てで呼んで」

「うん。ありがとう、イリヤ」

名前を呼ぶと、イリヤはまた涙を流した。

私たちの話を聞いていたヘンドリック王子の表情が、優しいものへと変わっていく。

「良かったね、イリヤ。僕も嬉しいよ。……ありがとう、リディアナ妃」

「い、いいえ。お礼を言われるようなことはしていません。私が、イリヤと友達になりたかっただけですから」

「そっか」

状況を理解したヘンドリック王子が安堵の表情を浮かべる。

「でもね、イリヤはすごく嬉しそうだから。だからやっぱり夫である僕は君に礼を言うべきなんだと思う。……フリード。君の奥さんはすごく良い子みたいだね。連れてきて良かった。こんなにイリヤが喜んでくれるとは思わなかったよ」

「それは良かった。私としてもリディを褒められるのは嬉しい。私の――大切な妻だからね」

「うん。今後とも夫婦共々よろしく頼むよ」

柔らかな笑みを浮かべ、ヘンドリック王子はフリードに言った。フリードも「ああ」と答え、口元を綻《ほころ》ばせる。

――そうして私はといえば、見事モフモフで王族な友人をゲットし、一人ウハウハなのであった。

◇◇◇

「急がなくちゃ……！」

イリヤと友達になった私は、彼女を貴賓室に残し、シオンの部屋へと向かっていた。

目的地に着き、焦りつつも扉をノックし、入室許可を待つ。

扉が開く。部屋に入るや否や、私はソファで寛《くつろ》いでいたシオンに言った。

「シオン、レナを貸して！」

「は？」

突然の発言に、扉を開けてくれたシオンが呆気《あっけ》にとられたような顔をする。

シオン・ナナオオギ。

黒髪黒目に黒縁眼鏡《めがね》。理知的で端正な容姿と穏やかで品のある話し方が最近城の女官たちに大人気の男性だ。

元タリムの軍師で、今はフリードに、同じく軍師として仕える――実は私の前世の元彼である。

元彼ではあるが、転生を果たし、フリードに惚れている今の私が彼に心を動かされることは全くと言っていいほどないし、私が、彼の元カノであるということを伝えるつもりも今のところはない。

……と、まあ、そこはどうでもいい情報だ。

私が彼の部屋へわざわざやってきたのは、レナが彼の専属という扱いだから。彼女を連れてくるのなら、シオンに了解を取らなければならない。話の流れとしては、まずはシオンにレナを貸して欲しいとお願いして、それから彼女を探そうと思っていたのだが――。

「あ、レナ！　見つけた！」

「え!?　は、はいぃ！」

レナが思わずと言った風に返事をする。

運良くと言おうか、ちょうどレナはシオンの部屋にいた。くたりとした猫耳が今日も可愛らしい。

レナは、現在女官見習いで修行中。一瞬、扉を開けるのは女官の仕事なのにどうしてレナが出てこなかったのか不思議に思ったが、シオンが自分が行くと言い出したのだろうと気がついた。日本出身で、元々貴族ではないシオンには、何でも自分でしてしまいたがる傾向がある。レナはと言えば、ローテーブルの側で、空になったシオンのカップに紅茶を注いでいる最中だった。

私はレナに視線を向け、手早く言った。

「ごめんなさい。時間がないの。お願い、シオン。少しだけで良いからレナを貸してくれる？」

「どういうことですか？」

ぱんっと両手を合わせ、シオンに頼むと、彼は怪訝《けげん》な顔をした。ちなみにフリードは一緒には来ていない。彼はまだヘンドリック王子と話があるとかで、来られなかったのだ。

イリヤは夕方には国に帰ってしまう。イリヤとレナをどうしても会わせたかった私は、急いで彼女を迎えに来たのだ。

簡潔にではあるが、シオンに説明する。

レナの主人であるシオンには、イリヤが獣人であることを言わなければならない。あまりイリヤの正体を知っている人間を増やしたくはなかったが、これぱかりは仕方なかった。

もちろんイリヤに許可は取ってある。

レナと同じ猫の獣人がちょうど来国していると話すと、シオンは驚き、レナは目を輝かせた。

「え？　あたしと同じ、猫の獣人ですか？　アウラの？」

「ええ。レナのことを話したら、是非会いたいって。……嫌？」

レナが会いたくないと言うのならこの話はここで終わりだ。そう思ったがのだが、レナは「いいえ！」と意外なほど大きな声で言った。

「嫌だなんてそんなこと……！　あたし、島を出てから同族とは会っていないから、会えるのなら会いたいです！」

茶器を置き、興奮気味に言うレナ。そんな彼女を見て、シオンも了承の言葉を紡いだ。

「レナが会いたいと言うのなら、私が止める理由はありませんね。どうぞレナを連れていってやって下さい」

二人から色良い返事を得ることができ、ホッとする。

大丈夫だとは思っていたが、もし断られてしまったら、同族に会えると期待しているイリヤが傷ついてしまう。それだけはどうしても避けたかったのだ。

私はレナを側に招き、シオンに言った。

「じゃあ、レナを借りていくわね。さすがに……あなたは連れていけないから」

「分かっていますよ。レナ、楽しんでいらっしゃい」

「はい！　シオン様！」

元気よく返事をするレナを連れて外へ出る。

頬を上気させ、レナは嬉しそうに笑っていた。同族に会えるのが楽しみで仕方ないのだろう。

——良かった。

レナのためにも、イリヤのためにも。

二人の年齢は五つほど離れている。二人が知り合いかどうかは分からないが、遠く故郷を離れた場所で同族に会えるのは心強いだろう。

「……ここよ」

長い廊下を歩き、イリヤを待たせている部屋の前で立ち止まる。私は扉の前に立っていた兵士たちに声を掛けた。

「話は聞いているわね？　開けてちょうだい」

「はっ！」

兵士たちの手により、扉が開かれる。

どう行動すればいいのか分からないと立ち竦《すく》むレナの背中を私は押した。

「さあ、中に入って」

「は……はい」

二人一緒に中へと入る。

中にはイリヤだけがいて、私たちを待っていた。彼女は入ってきたレナを見て、目を丸くする。

「まあ……」

「へっ⁉」

どうして驚かれたのか分からないと、レナが怯えたように立ち竦んだ。そんな彼女に私は耳打ちする。

「レナ、彼女がレナの仲間のイリヤよ」

「え？　で、でも……耳が……」

「魔術で隠しているそうよ。イリヤ、彼女があなたに会わせたかったレナ」

レナのことをイリヤに紹介する。イリヤはレナを見つめ、痛ましげな顔をした。そうして静かに近寄ってくる。

レナの目の前に立ったイリヤはその場にしゃがみ込むと、レナと視線を合わせた。

「——可哀想に。耳を隠す魔法を教えてもらう前に誘拐されてしまったのね」

視線を合わされたレナはボッと顔を赤くした。

「……き、綺麗な人。ご正妃様。こ、この方が本当にあたしと同じ、アウラの猫族なのですか？」

助けを求めるように振り返ってくるレナに、私は肯定を返した。

「ええ、そうよ。……イリヤ。悪いんだけど証拠《しょうこ》を見せてあげてくれる？」

「もちろん」

イリヤがそう言った次の瞬間、彼女の頭の上には猫耳が生えていた。

突然現れた猫耳に、咄嗟《とっさ》に反応できなかったのか、レナが目を丸くする。

「み、耳？　あたしと一緒？」

驚くレナに向かって、イリヤは優しく微笑みかけた。

「ええ。私もアウラの民。……あなたのその耳。確かお父様の部下に、同じ耳の形をした人がいたわ。まだ幼かった娘を誘拐されたって言ってた。……あなたのお父さんの名前はもしかして、ヴァイス？」

イリヤの出した名前を聞き、レナが声を上げた。

「お父さん！　お父さんの名前！　なんで！」

どうやら二人の父親が知り合いだったようだ。

良かった。そう心から思っていると、イリヤが言った。

「やっぱりそうなのね。……私が集落を出るまでの話だけれど、あなたのお父さんは、ずっとあなたを探していたわ。娘も自分と同じ耳の形をしているから、探しやすいはずだって。たまに島を出て、大陸の方にも探しに出ていたみたい」

「お父さんが……」

期せずして父親の名前を聞き、レナが目を潤ませる。イリヤはそんなレナを両手で抱き締めた。

「……ヴァイスの探していた子はあなただったのね。よく生きて……無事に育ってくれて……」

「お、お父さんを知ってるって……あなたは誰ですか？」

戸惑いを隠せない様子のレナに、イリヤは優しい口調で答えた。

「アウラの族長の娘よ。昔、ヴァイスに抱き上げられた幼いあなたを見た覚えがあるわ」

「族長の……？　ご、ごめんなさい。あたし、島のこと、覚えていなくて」

イリヤの腕の中でしょぼくれるレナ。彼女を慰めるように、イリヤは何度も首を横に振った。

「良いのよ。誘拐なんて、怖い目に遭ったのだもの。覚えていないのも当然だわ。でも、こんなところで本当に同族と会えるなんて」

「あ、あたしもお会いできて嬉しいです……その、姫様」

イリヤのことを姫と呼び、レナははにかむように笑った。

「あたし、奴隷にされてからずっと皆に、この耳のことで馬鹿《ばか》にされてきました。折れ耳は価値が低い。お前は出来損ないの獣人だって言われ続けて。それがすごく悲しかった。でも今、姫様からお父さんのことを聞いて、お父さんもあたしと一緒だったことを思い出せたんです。しかも、そのおかげで姫様にあたしがお父さんの子だって分かってもらえた。あたし、この耳で良かったって今、初めて思えています」

「……！」

堪らない、とイリヤが強くレナを抱き締める。私も思わずもらい泣きしてしまいそうになった。

レナが自分の耳の形を恥じた発言をしているのは知っていた。それを聞く度、私やシオンは否定してきたけれど、それにレナはいつも「ありがとうございます。嬉しいです」と笑ってくれていたけれど、本気で言っていないことくらい気づいていた。

そんなレナが、「この耳で良かった」と心からの笑顔で言ったことが、本当に嬉しかったのだ。

イリヤがレナの身体を離し、代わりに彼女の目を見つめながら言う。

「レナ。あなたがアルカナム島に帰りたいと願うのなら、私から殿下にお願いして、あなたを島へと連れ帰ることもできるわ。あなたのお父さんもあなたが生きていることを知ればきっと喜ぶでしょう」

「えっ……島に、帰る？」

突然告げられた言葉に、レナは唖然《あぜん》としながらイリヤを見た。イリヤは強く頷く。

「ええ。あなたは……今は違うけれども、長い間奴隷として辛い思いをしてきたのでしょう？　これ以上、同族が苦しむ姿を見たくないの。今度は集落の人たちも、きっとあなたを守ってくれる。つがいだって見つかるかもしれないわ。だから――」

「島へ……」

呆然としながら、ただイリヤの話に聞き入るレナ。

イリヤは根気よく島へ戻ることを説き伏せている。

そんな彼女の姿を見ながら私は、やはりイリヤは族長の娘なのだなと思っていた。

イルヴァーンの王太子妃としては気弱な彼女。だが、アウラの族長の娘としてのイリヤは、芯《しん》の通った凛《りん》とした女性だと感じたのだ。王太子妃として気弱なのはおそらく、獣人としての自分を隠さなければならない負い目があるからではないだろうか。

同族に対して、深い愛情を見せつつ、進むべき方向を示唆《しさ》するイリヤは、正しく上に立つ者だった。

――レナ、島に帰っちゃうのか。

それはとても寂しいことだが、家族に会えるというのなら、止めることはできないだろう。それにシオンも、レナに島へ帰って欲しいと言っていた。

実際に帰る当てができたのなら、きっとシオンはレナの背を押すだろうし、私だって彼女が望むなら協力は惜しまない。

イリヤが言った通り、レナは長い間苦しんできたのだ。そろそろ幸せになっても許されると思う。

そんな風に考えていると、何かを決意した顔でレナがイリヤに言った。

「――あたし、まだ島には帰りません」

「え?」

予想外の言葉に私もイリヤも驚き、彼女を凝視する。レナはイリヤを見つめ、しっかりとした口調で言った。

「奴隷になったあたしを、タリムでいつ死んでもおかしくなかったあたしを助けてくれたのはシオン様です。ご恩返しもできていないのに、島に帰るなんてできません。……そんなことをしてもきっとお父さんは喜ばないと思うんです」

「……レナ」

真意を問うイリヤに向かい、レナは頭を下げる。

「お父さんが生きてるって、あたしを探しているって教えてくれてありがとうございます、姫様。ですが、あたし、帰れません。いつかご恩をお返しできたと思ったその時には……もちろん帰りたいと思いますけど、まだあたしは何もシオン様にお返しできていないから」

「……そう」

頭を下げるレナをしばらく黙って見つめていたイリヤがポツリと声を出した。

「あなたはここに残ることを選ぶのね？　残れば辛いこともあるかもしれない。それでも？」

「一番辛いことはもうとっくに経験したと思いますから、平気です。それに今のあたしは、シオン様にご恩返しできないのが何よりも嫌なのです」

一切悩む様子のないレナを見て、本心だと納得したのかイリヤが小さく息を吐き、笑う。

「そう。あなたも獣人だものね。獣人は受けた恩を決して忘れない。……いいわ。あなたの父、ヴァイスには私から書簡を送っておいてあげる。あ、それとも、自分で書く？　手紙なら預かれると思うけど」

「あたし、文字が書けないんです。ですから、姫様が代わりに書いて下されば嬉しいです」

「……」

また、胸の痛い話を聞いてしまった。

ヴィルヘルムの識字率は他国に自慢できる程度には高いが、タリムやサハージャのそれは相当に低い。何故かと言えば、奴隷に教育は必要ないという考えだから。

この二カ国にはかなりの数の奴隷がいる。だから識字率が下がっているのだ。

元暗殺者であるカインは読み書きができるが、それはその方が、暗殺成功率が上がるかららしい。

教育を受けさせておいた方が、後々に様々な場面で流用できる。覚えさせておいて損はない。むしろ得になるという考え方だと以前、カインは言っていた。

——そうかもしれないとは思っていたけど、やっぱりレナ、文字の読み書きができないんだ。

知る機会がなかったから仕方ないと言えば仕方ないのだが、それでももっと早くに知っていればと思ってしまう。

私は思わず、二人の話に口を挟んだ。

「レナ。あなたが文字を勉強したいと言うのなら、私からシオンに言ってもいいのよ？　なんなら私が時間のある時に教えても良いし……ねえ、シオンはあなたが文字の読み書きができないことを知っているの？」

「いいえ。今までそんな話をしたことがありませんでしたから。あたしも特に必要だと思いませんでしたし」

「そう……」

シオンと共にタリムにいた時、彼女はメイドの真似《まね》事のようなことをしていたと聞いている。家事や身の回りの世話しかしてこなかったのなら、確かに機会はないだろう。

「やっぱり一度、シオンとは話し合う必要がありそうね。あなたの主人は彼なのだもの。意向を確認したいし……レナ？　レナ自身はどうなの？　文字、覚えたいと思う？」

「えっと……あたしは……その……」

途端、口ごもってしまうレナ。その耳がぺたんと垂れている。イリヤはレナの肩に手を置き、励ますように言った。

「正直に言って良いのよ。……ねえ、レナ。ヴァイスに、あなたのお父さんに直接手紙を書きたいとは思わない？」

「そ、それは……！」

イリヤの言葉にレナは分かりやすく反応した。そうして私たちが見ていることに気づくと、顔を真っ赤にし、それでも小さく頷いた。

「は……はい。あたし、お父さんに、手紙、書きたいです」

「決まり！　じゃあ、あとでシオンに話をするわね」

「あ、ありがとうございます」

レナは嬉しそうに何度も私にお礼を言った。その様子が可愛くて可愛くて、思わず彼女を抱き締めたくなってしまう。

猫の獣人はずるいなと思う瞬間だ。モフモフに弱い私はいちころなのである。

――ああ、またモフりたいなあ。

手がわきわきと勝手に動き出す。それを必死に抑え込んだ。

イリヤがレナに確認している。

「じゃあ、今回は私がヴァイスに手紙を書くわね。あなたが無事なことと、恩返しが終わったら帰ること。書くのはそれだけで良い？」

「はい。お願いします。あと、文字を覚えたら自分で手紙を送りますって書いていただけると嬉しいです。あ、でも、あたし、どうしたら手紙を届けられるのか知らない……」

しゅんとしぼんでしまったレナをイリヤが大丈夫だと慰める。

「私のところに手紙を送ってくれれば、それを転送してあげる。……その、リディ。あなたを経由することになるんだけど……」

申し訳なさそうに言われたが、もとより断る気などない。

「分かった。私がレナの手紙をイリヤに送ればいいのね。それくらいなら手間でもなんでもないわ」

任せて欲しいと了承すると、二人はホッとしたような顔をした。

手紙について詳細を決め、落ち着いたところで、ようやく三人揃ってソファに座る。

レナは最初、王太子妃二人と同席などできないと必死で断ったが、私とイリヤの説得を受け、結局はイリヤの隣に座った。ソワソワと嬉しそうにしているレナがとても可愛い。

「レナ、一つ聞きたいのだけれど」

島での話を聞きたがったレナの希望に応《こた》え、色々と話していたイリヤだったが、ふと、彼女は口調を変えて、レナに質問した。

「あなた、誘拐されて……売られてタリムに行ったのよね？　その……タリムに、フィーリヤというあなたと同じ猫の獣人は見なかったかしら？」

「……イリヤ」

イリヤが彼女の姉のことについて聞いているのはすぐに分かった。遠い異国であるタリムの獣人情報。それを少しでも得たいということなのだろう。

レナは少し考えた後、否定するように首を横に振った。

「ごめんなさい。奴隷市にはあたしの他にも何人か獣人がいました。ウサギの獣人や、虎《とら》の獣人もいたと思います。ですけど猫の獣人は、あたしの他にはいませんでした。あたしがお仕えしていたお城でも……愛玩《あいがん》用に飼われている子は皆、基本は部屋に閉じ込められていますので、顔を合わせることもなく……誰がいたのかまでは」

「そう……」

「あ、で、でも！　何か特徴とかありますか？　もしかしたら噂だけでも聞いたことがあるかもしれませんし！」

明らかに気落ちした様子のイリヤを見て、レナが慌てたように尋ねる。

イリヤは気を取り直したように口を開いた。

「その……探しているのは、姉なの。髪と目の色は私と同じ。私と同じ父の作った指輪を持っているわ。あと、猫の獣人なのに、姉は見た目がアウラ族っぽくないの。身長が高くて人間の女性くらいはあるし、身体の線もはっきりしていて、初見では猫の獣人とは分からないくらい」

「そう……ですか」

イリヤの姉の特徴を食い入るように聞いていたレナから力が抜けた。

「ごめんなさい、姫様。あたしが知っているのは、皆、小さな猫族らしい獣人ばかりです。どの奴隷も、小さくて耳がピンと尖《とが》っていて可愛いって、ご主人様たちが話しているのを昔、聞きましたから。その皆も、今どうしているのか、分かりませんけど……何せ、会ったことがないもので。お役に立てなくて申し訳ありません」

「っ！」

同郷の猫族たちの話を聞き、イリヤが唇を噛《か》む。私も、獣人たちの扱いを改めて知り、やるせない気持ちになった。

——奴隷制度なんてなくなれば良いのに。

他国の法について私が言えることなどないが、それでも思ってしまう。助けたいと思っても助けられない無力な自分が悲しかった。

でも、それはイリヤが一番思っているだろう。何せ、自分の一族の話だ。

「……嫌なことを思い出させてしまったわね。ごめんなさい」

辛い気持ちを押し殺し、イリヤはレナに謝った。

姉の情報が少しでも欲しかっただけなのに、結果としてこんなに辛い話を聞くことになるとは思わなかったのだろう。彼女は酷く悔やんだ顔をしていた。

そんなイリヤを、レナが慌てたように慰める。

「だ、大丈夫です。姫様が謝ることなんて何もありません」

「でも……」

「姫様のお役に立てなかったことが残念なだけですから。タリムの城では見なかった、くらいしか言えなくてごめんなさい」

ぺこりと頭を下げるレナに、イリヤが首を横に振る。

「いいえ。タリムの城にいないと分かっただけでも有り難いわ。今まで、イルヴァーン以外の情報は本当に得られなくて。その時に比べれば余程。……ありがとう、レナ。その……あなたも姉のこと、気にしてくれると嬉しいわ」

「もちろんです。姫様のお身内の方ですものね！　あたしも、同僚の女官たちにそれとなく聞いてみます！」

レナの発言を聞き、なるほど、と思った。

私が女官に聞いてもあまり答えてくれないかもしれないが、同僚であるレナからの問いかけには答える可能性があるからだ。

同僚ならではの気安さ。それは私にはないものだ。

——じゃあ、私は私にできるところで探さないとな。

何せ友人の頼みだ。可能な限りは、探してあげたいではないか。

レナとイリヤが楽しげに話している。

私はそれに相槌《あいづち》を打ちつつ、さて、これからどうしようかと考えていた。

3・彼と頼み事

イリヤ妃とレナを会わせるというリディの言葉を受け、邪魔をするのはよくないと思った私とヘンドリックは、別室へと移動した。

ヘンドリックや私がいれば、レナは萎縮《いしゅく》して何も話せなくなるだろう。そうなれば、せっかくレナを連れてきたリディが悲しむのは分かっていたから、それを避けるためだった。

「君、本当に奥さんに弱いんだね」

「お前も似たようなものだろう」

場所を移そうと言った私の言葉に一も二もなく賛同したヘンドリックに言われたくはない。そう言うと、「まあね」とあっさり肯定が返ってきた。

「イリヤがすごく嬉《うれ》しそうだったから。僕としても断る理由はないよ」

結局、互いに妻に弱いという話なのだが、悪くはなかった。

移動した部屋にあった椅子《いす》に適当に腰掛ける。ヘンドリックも同じようにし、そして私の顔を見て、口を開いた。

「フリード。申し訳ない。実は君に、いや、ヴィルヘルムにもう一つ頼みがある」

「ヘンドリック？」

頼みというのは、イリヤ妃の姉を探して欲しいということではないのか。そう思ったのだが、ヘンドリックは否定した。

「それとは全く別件。これは僕からの個人的な頼みだよ。その……僕には妹がいることを君は覚えているかな？」

「もちろん。オフィリア姫だろう？　お前の二つ下の」

ヘンドリックの妹姫は十八。リディと同じ年だ。何度か公の場で会ったことはあるが、印象はと聞かれてもすぐには答えられない。そんな感じだった。

ただ、中性的なヘンドリックに似た、同じく中性的な美しさを持つ人だなとは思った記憶がある。

それを思い出しながら言うと、ヘンドリックは頷《うなず》いた。

「うん、そう。オフィリアのこと。その……さ、フリード。無茶な頼みだとは分かってるんだけど、妹をさ、ひと月ほどでいいから君の国に留学させてやってくれないかな？」

「オフィリア姫を？」

ヘンドリックからの申し出に驚いた。

妹姫をヴィルヘルムに？　何故《なぜ》、今の時期に、そして何故ヴィルヘルムなのか全く意味が分からなかった。

「ヘンドリック。理由を話せ」

「うん。実は、妹に恋を教えたくて」

「は？」

ものすごく低い声が出た。

思わず椅子から腰を浮かせ、ヘンドリックを凝視すると、彼は慌てたように言った。

「いや、誤解はしないでくれよ？　別に、君の愛人の座を狙《ねら》わせるとかそういう話じゃないから！

大体、妹には結婚してもらいたい相手が他《ほか》にいるんだから……」

「……」

ヘンドリックの目を見て、嘘《うそ》ではないと判断した私は、椅子に腰掛け直した。

ヘンドリックが苦笑しながら口を開く。

「ごめん。最初から話すね。実は僕、ゆくゆくは妹と妹の結婚相手に王位を譲ろうと考えててさ」

「王位を？」

ヘンドリックはイルヴァーンの王太子だ。イルヴァーンには男子直系は彼しかいないし、間違いなく彼が王位を継ぐことになる。そうして血を繋《つな》いだ我が子に彼もまた王位を受け継がせていくのだ。

それは私も同じだからよく分かる。

いずれ生まれるであろう我が子に私が受け継いだものを譲り渡す。それこそが私の使命だと思っている。それなのに妹夫婦に譲ると言い出したヘンドリックの心が分からない。戸惑っていると彼は困ったような顔をして言った。

「うん。そういう反応をされると思ったよ。……君のところはさ、奥さんは筆頭公爵家の出身で、しかも人間の女性だから、その子に王位を継がせても何の問題もないどころか諸手《もろて》を挙げて皆に歓迎されるだろうけどね。僕のところは違うから」

「あ」

ヘンドリックの言いたいことを理解した。そうだ。彼の妻は、猫の獣人。

そして獣人は、生まれてすぐは尻尾《しっぽ》や耳を隠せない。一発で、獣人だとばれてしまう。

「気づいてくれた？　まあ、そういうこと。僕とイリヤの子供。正直、人間か獣人か、どちらが生まれてくるか分からない。僕としてはどちらでも可愛《かわい》いと思うから良いんだけどさ。でももし、生まれたのが獣人だったら……。その子が国を継ぐことをさすがに皆は許してくれないと思うんだよ」

「……」

そんなことはない、とは言えなかった。黙り込む私に、ヘンドリックが緩く笑う。

「別に、僕は気にしてないからそんな顔をしないでよ。イリヤを選んだ時からこの問題のことは分かっていたし、それでも僕はイリヤが欲しいと思ったんだからさ。それを後悔してはいない。君のことだって羨《うらや》んでなんていない。お互い好きな人と結婚した。素晴らしいと思ってる。でもね、それじゃ国の統治者としては駄目なんだよね」

「……ああ」

頷きたくなかったが頷く。奴隷制度がない国にも、獣人に対する差別は根強く残っている。だからこそイリヤ妃は獣人だと明かせないと、ヘンドリックも言ったばかりだ。

「イリヤとは子供を作れないというのが僕の出した結論だ。とはいえ、後継者を作るために愛妾《あいしょう》なんて娶《めと》りたくない。僕が愛したのは、愛しているのはイリヤだけだからね。彼女を悲しませたくないんだ。それは君も分かってくれるよね？」

「ああ。私もリディ以外の女は要《い》らない」

キッパリと断言すると、ヘンドリックは満足そうに頷いた。

「うん。だから、僕は考えたんだ。王位は継ぐ。だけどしかるべき時期が来たら、子供がいないことを理由に、妹夫妻に王位を譲ろうと。そうなるように、その時に国が乱れないように時間を掛けて準備を調《ととの》えていこうって」

ようやく彼の意図を理解した。

「……なるほど。そういうことか。だが、そこでどうしてオフィリア姫に恋を教えるという話になる？」

「オフィリアは、自分の恋に全く興味がないから、かな」

そう言い、ヘンドリックは椅子から立ち上がった。そうして窓の側《そば》に行き、外を眺める。

「妹にはね、幼い時から側にいた侯爵家出身の側付きの騎士がいるんだ。その騎士はずっと妹のことを守ってきて、誰《だれ》が見ても分かるってくらい妹に惚《ほ》れてる。家柄も、人格も、能力も妹の相手として相応《ふさわ》しい人物だ。僕たちはいつ妹が彼の気持ちに気づくか、いつ彼と結婚すると言い出してくれるのかずっと待っていたんだけど、全くでね。それとなしに聞いてみても「あり得ません」と笑い飛ばされてしまう。それなら他に好きな人がいるのかと聞いてみても、「自分の恋に興味はない」と一蹴《いっしゅう》されてさ……困ってしまって」

「だが……ヴィルヘルムに留学に来たところで、どうしようもないだろう」

「それ！　それなんだよ！」

憂いながら景色《けしき》を眺めていたヘンドリックがこちらを向き、目を輝かせながら大きく両手を広げた。

「妹とその側付きの騎士を一緒にヴィルヘルムに留学させる。初めての留学。友好国といえど、本当の意味で頼れるのは自分の騎士だけ。そこで改めて、自らの騎士の素晴らしさに妹は気づくと思うんだよ！」

「……そう上手《うま》くいくとは思えないが」

「それにね！」

私の言葉をヘンドリックは思いきりぶった切った。

「君たちがいるじゃないか！」

「？　どういうことだ」

意味が分からなかったが、ヘンドリックはウキウキとしながら言った。

「妹は恋に興味はない。だけどすぐ側に、鬱陶《うっとう》しいくらいベタベタするカップルがいたら？　あの妹でもきっと多少は感化されると思うんだよ！」

「……その鬱陶しいくらいベタベタするカップルというのは、もしかしなくても私とリディのことか」

「ん？　間違ってる？　結婚式の宴《うたげ》の時にも聞いたけど、婚約者時代からすごいバカップルぶりだったんでしょう？　さっきも君たちの様子を見ていたけど、どう見ても想い合ってるし、これはもう、期待できるなと。お願いするしかないなと決意したわけなんだけど」

「……リディと私が仲が良いのは事実だが、何も私たちである必要はないだろう。お前とイリヤ妃だってかなりのものではないのか？」

私の指摘は的を射ているると思ったのだが、ヘンドリックは「何を言ってるの？」と心外という顔をした。

「イリヤはすっごく恥ずかしがり屋だから、僕と人前でなんていちゃついてくれないよ。僕はイリヤとならどこでだっていちゃつきたいって思ってるのに。……ううう。フリード。それだけは君が本当に羨ましい」

「そう言われても」

ヘンドリックの相手をしつつ、愛《いと》しい妻のことを考えた。

ヘンドリックの言う通り、彼女はいつだって、私に対する好意を隠そうとはしない。どんな時でも笑って私に好きだと言ってくれる。それがどんなに嬉しいことなのか、私の精神を穏やかに保つことに一役買っているか、リディはきっと気づいてはいないだろう。

彼女がそうやって笑って側にいてくれるから、私は私のままでいられるのだ。

「ほんっと、君、ラッキーだよね。好きになった相手は筆頭公爵家の令嬢で、しかも両想いでさ。年の差だってちょうどいい。文句を言う人なんて誰もいないじゃないか。恵まれすぎてて、後ろから刺してやりたい気持ちになるよ。僕なんてこんなに苦労しているのに」

「だが、イリヤ妃でないと嫌なのだろう？」

「当然」

きっぱりと言い切り、ヘンドリックは言った。

「だから、これからも僕がイリヤと平和に暮らせるように、オフィリアにはしかるべき相手とちゃんと結婚して欲しいんだよ。そりゃあ妹も王女だから、結婚しろと命じれば従うとは思う。だけどね、僕は妹にそんな結婚をして欲しくはないんだ。僕の見立てでは二人は両想いだと思うからさ。それならオフィリアには自分の思いに気づいて欲しいなって思う」

「……それでヴィルヘルムに留学させたいと？　オフィリア姫の意向は？」

「絶対に断らないって自信がある。君とリディアナ妃の恋物語を興味深く聞いていたからね。直接本人たちから話を聞けるかもって大喜びだと思う」

「……恋には興味がないのではなかったのか？」

確かそんなことを言っていた。だが、ヘンドリックは自信たっぷりに言う。

「興味がないのは自分の恋だけ。他人の恋には興味津々《きょうみしんしん》なんだよ。その妹が特に気にしているのが、君たち夫婦。絶対に行きたがると思う。行ったついでに君たちに感化されて、自分の恋に気づいてくれれば万々歳だよ」

「そう上手くいくものでもないと思うが……」

「いかなかったらいかなかったで構わない。また別の作戦を考えるから。だからさ、頼むよ。もちろんヴィルヘルムの国王陛下にはあとで正式に書簡を届けさせるから」

「……分かった」

必死に頼み込むヘンドリックに絆《ほだ》されたわけではなかったが、頷いた。

ふと思ったのだ。ここにリディがいれば、きっと「協力してあげようよ、フリード」と言ったであろうと。

そしてそう言われたとしたら、私はきっと「分かった。リディがそう言うのなら」と答えるだろう。

――ヘンドリックの妹姫が来ると知れば、リディは喜ぶだろうな。

やってくるのは王女だ。となると、同じ王族で同じ年であるリディが必然的に彼女の世話をすることが多くなるだろう。

リディは世話焼きなところがあるし、新しいことが大好きだから変化を喜ぶだろうという確信があった。

――リディが喜ぶのであれば。

結局、私の動機などその程度のものだ。

「助かるよ、フリード。ありがとう」

「別にお前のためというわけではない」

そう言いつつも、実は少しだけ贖罪《しょくざい》もあった。

ヘンドリックの結婚式に行ってやれなかったこと。体調が悪くてどうしようもなかったからなのだが、それでも悪いと思っていたのだ。

詫《わ》びとまでは言わないが、少しくらい融通してやりたいという気持ちはある。

多分だが、ヘンドリックは気づいている。だからか、少し申し訳なさそうな顔をしていた。

――気にする必要などないのに。

一番の理由が、リディであることは間違いないのだから。

「ヘンドリック」

声を掛けると、彼は慌てて表情を元に戻した。

「いや、何でもない。……フリード。これは秘密なんだけど、実はサハージャの新国王、マクシミリアンが父に接触を図っている。まだ具体的な動きはないけれど、彼らを気に掛けておくと約束するよ。いざという時は、僕は君に付く。友達だからね。君を裏切ったりはしない」

唐突に告げられた情報に目を見開いた。

マクシミリアン国王。己の父親を殺し、自ら王位に付いた簒奪者《さんだつしゃ》。

私のリディを自らの正妃にと望み、結婚した今も、おそらくは諦《あきら》めていない男だ。

その男が、ヴィルヘルムの友好国であるイルヴァーンに接触を始めている。聞き流せる話ではなかった。

「彼が接触を図っているのはうちの国だけではなさそうだ。それがどこかまでは僕には分からないけれど。フリード、かの国には本当に気をつけた方が良い。油断していると、あっという間に呑《の》み込まれてしまう。そんな不気味さが、今のサハージャにはあると思うんだ」

「分かっている。油断はしない」

リディを狙っていると分かっている国に対し、油断などするものか。そういう気持ちで返事をすると、ふと、ヘンドリックが思い出したように言った。

「次の国際会議。サハージャは来るのかな」

「……ここ数年は欠席していたがな」

——一年に一回行われる国際会議には、色々な国の代表が顔を出す。ヴィルヘルムはもちろん、タリムにイルヴァーン、サハージャ。辺境の国々もこぞって出席する特別な場だ。だがその国際会議に、ここ数年、サハージャはずっと欠席し続けていた。会議で決まったことに従うつもりはないという意思表示だったのだろうが、国王が替わった今年、あの国はどう動くのだろう。

「……いや、マクシミリアン国王は来るだろうな」

「そう？」

殆《ほとん》ど確信をもって言うと、ヘンドリックが理由を求めるように私を見てきた。

「どうして？　どうして君はそう思うの？」

「――あの男は、リディを欲しがっている。直接接触できる機会を逃《のが》すとは思えない」

「え？」

ヘンドリックが真顔になった。そうして意味が分からないと首を何度も横に振る。

「何？　マクシミリアン国王って、リディアナ妃を君から奪おうとしているの？　彼、命が惜しくないのかな？　フリードが彼女に執着しているのなんて、誰が見ても明らかじゃないか。フリードが惚れに惚れきっている正妃を奪おうとか……ええええ？　正気なの？」

「残念ながら狂っているわけではなさそうだな。もちろん、リディに指一本触れさせる気はない」

「だろうね。君、ものすごく心狭そうだもん」

「そういう問題ではないだろう。ヘンドリック。お前ならどうなんだ。イリヤ妃を狙われた、などと言われたら」

「遠回しに殺してくれって言ってるのかな、って思うけど？」

即座に返された答えは空恐ろしいものだったが、私は大いに同意した。

「そうだろう。愛する妻を狙われて黙っているなどそれこそ夫として失格だ」

「それは確かに」

至極納得した顔でヘンドリックが頷く。

王位に就き、しばらく大人《おとな》しくしているだろうと思っていたマクシミリアン国王がついに動き始めた。

ヘンドリックからもたされた情報は頭が痛いものだったが、情報を得られたこと自体は大きい。

私はヘンドリックと話しながら、父やアレクたちにも情報共有しなければと思っていた。

4・彼女と和カフェ

せっかく友達になれたイリヤだったが、彼女は予定通り、その日の夕刻には夫と共に慌ただしく帰国してしまった。

残念ではあるが、彼女も王太子妃。長く他国に留《とど》まっていられるはずもない。

イリヤとは文通をすることになったので、互いの近況やレナのことを書いて送ることにした。イリヤも早速、レナの父に連絡を取ってくれるそうだ。

そういえばそのレナだが、シオンからは無事、文字を習う許可を得た。それどころか、彼自らレナの教師役を買って出てくれたのだ。そうなるだろうなと思ってはいたが、良かった。レナも教師がシオンなら、勉学により一層励むことができるだろう。

フリードからは、ヘンドリック王子の妹姫、オフィリアがヴィルヘルムに短期留学に訪れることを聞いた。はっきりとした日程は現在調整中だそうだ。

オフィリア姫は十八歳で私と同じ年。同行するのは彼女の側《そば》付きの騎士。彼らをくっつけさせたいヘンドリック王子たちが画策しての今回の留学だと聞き、少し呆《あき》れはしたが、同じ年の王族と仲良くできる機会を得られたのは嬉《うれ》しい。もしかしてイリヤとも仲が良いのだろうかと、早速手紙で聞いてみたが、イリヤはオフィリア姫とはあまり交流を持っていないようだった。

城では正体を悟られないよう、できるだけ一人で過ごしているらしい。

そんな寂しい話を聞けば、せめて手紙くらいは楽しんで欲しいと思った私が、筆を取る機会を増やすのもある意味当然のことで。結果として私とイリヤは急速に仲良くなっていった。

このような感じで、婚約時が嘘《うそ》のように日々が緩やかに流れていく。

季節は春も終わり、初夏にさしかかった頃《ころ》。

あまりにのんびりな日常にそろそろ本気で退屈になり始めてきた私は、ふと、思い立った。

「そうだ！　和カフェを作ろう！」

「リディ、何を言っているの」

自分の部屋のソファの上。午後のお茶の時間を少し過ぎた頃。後ろからフリードに抱き締められながら読書をしていた私は、ぱんっと本を閉じて宣言した。途端、聞いていたフリードに諫《いさ》められてしまう。

「また怪しげなことを言い出して。ついこの間、ハンバーグ専門店を開店させたばかりでしょう。今度は……和カフェ？　それは一体何なの？」

「えぇとね……んっもう、フリード、放してよ」

ぷにっと頬《ほお》を摘ままれ、私はむぅと膨れた。

フリードに抱き締められながらの読書は嫌いではないが、思い出したようにちょっかいを掛けられるのが困りものなのである。

「私の持ってるレシピの中で、和菓子をセレクトして、和カフェとして開くの。カレーやハンバーグはご飯だから、次はデザートのお店が良いなって思ってたんだよね」

「和菓子？　それってリディの前世にあったお菓子のこと？」

フリードには、前世の記憶があることを話している。だからすぐに話が通じるのが嬉しかった。

私はうん、と頷《うなず》いた。

「そう。大福とか、あと、羊羹《ようかん》も和菓子。実はね、デリスさんが飲み物のレシピを譲ってくれたの。それがすっごく和菓子に合うから、それもあってカフェを開きたいなって思って。元々、和菓子を皆に広めたいっていう思いはあったんだよね」

デリスさんの緑茶は、いわゆる煎茶《せんちゃ》だ。民衆に広めても良いと許可をもらい彼女のレシピを教えてもらったのだが、当然のことながら実際の緑茶とは作り方が全然違った。

お茶の元になる薬草を特殊な薬品と一緒に蒸して、揉《も》んでから乾かすと……あら不思議、煎茶の出来上がり、らしい。

そしてここでよく見返して欲しい。デリスさんは決してお茶の葉を使っているのではないというところを。

特殊な薬品と一緒にすることで成分が変わるらしいのだが……うん、説明を聞いたが全く分からなかった。

とはいえ、さすがにデリスさんのお茶だけのことはある。

それは単なるお茶に留まらず、滋養強壮に優れ、弱った胃腸にも効くというハイスペック煎茶へと変化していた。

つまりは美味《おい》しい薬草茶みたいなものである。

こんな特殊過ぎるお茶を販売しても本当に大丈夫なのかなとも思ったが、別に人体に影響はないらしいし、気になるなら一日五杯までにすればいいという助言ももらった。

一日五杯。それだけ飲めるのなら十分だ。デリスさん印の煎茶を引っ下げ、王都に新たな衝撃を与えてやろうではないか。

そういったことをフリードに順序立てて説明すると、彼は「薬の魔女か……」とどこか得心したような表情になった。

「今回は薬の魔女まで関わっているんだね。まあ、元々反対する気はなかったけど……本当リディは色々なものを巻き込んでいくね」

「そ、そうかな」

自覚はないので首を傾《かし》げる。フリードは私を抱き直すと、優しい声で言った。

「そしてそんな無自覚なリディが可愛《かわい》いと思うんだから、私には最初から協力する以外の選択がないよね。何を企《たくら》んでいるのか教えてもらえない方が不安だし、相談してくれたからよしとするよ」

「えっと、じゃあ、和カフェ、作ってもいい？」

「リディの料理の腕前は十分に知っているしね。ハンバーグ店の方も順調なようだし、新たな選択肢としてカフェというのは悪くない。せっかくだから大通りに面した一等地に建てようか。資金は私が個人資産から出資するよ」

「え」

さらりと告げられた言葉を聞き、目を見張る。大通りに面した一等地にカフェ？　それは確かに素敵だとは思うが、一体どれだけお金が掛かるのか、考えるだに恐ろしい。

「い、いや。私としては別に今まで通り、どこか町の一角でできたらな、くらいに思ってたんだけど。

無駄遣い、良くない」

「無駄遣いなんかじゃないよ。だって和カフェなんて当然初めての試みでしょう？　リディ、まだ出していないオリジナルレシピを披露するつもりなんだよね？　それなら話題になるのは間違いないし、大通りの目立つ場所にオープンさせた方が集客効果も高まると思うな」

それはその通りだが、違うのだ。

私はフリードに訴えた。

「高級店にするつもりはないの。私は皆の憩《いこ》いの場所として、和カフェを提供したいと思っているから。貴族だけが集まってくるようなところじゃ意味がない……」

カレー店やハンバーグ店も、身分を問わず様々な客がやってくる。それを私は嬉しいと思っているし、和カフェも同じようにしたいのだ。

「リディの望みは分かっているよ。身分に関係ない場にしたいんだよね？　リディはリディの望むように店を作って、値段を付ければ良い。だから場所のことは気にしないで。ただね、その代わりと言っては何だけど、お願いがあるんだ」

「お願い？」

なんだろうとフリードを見る。彼は真顔で私に言った。

「今回の和カフェ、店の軌道が乗るまでは店員は城から派遣した者だけを使うこと。これを約束して欲しい。しばらくはリディもカフェに通い詰めになるんでしょう？　リディはもう私の妃《きさき》になったんだからね。私も忙しくて毎日一緒に行けるわけじゃないし、せめて信用できる城の人間だけで周りを固めておきたいんだよ」

彼のお願いは、至極尤《もっと》もなことだった。

「……分かった。でも、軌道に乗ったら、町の人を雇ってもいい？」

その方が町のためになる。そう思いながら尋ねると、フリードは快く頷いてくれた。

「もちろん。その頃にはリディも毎日店を覗《のぞ》く必要もなくなるしね。本当、今考えればハンバーグ店は良かったな。店長が城の料理人だったからあまり心配することもなかったし、私もそれなりの頻度で一緒に行けたし。ねえ、リディ。次の和カフェも、厨房《ちゅうぼう》から店長を選ばない？」

「私は構わないけど、厨房が困るんじゃない？」

引き抜きが多くなれば、料理長もさすがに良い顔をしないと思う。城の料理人は皆、凄腕《すごうで》だから、次を探すのも大変なのだ。

「あんまり迷惑を掛けたくないんだけど、でも、料理人も貸してもらわないといけないもんね」

フリードの条件を満たそうと思うのなら、間違いなく料理人は城の厨房から貸してもらわなくてはならなくなる。せめて希望者を募って、手伝いたいと言ってくれる者だけを使おうと決意していると、フリードが言った。

「まあ、その辺りは心配する必要ないと思うよ。リディの手伝いなら皆、こぞって手を挙げるだろうし。何せ、彼らの認識は私の妃というより、師匠だから」

「あ、あー……」

　それは確かにその通りだ。

　結婚して、皆が私のことを『ご正妃様』もしくは『妃殿下』と呼ぶ中、料理人たちだけは頑《かたく》なに『師匠』と呼び続けている。料理人には料理人の、彼らにしか分からないこだわりのようなものがあるようで……どちらでも良かった私は、「好きにしていい」と言ったのだ。

「厨房に行く度、リディが彼らに取られたような気持ちになるよ。リディは私だけのものなのに」

　フリードが抱き締めていた腕を解き、顔が見えるよう横向きに座らせる。彼の膝《ひざ》の上に乗ったまま向きを変えた私は自分からフリードに両手を伸ばし、抱きついた。

「心配しなくても、私はフリードだけの奥さんだよ。誰《だれ》も取ったりしないって」

「分かってるけど、料理人に囲まれたリディを見ている時が一番、リディが遠いところにいる気がするんだ。リディの料理は皆を幸せにする。色々店も出して、国民皆を幸せにしている。妃としてそれは正しい。それは分かっているのに、時折、料理なんてやめて、私だけを見て欲しいって言いたくなる」

「……私、フリードしか見てないのに」

「うん。十分に理解しているつもりなんだけどね。理屈じゃないんだ。本当に困ったものだよ」

　眉《まゆ》を下げ、溜息《ためいき》を吐《つ》くフリードの頬に自らの頬を擦り合わせる。髭《ひげ》のないフリードの頬はすべすべで、とても気持ち良かった。

「フリード、大好き」

フリードに元気を出して欲しくて、彼の唇に口づける。驚いたように目を見張ったフリードの表情が、すぐに蕩《とろ》けるようなものへと変わっていった。

「リディの好きの言葉で簡単に絆《ほだ》されちゃうんだから、私も安い男だよね」

そう言いつつも彼の声は酷《ひど》く甘い。それを嬉しく思いながら私は言った。

「私も同じだから、お互い様だと思うの」

「リディも？　絆されてくれる？」

「とっくに絆されてる」

自分に呆れながら言うと、幸せそうな微笑《ほほえ》みが返された。それがとても嬉しかった私はもう一度自分から彼に口づけ、結果として、その後いつも通り彼にいただかれることになった。

◇◇◇

和カフェ開店準備は驚くほど早く、話が進んだ。

フリードが陣頭指揮を執ったからなのだろうが、土地の権利関係を兄が引き受けてくれたからという理由も大いにあると思う。

「お前……また、新しい店!?」

フリードに呼び出され、協力して欲しいと言われた兄は、話を聞くと両手で頭を抱えた。

「お前！　つい最近、ハンバーグ専門店を開店したばかりだろう！」

「それはそうなんだけど。鉄は熱いうちに打てとも言うよね。なんか、和カフェを開きたいなって思ったから。今は時間もあるしいいかなって」

「そのノリに振り回されるこっちは堪《たま》ったもんじゃないんだ！」

「でも……お父様も良いっておっしゃったし……」

「嘘だろ、糞《くそ》親父」

私の言葉を聞き、兄がショックを受けたような顔をした。だが、嘘は吐いていない。

フリードの条件である『従業員は城に勤めている者を使うこと』。これをクリアするために、義父である国王と、宰相である父の許可を取ったのだ。

話を聞いた国王は面白がり、開店したら是非妻と行きたいと言ってくれたが、父は渋い顔をしていた。これは駄目だろうか、反対されるかと身構えたが、父の出した結論はイエス。

私は知らなかったのだが、最近王都、特に南の町は『食の町』と民から強く認識されているらしく、他国から観光客もかなり来ているとのことだった。

「新たな店。それもお前秘蔵のオリジナルレシピをいくつも披露するのだろう？　集客効果も高いだろうし、他《ほか》の店への波及効果もかなりのものだろう。殿下の心配はよーく分かるし、確かに軌道に乗るまでは、城の人間で周囲を固めた方が安心。……陛下も反対ではないご様子だし、複雑な心境ではあるが許可する」

「わ！　やった！」

思わず素で喜ぶと、父に睨《にら》まれた。

「す、すみません」

「全くお前は……嫁いでもちっとも変わらない」

結婚前と全く変わらず父は小言を言い始めた。フリードが私を抱き寄せる。

「そのままのリディが私は好きなんだから、変わる必要なんてないよ」

「フリード」

「リディはいつだって可愛くて私の自慢の奥さんだよ」

そう言ってくれるのは嬉しいが、結婚してから特に何もしていない身としては、頷けない。そろそろフリードのためになることの一つや二つ、してみたいところだ。

「むう……」

「リディは私の奥さんってだけで、十分過ぎるほど貢献してくれているんだけどなあ」

フリードが自然に手を伸ばし、私の頭を撫《な》でてくる。それを目を細めて受け入れると、彼は「可愛い」と笑った。

「……殿下」

「何かな、宰相」

「嫁いだ娘が幸せそうで、父親としては大変安堵《あんど》するところではありますが、そろそろ本題に戻らせていただいても？」

「いいよ」

父の言葉に、フリードが苦笑する。父はこほんと咳《せき》払いをした。

「一つご提案です。今回の和カフェ。ここまで殿下も関わられるのでしたら、いっそ大々的にアピールしてみるのは如何《いかが》でしょう」

「それはつまり、王太子が出資して、王太子妃がレシピを出したカフェだと宣伝するってことだろう？　そんなことをすれば、きっと国中の貴族たちが我先にと集まってくる。……それこそ次の夜会の話のネタにするためにね。それじゃあリディの、身分に関係なく皆に楽しんでもらいたいという目的が達せられなくなる。そういうことはやめた方が良い」

　フリードの言葉に、私も頷いた。

「さようですか。……いえ、確かにそうなりかねませんな」

　少々残念そうではあったが、父もフリードに同意する。そんな父にフリードは笑いながら言った。

「大体、宣伝の必要なんてないんだよ、宰相。リディはカレー店を始めた頃からずっと町に入り浸っていて、そこのオーナーとして元々国民たちに顔が割れている。今までは身分を知らなかった者もお披露目のパレードでリディが私の妃だと知っただろう。つまり、カレー店やハンバーグ店のオーナーが王太子妃だというのが知られたということなんだ。だから何も言わなくても自然に国民たちには広がるよ。王太子妃が経営しているカフェだって。何せ、当人がカフェに顔を出しているんだからね。疑いようもない」

「確かに……」

「逆に、町にあまり出向かない貴族たちには広まらないだろうし、おそらく町の皆も教えない。リディは皆に好かれているからね。リディが困りそうなことをする者はあの町にはいないよ」

断言するフリードに父は唸《うな》りながらも頷いた。

「……意外なところに人望があるのが娘ですからな。分かりました。殿下のおっしゃる通りにいたしましょう」

「ありがとう。でも、多分、この方が上手《うま》くいくと思うよ」

――と、こういう話があったことを兄に伝えたところ、兄は盛大に父に呪《のろ》いの言葉を吐いていた。

「で！　面倒事は全部俺《おれ》に押しつけるのかよ！　あの糞親父！　覚えてろよ！」

そうして舌打ちしつつもなんやかんやで有能な兄は、フリードの望む一等地の権利書を勝ち取ってきたのだ。

ちなみに、ちゃんと前の土地の主《あるじ》には快く退去いただいている。

最初に聞いた時は、その土地に住んでいた人に無理やり立ち退《の》きを迫ったのではないか、本当に合意だったのか心配したのだが、さすがは兄とでも言おうか、事前調査をして、金銭的に困っている店を中心に当たったらしい。もちろん中には、この場所に愛着があるからと断る者もいたが、そろそろ店を畳み、田舎《いなか》にいる息子夫婦の近くに越そうと考えていた帽子屋の老夫婦が手を挙げてくれたのだ。

彼らに必要だったのは、引っ越し費用などのまとまったお金。兄が交渉し、現金一括でその土地の正当価格、そして謝礼を支払うことで話は決まり、老夫婦は笑顔で王都を出ていったそうだ。

「新婚の王太子ご夫妻の経営するカフェになるのなら、私たちも嬉しい」

と言って。さすがに兄も老夫婦には私とフリードが関わっていることを正直に話したらしい。

ともかく店は手に入れた。

店の改装と同時に、私は料理人たちの選定へと入った。和カフェを手伝ってもらうスタッフだ。城での仕事もあるし、無理強いはしない。希望者のみで良いと言ったにもかかわらず、料理長を含む全員が手伝いたいと手を挙げてくれた。

有り難いことに皆、一歩も引かず、結果、ローテーション制に決まった。

一人一人の負担が減るという意味では良かったのかもしれない。

話が決まったので、料理を教える。

和カフェというくらいだから、メニューは和菓子を中心に選んでいる。

大福は、実家にレシピを渡しているので、カフェでは使えない。

代わりに上用《じょうよ》まんじゅうに桜餅《もち》、おはぎにうぐいす餅、練り切り、あんみつなどを用意した。餡《あん》が苦手な人用に、みたらし団子や三色団子なども。ここはレシピを出し惜しみするところではない。全力で和カフェを作るのだと、持てる力全《すべ》てを注いだ。

お茶は、デリスさんのレシピを色々と研究した結果、何とかほうじ茶らしきものと、玄米茶、そして定番の煎茶を用意することができた。

カフェでは冷茶と温茶、どちらか選べるようにしたいと考えている。

鬼気迫る顔で次から次へと見たことのない新作菓子を披露する私に、皆の目がどんどん狂信的なものへと変化していったことに気づいてはいたが……それどころではなかったので無視をした。どうせ、崇《あが》められるだけだ。それなら今までと変わらないと割り切ったのだ。

あとでフリードに聞いたところ、料理人たちは私のことをまるで何かの宗教の教祖か何かのように崇めていたらしい。

「師匠の言葉は！」

「絶対！」

「師匠の敵は！」

「我らの敵！」

「師匠の存在は！」

「世界の宝！」

「我らは、全力で師匠を守るのだ！　師匠の生み出す数々の奇跡をこれからも近くで見守るためにぃぃぃぃぃ!!」

「おおおおおおおおお!!　師匠!!　師匠!!」

という恐ろしい雄叫《おたけ》びを毎朝、朝の挨拶《あいさつ》よりも先に全員でしているなど知りたくなかった。

「お前を敵に回したくねえって心から思ったわ」

とは、その雄叫びを実際に聞いてしまった兄の談だが、知らない間に祭り上げられていた私の話も聞いて欲しい。

とにかく、準備は順調に進んでいた。

少ない自由時間を駆使して、最高のものを作り上げる。

内装のこだわりはちょっとした自慢だ。焦げ茶色やヨモギ色を基本色にし、入り口に掛ける暖簾《のれん》は自作した。たっぷり綿の詰まった座布団だって作った。どうせならとことんこだわりたい派の私は、店員の服までオーダーメイドしたのだ。

この世界にはない文化、茶衣着のようなものを何とか説明しつつ作らせた。下駄も作った。

我ながらなかなかの情熱で取り組んだ和カフェ作りは、皆の協力もあって、あっという間に開店一週間前というところまで迫っていた。

「はあああ……いよいよ、一週間後には開店か……早かったなあ」

「姫さん、ここのところすんげー勢いで働いていたものな。皆、心配してたぜ」

「うん……我ながら頑張ったと思う」

和を強くイメージした内装をチェックしながら大きく息を吐く。護衛として側についてくれているカインが呆れたように言った。

「内装も料理も、制服も、一人で全部決めてさ。一体姫さんの頭の中はどうなっているんだって驚いてたんだぜ。なあ、こんなの、どうやって思いついたんだ？」

「えへへ、それは秘密かな」

いくらカインでも、前世でちょっととは言えない。

適当に誤魔化すと、カインは「まあいいけど」と肩を竦《すく》めた。

ざっと店内を見回す。今は私とカインの他に十人程度のスタッフ（普段は城で働いている人たち）が作業に追われていた。

今日はフリードはいない。わりと時間を空けて一緒に来てくれるフリードだが、今日はどうしても外せない仕事があるのだと執務室へ向かっていた。私の方は殆ど予定などないので、朝からこうして店の開店準備を頑張っていたわけである。

「あ、そこ。メニューを書いた看板はもう少し上にしてちょうだい」

「はい、分かりました！」

店内に看板を張り付けていた男性（多分近衛《このえ》の一人）が私の指示通り調整する。

看板には私が毛筆っぽくお品書きを書いた。達筆とは言えないが、大事なのは雰囲気なので許して欲しい。

今回のことで、カインの存在はカフェを手伝ってくれる皆にかなり認知された。スタッフを全員集めた時に、フリードがカインを私の護衛だとわざわざ紹介したからだ。

こんなに若い男が護衛かと一瞬、場がざわついたが、フリードが「私の決めたことだ。彼なら立派に勤めてくれると思っている」と言ったことで鎮まった。

「殿下がなさることなら」と渋々頷いた形だが、戦える者たちはフリードが言った通り、彼の強さが分かるらしく、素直に認めているらしい。

「そういえば、ちょうどうちの向かい側に、同じく店が新規オープンするらしいぞ。先週くらいから改装作業が始まっていたんだけど、もう完成しそうだ」

思い出したように言うカインに、私は「ああ」と頷いた。

通りを挟んで正面。そこは先週突然オーナーが変わったらしく、驚く間もなく工事が始まったのだ。

それを私は、町の人から聞いた。

皆は、私を王太子妃だと知っても、以前と同じように接してくれていて、今回のことも「リディちゃん、リディちゃんのお店の前、オーナーが変わったんだよ。あまり良い代わり方をしなかったみたいだから気をつけなよ」と心配そうな顔で教えてくれたのはスパイス店の店主のマリエッタさんだった。

マリエッタさんは噂《うわさ》好きだけどとても気の良い人で、いつも私が店に行くとオマケをしてくれる。

婚約者時代、フリードとデートしていた場面をばっちり見られてしまった人でもあった。

そんな彼女は私が今回の仕入れで店を訪れた時、「王太子妃なリディちゃんにオマケとかって失礼かねえ。でも、私とリディちゃんの仲だし構わないよね」と笑いながら、塩を一瓶オマケしてくれた。

その言葉が何だかとても嬉しくて、私は思わずマリエッタさんに抱きついてしまったのだ。

ヴィルヘルムに住む人たちは皆、とても良い人たちばかりだ。

王太子妃になってしまった私なんて、平民の彼らにとっては面倒以外の何ものでもないだろう。遠巻きにされても仕方ないのに、皆、変わらず優しくしてくれて、本当に感謝しかない。

この人たちを、フリードと一緒に守りたい。改めて王太子妃としての気持ちが強くなった出来事だった。

「私が聞いた話によると、向こうは外国の料理を中心としたカフェなんだって。でも、近づかない方が良いかな。あんまり良いオーナーの代わり方をしたようではないの」

「へえ、そうなのか。外国料理ねえ。しっかし、姫さんの情報網ってどうなってんだ？　時折、オレより情報が早いことないか？」

「良いでしょう。皆、親切で色々と教えてくれるの」

笑いながら時間を確認する。そろそろ午後の休憩にしようかと皆に声を掛けようとした時、全くの部外者の声がその場に響いた。

「ほお？　どんなカフェかと見学に来てやったが、大したことはないな。よく分からんものばかり飾りよって。これでは敵情視察にもならん。ここの店主は壊滅的にセンスがないのう！　少しはわしを見習ってもらいたいものじゃ」

——うわ。

はははははと高笑いと共に現れた男。その男の顔を見て、私は思わず真顔になった。

禿《は》げ頭の醜く太った姿。成金丸出しの趣味の悪い格好。そしてその独特の話し方に嫌というほど覚えがあったからだ。

「……ワイヤー元男爵」

忘れるはずもない。彼はカレー店の店主を任せているラーシュ、彼の元々の店を汚い手段で閉店に追い込んだ憎むべき男であった。彼は結局、自らの罪（愛人所有、密輸、横領、詐欺《さぎ》）に問われ、爵位剥奪《はくだつ》、財産差し押さえとなり、飲食経営からも手を引いたはずなのだが、どうしてこんなところにいるのだろう。

しかも一見したところ、かなり羽振りが良さそうだ。着ている服や身につけている趣味の悪いアクセサリーはどれも高額な品で、おいそれと手を出せるようなものではない。

——どういうこと？

しかも、敵情視察？

彼の話はさっぱり意味が分からなかったが、関わり合いになりたくなかった私は、聞かなかったことにしようと決めた。が、時すでに遅し。彼は私を見ると、驚いたように目を見張った。

「お前！　あの時の小娘！」

「……ええと。はい、ワイヤーさん」

もう男爵ではないので「さん」付けで呼ぶと、ワイヤーは、カッと目を見開いた。

「ここであったが、百年目！　お前！　ヴィヴォワールの小娘ではないか！　何故《なぜ》こんなところに！」

どうして、ワイヤーに親の敵《かたき》を見つけたような顔をされなければならないのか。

私は何もしていないと言うのに。

そう思いつつも、ワイヤーの問いかけに答えた。

「何故と言われても、ここは私がオーナーを務める店だからと言えば、お分かりになりますか？　部外者は出ていってもらいたいのですけど」

「はっ！　お前がこの店のオーナーだと？　カレー店に続き、毎度毎度、わしの邪魔をしおってからに……！」

「邪魔？」

どういう意味だと眉を寄せると、ワイヤーは丸々した指で外を指し示した。

「向かいの店！　来週オープンする新店がわしの店じゃ！　せっかく良い場所に店を作ろうと思っているのに、同じ時期にオープンする店があると聞き、やってきてみれば……」

「あー……」

　向かいの店は、まさかのワイヤーの店だったらしい。

　だけど、財産を没収されたはずの彼が、どうして新たに店を経営などできるのか。

「……ワイヤーさんって、一文無しになったって聞いたんですけど」

　正直に疑問を口にすると、何故かギッと睨まれた。

「そうとも、小娘！　お前のせいでな！」

「え？　私？」

　思い当たる節は全くない。ワイヤーは思い出すのも腹立たしいというように太った身体《からだ》を大きく震わせた。

「何を、何も知らない、みたいな顔をしているのだ！　元はと言えば皆お前のせいだ。お前がいなければ、あのにっくきヴィヴォワールの小倅《こせがれ》がわしを糾弾することもなかった！」

「小倅って……お兄様のことですか？」

　父のことを小倅とは言わないだろう。そう思いつつも確認すると、思いきり吠《ほ》え立てられた。

「他に誰がおる!!　あの小倅、わしの些細《ささい》な罪をあげつらいおって……そのせいでわしは……可愛い愛人たちとも別れさせられたのだぞ！」

「わあ……」

　それは良かったとしか言いようがない。

　ワイヤーは、爺と呼んでも差し支えのない年にもかかわらず好色で、若い女性を金にものを言わせて何人も囲っていた救いようのない男だったのだ。何せ私のことも、愛人の一人に加えようとした馬鹿《ばか》なのだから。

しかしそうか……。

ワイヤー男爵がいつの間にか処分されて不思議だったのだが、兄の仕業だったのか。

そしてそれを私のせいだとワイヤーが喚《わめ》いているということはつまり、兄とのやりとりで私が彼の妹だと知ったに違いない。

――どうりで兄さんに、カレー店のことが全部バレていたはずだ。

ワイヤーを片付けてくれたということは、兄は多分、何らかの手段で私とワイヤーのやりとりを知ったのだろう。それで大事にならないよう、先回りして動いてくれたのだと思う。

下手《へた》をすれば、カレー店を作ろうと企んでいる本当に最初の方から私の行動は兄に筒抜けだったに違いない。

――うーん。それはなかなか格好悪い。

そして、知らないところで兄に助けられていたのだと気づき、申し訳なくなった。

次に兄に会ったら、この件についてはきちんとお礼を言っておこう。

ワイヤーの件は本当に鬱陶《うっとう》しくて、父の権力を使ってでも叩《たた》き潰《つぶ》してやろうと、一瞬本気で思ったくらいなのだから。

――でもなあ。

キャンキャンと私に向かって喚き続けるワイヤーを眺める。

彼は私がヴィヴォワール公爵家の娘だということは理解したらしいが、どうも、王太子妃になったということは分かっていないように見えるのだ。単なる貴族の令嬢とは違う。私はすでに王族。先ほどから王族侮辱罪が十分適用されるレベルで彼は暴言を吐き続けている。いくら彼が私のことが憎くても、知っていてさすがにそれはしないと思うのだ。

いや、でも、公爵家の令嬢に対する発言だとしてもアウトだから、意外と何も考えていないのかもしれない。それともここは城ではなく町中だから何とでもなると思っているとか？　どちらにせよ、碌《ろく》な男ではない。知ってたけど。

ワイヤーは私を悪く言うのに必死で気づいていないようだが、私の周りにいるスタッフたちは全員、殺気立って彼を睨み付けている。視線で捕らえて良いかと私に聞いてくるスタッフは一人二人ではきかない。もちろん隣にいるカインなんて、真っ先に「姫さん、こいつ、黙らせていいか？」と怖すぎる笑顔を向けてきた。

それを全部「良いから、大人《おとな》しくしてて」と無言で下がらせ、私はワイヤーに向かった。

いざという時は完全に制圧できるという安心感は半端ではない。スタッフを全員、城に勤める者たちにするようにと忠告してくれたフリードには、感謝するしかなかった。

「で？　無一文だったはずのあなたがどうしてまた、新店を経営できることになったのか、説明はしてくれないのですか？」

「わしは元々一代でのし上がってきた男じゃ！　なくなれば稼げば良い。南国イルヴァーンへ一人渡り、そこのカジノで一財産築き、つい先週、帰ってきたばかりよ！」

「わあ……パワフル……」

見た目が完全に爺なだけに、その行動力には驚嘆する。

しかしワイヤーは、本当に金を稼ぐ才覚はあったようである。無一文の状態からわずか二年ちょっとでここまで。普通に驚く。

素直に称賛すると、ワイヤーは自慢げに胸を張った。

「ふはははは！　分かったか、小娘！　わしには今もなお、唸るほどの財があるということが！　この財を持ち、酒池肉林《しゅちにくりん》の生活に戻ることこそ、わしの最終目標よ！」

「……はあ」

才能はあるのに、性格は最低なのが、残念極まりない。ワイヤーは唾《つば》を飛ばす勢いで言った。

「それを実行するためには、わし自身の価値を再度高める必要がある。剥奪された爵位が買い戻せれば良いのだが、王家はそれを許さぬだろうし……だからわしは別の方法……王都一等地で超人気店を経営するという手を取ることにしたのじゃ。悪くない試みじゃろう？　組合でもまた発言力が高くなるだろうし、女にもモテる！　わしはこれから店を開店させ、成功を掴《つか》むのじゃ！」

「すごーい……」

バイタリティー溢《あふ》れる言葉に、思わず拍手してしまった。この年で、まだここまで貪欲《どんよく》だとは逆に尊敬する。

人の可能性を見た気がして、素直に驚いていると、ワイヤーが私を見て好色な笑みを浮かべてきた。

「しかし小娘……お前、しばらく見ないうちに、なかなか良い女になったではないか。ヴィヴォワール公爵家の娘などでなければ……」

「……」

すん、と真顔になった。

娘でなければ何だと言うのだろう。また愛人になれとでも言うのだろうか。

大体、私はすでに人妻なのだけれど。

ここにフリードがいなくて良かったなと思わず思ってしまった。

一瞬でブチ切れるフリードが出来上がりそうだ。

自意識過剰でもなんでもなく、彼は私のことをとても愛している。その私に手を出そうとして、ワイヤーが無事でいられるとは思わなかった。

そしてそうでなくても周囲の雰囲気がどんどん悪くなっている。私への暴言が許せない皆が、「我々のご正妃様をよくも……」「ご命令さえなければ今すぐにでも……」と今にも飛び出していきかねない勢いで怒り狂っている。自らの仕えている主が馬鹿にされているのだ。彼らの怒りは当然だった。

——まずい。

これはもう、きっちりと私が王太子妃だと言って、早々に追い払ってしまった方が良いのではないだろうか。

そんな風に思っていると、ワイヤーが何か良いことを思いついたかのような顔をした。

「そうだ、小娘。ここは一つ、勝負といこうではないか。新店を同時にオープンさせ、どちらの店が人気店か競う。期間は一週間で、負けた方は、勝者の望みを何でも一つ聞く。そういうのはどうじゃ！」

「え？　……なんでいきなり勝負？　嫌ですけど」

どうして私が、ワイヤーと勝負をしなければならないのか。

何の利益もない話に興味はない。きっぱりと断りを告げると、ワイヤーは目を見開き、私を糾弾してきた。

「お前に拒否権はない！　お前のせいでわしはどん底まで落とされたのだ！　これくらい快く付き合うのが礼儀というものじゃろう！」

「ええー……」

礼儀とは、と思わず問い返したくなるような台詞《セリフ》である。

ワイヤーは実に偉そうに、それがさも正しいことであるかのように語った。

「本来なら、わしに向かって平伏して、『すみませんでした。ワイヤー様。お詫びに、あなたの愛人にして下さい。何でも言うことを聞きます』というのが当然のところを、勝負という方法にしてやったのだ。礼を言われても良いくらいだ！」

「……はあ」

「なんだ、その気の抜けた返事は！　そこは、はい！　の一択じゃろう!?」

「……」

屁理屈もここまでくれば、見事なものだ。

心底呆れかえりつつ、私は目の前の小男を見た。

本当に何故、私がそんなくだらない勝負に乗ると思うのだろう。

私には何の得もない勝負。受けると思う方がおかしい。

だけど、そこでハッと気がついた。

ここで私が勝って、「二度と王都で商売をしない」と約束させれば、どうだろう。そうすればこの迷惑な男が私たちの目の前に現れることもなくなるのではないだろうか。この男に昔から苦しめられてきた町の人たちも喜ぶのは間違いない。

今回のワイヤーの新店。前の店と変わる時、あまり良い代わり方をしていないとマリエッタさんは言っていた。彼はまた、前回のカレー店の時のように人を脅すようなやり方をしたのではないだろうか。だとすれば、放《ほう》ってはおけない。でも今は噂だけで、証拠《しょうこ》などどこにもないから、責め立てることもできはしない。

今回の勝負、穏便に彼を王都から追い出すには、一番手っ取り早い手段なのではないだろうか。

問題は、彼が本当に約束を守る気があるのか、なのだが――。

「……私が勝ったら、二度と王都で商売をしないって約束できますか？」

「良いだろう」

試しに聞くと、あまりにもあっさりと承諾が返ってきた。

これは守る気がないなと私は眉を寄せたが、ワイヤーは鼻で笑いながら言った。

「わしは勝負師じゃ。勝負師は勝負事で嘘は吐かない。わしは長年これで生きてきた。今回もこの才覚で再び巨万の富を築いた。お前が勝ったのなら、商売どころか、二度と王都に近づかないと約束してやろう。それくらい屁《へ》でもないわ」

「……」

少し考えた。

ワイヤーの『勝負師だから』という理由は、信じられる気がした。

おそらくだが、他のどの手段を使っても、彼はしつこくこの町に舞い戻ってくるだろう。そんな気がする。そしてそれを阻止するには彼の勝負を受けるしかないと理解した。

「……受けてもいいですけど、二つ、先に言っておくことがあります」

「なんだ、小娘」

ワイヤーが片眉を吊《つ》り上げる。私はそんな彼に指輪を見せた。

「私、既婚者です。だからなんでもと言われても、愛人になれとか、そういうのはお断りしますよ」

「なんだと!?　お前、いつの間に！」

「つい最近結婚しました。それともう一つ。私は望みを言いました。ワイヤーさん、あなたもあなたの望みを先に言って下さい。それを聞かない限り、勝負は受けられません」

「愛人になれぬと言うのなら、お前の店をわしによこせ！」

——やっぱりな。

どうせそんなことだろうと思った。だけど、それは私の一存で決められることではない。

「申し訳ありませんけど、今回、出資は私ではなく私の夫なんです。ですから、私が負けたら、あなたが夫に直接話をしてもらえますか？　夫が頷けば店はあなたのものになると思います」

私は、万が一にも負けるつもりはない。私の和カフェが、卑怯《ひきょう》な手段ばかりを採ろうとするワイヤーの店に劣るとは全く思わないからだ。

だが、それでも負けた場合のことも考えておかねばならない。だからこそこの展開に持っていきたかった。

店の所有権はフリードにある。だからフリードと直接交渉するという話にしたかったのだ。

最後の最後でフリードに頼ることになり申し訳ないが、店を守りつつ、ワイヤーとの勝負を安全に受けるにはこれしかなかった。

「お前の夫が？　ふん。どうせ尻《しり》の青いどこかの貴族の跡取り息子だろう。それくらい簡単に丸め込んでみせる。よし、その条件で良いだろう。わしが勝ったら、お前はお前の夫をわしに紹介しろ。あとはわしが直接交渉する。わしが、お前の夫にものの道理というものを教え諭《さと》してくれるわ。小僧の一人や二人、わしの話術に掛かれば簡単なものよ。すぐに全財産を差し出させてみせる」

フリードを見て、本当に同じことを言えるのならある意味すごいと思うが、この彼の小物っぷりでは到底無理な話だろう。尻尾《しっぽ》を巻いて逃げ出すのは間違いなくワイヤーの方だ。

「分かりました。私が負ければ夫を紹介するということで構いません。あとは二人で話し合いでも何でもして下さい。……ワイヤーさん。言い忘れていましたが最後に一つ。この勝負、一切の不正は認めません。不正をしたと分かった時点で、勝負は不正をした方の負け。ばれなければ良い、なんて思わないで下さいね」

「……ぬぐ」

「勝負師なんですよね。ばれないように不正をするのも賭博《とばく》の醍醐味《だいごみ》、などという話も聞きますけど、ここは賭博場ではありませんから。ああ、審判に袖《そで》の下、なんてこともなさらないように。それが判明した瞬間、私の勝ちになりますよ。勝敗は、お客様が決めて下さいます。あなたも料理店を経営していたんですから、それくらい守れますよね」

「……ぬぐぐ。小娘の分際で生意気な……だがまあ、良いだろう。大人《おとな》で寛大なわしはその条件を呑《の》んでやるわ。そのような手を使わなくても、わしがお前ごときに負けるはずがないからな」

「約束しましたよ。——皆。ワイヤーさんの言葉を聞いたわね」

「はい」

全員が一斉に返事をする。そこで初めてワイヤーは、自らを睨み付ける無数の視線の存在に気づいたようで、驚いたように身体を竦ませた。

「ひっ!?」

「勝敗を決する詳しい方法などはまた後日お知らせします。それと、ワイヤーさんの選ぶ審判は信用できませんので、こちらも私が依頼しますね。え？　まさか嫌だとは言いませんよね？　勝負を持ちかけてきたのはそちらなんですから」

竦んでいる今がチャンスだ。この際だとばかりにさらに条件を突きつけたが、ワイヤーはやはりと言おうか、納得できないと私に詰め寄ってきた。

「ふざけるな。どうしてわしがお前に有利な条件ばかりを呑まねばならない。どのように勝負するかも審判もわしが選ぶ」

「そうですか。それなら勝負は受けません。私、ワイヤーさんを信用しているわけではないんです。あなたには前科がありまくりますから。どうしても受けろと言うのなら、これくらい条件を呑んでくれないと頷けません」

「……小娘の分際で」

「それとも、その小娘の提示した条件ごときでワイヤーさんは負けるんですか？」

挑発だと分かっていたが、それでも告げる。思った通り、ワイヤーは、声を荒らげた。

「良かろう！　その挑戦受けて立ってくれるわ！　そうだ、小娘！　言っておくが、これはお前とわしとの真剣勝負じゃからな。負けたからといって、よもや父公爵に泣きつくのではないぞ？」

「しませんよ」

散々人を小娘呼ばわりしておきながらも、私の後ろにいると思っている父のことは気になるようである。

「あなたも約束を守ってくれるのでしょう？　それなら私も勝負の結果はきちんと受け入れます」

「……ふん。それならまあ良いわ。お前の店などわしが叩き潰してくれる！」

鼻息も荒く、ワイヤーは店を出ていった。

そういえばワイヤーは、今日は身辺警護の兵を一人も連れていなかった。単なる偵察で来たからか、それとも実はそこまで金銭の余裕がないからなのかは分からないが、らしくないなと思っていると、それまで我慢に我慢を重ねていたであろう周りのスタッフたちが一斉に口を開いた。

「ご正妃様！　どうしてあんな小物にあそこまで好き放題言わせるのです？」

「そうです！　ヴィルヘルムの王太子妃にあのような態度、許せません！」

「あー……その気持ちは嬉しいけど、落ち着いて」

どうどう、と周りを宥《なだ》める。皆が我慢してくれていたのは分かっていただけに申し訳なかった。

私は簡潔にではあるが、以前ワイヤーとの間にあったいざこざを皆に話し、こう締めくくった。

「というわけでね、私としてはああいう人にはこの町にいて欲しくないなって思うの。でも皆も知ってると思うけど、ああいった人は、いくら言っても分からない。それどころか何度追い払っても戻ってきてしまうのよ。完全に追い払うには、本人の納得する方法をとるしかない。そう思ったわけ。あと、身分を明かさなかったのは、それだとただ追い払うだけになってしまうから。きっといつかあの人は隙《すき》を見て戻ってきてしまうだろうなって容易に想像できたし。それにどうもあの人、私のことを見下しているみたいだから」

私が王太子妃だと言っても、まず信じるかどうか。それすら怪しい。

「なるほど、そういうことでしたか……」

怒りを滲《にじ》ませつつも、スタッフの一人が仕方ないという風に頷く。

彼はプリメーラ騎士団に属している一人だが、フリードが、彼はとても力が強く、作業にはうってつけなのだと言って、わざわざ連れてきてくれたのだ。

レヴィットという名前で、元海軍出身。ガライ様の推薦でプリメーラ騎士団に異動してきた彼は、フリードの覚えもめでたく、今回、見事起用という形になった。

筋骨隆々《きんこつりゅうりゅう》とした身体の大きな男性で威圧感はあるが、話してみると意外と穏やかでとっつきやすい。

「殿下の大切になさっているご正妃様にあのような暴言、私はとてもではありませんが、許そうとは思えませんでしたが……」

「確かに腹は立ったけど、あれくらいなら、『ああ、ワイヤーさんだなあ』としか思わないし傷つきもしないから大丈夫よ。彼を納得させられる方法が見つかって良かったなとしか思ってないし、負ける気はさらさらないから、安心して」

「もちろん、ご正妃様が負けるとは我々、露ほども思っておりませんが……あの和菓子の美味しさ、王都の皆も夢中になること請け合いです」

「ありがとう」

スタッフの皆には試食係としても協力してもらっているので、そう言ってもらえると自信になる。

「絶対に勝てるよう、今以上に力を入れるつもりだから、皆、協力してね」

そんな風にお願いすると、話を聞いていた皆は「はい！」ととても良い返事をしてくれた。

◇◇◇

「なあ、姫さん。勝負なんて勝手に決めて、本当に良かったのかよ」

「……ん？」

夕方になり、私は護衛のカインと一緒に店を出た。大通りをゆっくりと城に向かって歩いていく。

隣に並んだカインが、不服そうに言った。

「あいつにはオレもものすごく腹が立ったし、ちょっと痛めつけてやるくらい構わないよなって気分になったけど、勝負っていうのはどうなんだ？」

「うーん。それについてはちょっと考えていることがあって……」

「そうなのか？」

「うん」

カインの言葉に頷く。私だって、何も考えなしに勝負を受けたわけではない。せっかく勝負というのだからカフェの宣伝効果を最大限に高めようと画策しているのだ。

「それ、王太子には言うのか？」

「もちろん。フリードに秘密になんてしないよ。あ、それとも念話でもう話しちゃった？」

カインとフリードは念話で話すことができる。

すでに私とワイヤーのやりとりは、フリードに報告がいっているのかと思ったが、カインは首を横に振った。

「いいや、まだしてない。姫さんが隠すつもりがないのなら、オレが告げ口みたいに言う必要はないしな。言わないよ」

「うん。自分でちゃんと話すね」

むしろ、フリードには協力してもらわなければならないのである。

迷惑を掛けることもそうだし、その、私の考える宣伝にも協力してもらいたいから。

それに何と言っても、旦那《だんな》様だ。夫に秘密にするようなことはなにもない。

「でも、あのワイヤーって奴《やつ》、本当に屑《くず》のような男だったな」

「才覚は本物みたいだったけどね。まさか二年ちょっとで財産を築き直してくるとか、そこは素直にすごいって思ったなあ。でもそのわりに、護衛の一人も付けていなかったのは気になったけど」

「護衛？　護衛なら店の外に五人ほど待たせていたみたいだぜ？　たいしたことないと慢心して、中までは連れてこなかったんだろう」

「へえ、よく分かるね」

「気配があったからな」

さらりと告げるカインだったが、それが如何《いか》にすごいことなのか、説明されなくてもなんとなくは分かる。

カインと話しながらのんびりと道を歩く。時折、顔見知りの店員が「リディちゃん、お城に帰るのかい？」と親しげに声を掛けてくれるのが楽しい。それに「そうなんです。夫が待っていますから」と答えると、「王太子様はリディちゃんのことが大好きだから、急いで帰って差し上げないとね」みたいな会話が続く。親しみを持って接してくれる心地よさに頬を緩めているとカインが言った。

「あのワイヤーって奴、姫さんが王太子妃だって全然分かっていなかったみたいだけど、どういうことなんだろうな」

「つい先週、帰ってきたばかりって言ってたし、普通に知らないんじゃないかな。ワイヤーさんって、以前のこともあって皆に嫌われてるから。彼に親切心で物を教えるような人はこの町にはいないと思う」

　反省の一つもしていれば、少しは違ったのだろうが、どう見ても彼は全く変わっていない。

　カインは「なるほどな」と納得したように言い——突然、ピタリと足を止めた。

「ん？　カイン、どうしたの？」

「やっべえ」

「え？」

「姫さん、悪い！　オレはちょっと逃げる！」

「逃げるって……えっ!?　嘘、ちょっと！　カイン！」

　瞬間、カインが姿を消した。それを何もできず呆然《ぼうぜん》と見ていると、城の方角から焦ったような声と足音がした。

「リディ！　今、そこに黒髪の男がいなかったか!?」

「えっ？　兄さん？」

　走ってきたのは兄だった。父譲りの銀色の髪が目立つ兄は私を見つけると、すぐにカインのことを聞いてくる。

「今、お前の隣に男がいたよな！　黒髪で黒目の男！　ええーと、名前は……や、でももしかして偽名かもだし……」

「カインのことを言ってるの？　兄さん、カインと知り合い？」

「偽名じゃなかったのか。……ん？　お前こそどうしてカインを知ってるんだ？」

「どうしてって、カインは私の護衛だからなんだけど……」

「はあ？」

黒目になっているし、カインのことは秘密でもなんでもないから正直に答えたのだが、兄はカッと目を見開いた。

「カインが、お前の護衛だって!?」

「う、うん。そう……だけど。何かおかしい？」

兄がにじり寄ってくる。思わず後退すると、後ろからフリードが兄の肩を掴んだ。

「アレク、そこまでだ。それ以上、リディに詰め寄るな」

「フリード！」

兄に続いて現れた夫の姿を見た私は、ぱあっと表情を明るくした。

フリードが優しい笑みを向けてくる。

「仕事の目処《めど》が立ったから、アレクを連れて迎えに来たんだ。リディは？　今日はもういいの？」

「うん。城に戻っている途中だったの。……で、フリード。どうして兄さんがカインのことを知っているの？　カインはいきなり逃げ出すし、兄さんは詰め寄ってくるしでさっぱり意味が分からないんだけど」

「それは私も聞きたい」

私の疑問にフリードも頷く。どうやらフリードも兄とカインが知り合いだったことを知らなかったみたいだ。

私とフリードの視線に一瞬たじろいだ兄は、それでもはっきりと言った。

「別に。あいつとはちょっと前に、カレー店で会ったってだけだよ。そのあと一緒に過ごしてさ、まあ、楽しかったから今度会ったら友達になろうぜって言うつもりで、ずっと探してたんだ」

「カインと？　カレー店で会ったの？」

「ああ」

兄がカレー店を利用してくれていることは、ラーシュから聞いて知っていたが、まさかそこでカインと会っていたとは知らなかった。

でも、そういえばカインは言っていた。

デリスさんから前に一度、黒目にする薬をもらって、町を歩いたと。そしてその時に、誰かと知り合ったとも言っていた。カレー店にも行ったと言っていたし……。

――知り合いってまさかの兄さん!?

それはカインも話を濁すわけである。言われても、私も困っただろうし。

これは推測でしかないけれど、カインとしては多分兄と知り合いになる気はなかったのだと思う。

だけど兄は意外とグイグイ行く人だ。偶然会って、あとは押しに負けて、兄に付き合う羽目になった……というのは十分に考えられた。

……だって、兄さんだし。

妙に納得していると、兄がキョロキョロとしながら言った。

「あいつって、結構目立つ外見だろう？　すぐに見つかると思ってたんだけどな。でも、まさかお前と一緒にいるとは思わなかった。で、カインはどこだ？」

「どこって……逃げちゃったから分からないけど……」

彼が職務放棄するはずはないので、きっと近くに隠れて私たちの様子を窺《うかが》っている。それはなんとなく予想できたが、カインのことも考え、黙っていることにした。

目立たないよう、髪を黒く染めたフリードが、私と兄に言う。

「とりあえず、城に戻らないか？　往来でするような話じゃない。リディ、姿を見られてしまったことだし、黙っているのは得策ではないよ。カインのこと、アレクに話してしまっても大丈夫かな？」

「……うん、そうだね」

フリードの側近である兄には、いずれカインのことも紹介しなくてはと思っていた。

どこかで鉢合わせする可能性がないとも限らないから。だが、まさかそれがこのタイミングだとは思わなかった。

「カイン、逃げないでね」

近くで聞いているだろう彼に語りかける。

返事はなかったが、私には、溜息を吐いているカインの姿が見えた気がした。

◇◇◇

「執務室で良かったんじゃないのか？　どうしてわざわざ新婚のお前らの部屋に……」

フリードが兄を連れていったのは私たちの部屋だった。他の誰にも話を聞かれたくなかったからの選択。フリードの意図は私には分かったが、カインのことを知らない兄は首を傾げていた。

「俺はカインと会って、話したかっただけなんだけど……」

「リディ。カインのこと、どこまで話しても良い？」

フリードが私に聞いてくる。カインの主人は私だから確認してくれているのだ。

「えーとね……」

「姫さん、もう良い。オレが自分で話す」

「わっ……！」

兄にどこまで話すべきか考えていると、さっと天井から影が落ちてきた。もちろんその正体はカインだ。突然、目の前に現れたカインに兄が目を丸くする。そして一瞬にして顔色を変えた。

「お、お前！　ここは王族居住区だぞ！　いくらリディの護衛だからって、許可なく王太子夫妻の部屋に侵入するとか——」

兄の言葉は正しかったが、カインに限って、それは当てはまらない。フリードが宥めるように兄に言った。

「アレク、問題ない。カインのことに関しては、私もリディも承知しているからな。彼にはリディの護衛として如何なる場所への侵入も許可している」

「如何なる場所への侵入もって……カイン、お前、何者なんだ？　っ！　つーか、その目！」

初めて気づいたように兄がカインの目を凝視する。カインの目は、黒から赤に戻っていた。ちょうどデリスさんの薬が切れたのだろう。

でも、と思う。カインはそれを見越した上で出てきた。そんな気がしたのだ。

「――はじめまして、とでも言おうか？　ルーカス。いや、アレクセイ・フォン・ヴィヴォワール。オレはカイン。カイン・リュクス・ヒユマ。元サハージャの暗殺者で、今は姫さんを唯一の主と仰ぐ、ヒユマ一族の後継者、いや、現族長だ」

「元、サハージャの暗殺者？　……って、赤の死神か!!」

兄が思い当たったようにカインを指さす。カインは兄を見据えたまま頷いた。

「そう呼ばれていたこともあった。が、今は違う」

「えっ!?　でも、目の色！　俺と町で会った時は……いやさっきだって黒かったはず。一体どうして……」

「目の色を変えることができる秘薬が存在する。それを使ってのことだ。リディを護衛してもらうのに、彼の赤目は目立ちすぎるからな。姿を見せて護衛するのなら、目の色を変えた方が良いと判断した」

デリスさんのことは言わずに、フリードが上手く説明してくれた。それに私もうんうんと頷く。兄が驚いたように首を振った。

「マジか。そんな薬が存在するのか……。フリード、お前そんなものどこから――」

「入手経路は秘密だ」

「そう……か」

兄は信じられないと再度、首を振り……それから「ん？」と眉を寄せた。

「待てよ。リディ。お前、フリードとの婚約者時代。やけに護衛を撒《ま》くのが上手かったよな？　それってもしかして……」

「う、うん。実はカインに頼んで連れ出してもらってた」

正直に告げると、兄は「やっぱりか！」と頭を抱えた。

「お前みたいにどんくさいのがどうして、プロを撒けるのかってずっと疑問だったんだ。つーことは、このカインの護衛っていうのもかなり前からの話だな？」

ギロリと睨まれ、私はさっと目を逸《そ》らしながらも肯定した。

「う、うん。ええと、その……去年の秋の終わり頃……確か、兄さんが家に帰ってくるとか言って……そう、フリードがちょうどタリムとの戦いでいなかった時、かな」

カインと出会った時のことを思い出しながら説明すると、兄は「あれか……」と低い声で唸った。そうしてがっくりと肩を落とす。

「まさかの懸念通りかよ。お前が赤目の男を助けようとしていたというのは報告に上がっている。それが……カインだな？　で、片目だって聞いていたのに両目とも無事ってことは……はあ、やっぱり赤の死神と契約して主になってたんだな？」

「え……えへへ」

誤魔化すように笑うと、兄に睨まれた。続いて兄はフリードに視線を向ける。

「フリード、お前はいつ、知ったんだ」

「明言はしないが、少し前、かな。その必要があって連絡を取り合った、というところだ」

「そうか。お前はこいつを――赤の死神がリディの敵になり得ないと信じたんだな？」

「ああ。カインはリディの護衛を任せるに足る人物だ。彼なら私が側にいない時でもリディを守ってくれると信じられる」

はっきりとフリードが返事をする。兄はフリードの目を見つめ、頷いた。

「……分かった。お前がそう言うんなら、俺は従うだけだ。一つ聞く。カインのこと、知っているのは、他に誰がいる？」

「私の他には――そうだな。これは偶然だがシオンは知っているな。あと、今開店準備をしている和カフェのスタッフたちには、黒目のカインをリディの護衛だと紹介している」

「親父には言っていないんだな？　……陛下にも？」

「カインは私の部下ではない。勝手なことをすれば、カインはそれこそリディ以外の前には姿を現さなくなるだろう。それは好ましくない。カインと連絡を取り合える現状の方が私には有り難いからな。これからも私から言うことはない」

「連絡を取り合える？」

「念話契約を済ませてある」

「……そういうことか」

何かに気づいたように兄が頷く。そして厳しく引き締めていた表情を緩めた。

「分かった。俺も親父には言わない。……それで良いんだな？」

「ああ。お前には悪いが……」

「いや、元はと言えば、カインに気づいて追いかけた俺が悪い。まさかカインが赤の死神で、リディの護衛をしているなんて思わなかった……いや、赤の死神がリディに付いている、くらいは考えたことはあったが、それがカインだとまでは思いつかなかったんだ。でも、王太子妃になったこいつが町に出るって考えるんなら、確かに赤の死神レベルの護衛が必要かもなあ……」

「カインの存在を知ってからは、連絡も取り合えるし、わりと安心はできる」

フリードの言葉に、兄は深く納得したような顔をした。

「そりゃあなあ。音に聞こえた黒の背教者と並ぶ、サハージャ最強の暗殺者だもんな。フリードがリディの自由を許す理由が分かった気がする。……ん？　でもお前、いつものヤキモチは妬《や》かないのか？」

当たり前のように聞く兄に、フリードは平然と言い放った。

「ヒユマ一族の忠誠心をお前だって知っているだろう。カインは嫉妬《しっと》の対象にはなり得ない」

「俺には、リディに触るなとか言うくせに……」

不満げに言う兄だったが、そんな兄に言いたい。

偉そうに言ってはいるが、フリードはしっかりカインに対し、ヤキモチを妬いている、と。

遠いサハージャから帰ってきたカインに抱きつこうとすれば止められたし、冗談で愛人疑惑が持ち上がっただけで、護衛を外そうかと真面目《まじめ》に考え始める。どこがヤキモチを妬いていないのかと言いたくなる始末だ。

とはいえ、カインには申し訳ないが、好きな人に嫉妬してもらえるのは嬉しいので、私としてはその点は特に困っていないのである。一応、困るなあとは言うが、言葉だけだ。そしてそれを多分フリードも分かっている。

……うん。だからバカップルって言われるんだよね。知ってた。

フリードの話を聞き、今度こそ納得した兄は、改めてカインに向き直った。

そして、その赤い目を見つめ、にかっと笑う。

「なんだ！　赤い目ってどんなのかって思ってたら、宝石みたいで綺麗《きれい》じゃねえか！　カイン。こちらこそはじめまして、だ。知っているみたいだが、一応、ちゃんと名乗らせてくれ。アレクセイ・フォン・ヴィヴォワール。いつも妹が世話になってるようだが、今後は兄妹共々よろしく頼む」

「……お、おう」

全く裏のない兄の明るい声に、カインが戸惑ったような顔をした。

カインからすれば、己の赤い目は忌避の対象としてしか見られないと思っているのだ。実際、そういう人生を彼は生きてきた。だけどデリスさんもフリードも、そして兄だって、人を見た目で判断するような人たちじゃない。

予想外の兄の反応に、どうすれば良いのか分からないと困っているカインの背中をポンと叩いた。

「カイン、知ってるでしょ。兄さんが、目の色なんて気にするような人じゃないって。まあ、いつの間にか親交を深めていたことには驚いたけど……」

「別に深めてない！」

すぐさまカインから否定が入った。逆に兄は不満そうに唇を尖《とが》らせる。

「えー、深めたじゃねえか」

「誤解を招くような発言をするな！」

「そうか？　夜遅くまで一緒に飲んだんだ。　親交を深めたと言っても過言ではないと思う」

そういえばカインもそんなことを言っていた。

彼から聞いたことを思いだしつつ、興味深く見守っていると、カインが嘲笑《あざわら》った。

「偽名を使っていたくせに、偉そうなこと言うんじゃねえよ」

兄は一瞬グッと言葉に詰まり、だけども上手く言い返した。

「いや、それはさ、俺も認めるところではあるんだよ。偽名なんて使うんじゃなかったって。だから、次に会った時にはちゃんと名乗って、友達になってもらおうって思ってたんだ。でもさ、お前もその綺麗な目の色を隠してたんだから、おあいこだよな！　互いに水に流して、改めて友達になろうぜ！」

「……友達？」

理解不能の単語を聞いたという顔でカインが兄を見る。兄は大きく頷いた。

「ああ！　俺たち、気が合うと思うんだよな。あれだろ？　お前が言ってた主人ってリディのことだったんだろ？　お互い、同じ人間に振り回されている者同士、何かと分かり合えることも多いと思う」

「え」

思わず、声が出た。二人が酒の席で何を話していたのか、ものすごく気になる。

確かカインは、愚痴を聞いていたとか言っていたような……。んん？　兄の愚痴ってもしかしなくても、対象は私か！

「……」

一体私は何を言われていたのだろう。兄は私に振り回されているとか言っているけど……断じてそんなことはしていない。

憮然《ぶぜん》としていると、カインがたじろいだように一歩下がった。

「……い、いや、でもあんた、公爵家の御曹司……」

「そんなの関係ねえって！　お前、リディにずっと付いているんだろ？　それなら俺と会う機会だって多いはずだよな？　な！　仲良くしてくれよ！　また一緒に飲みに行ったりしようぜ！」

兄に詰め寄られ、カインはしどろもどろになりながらも答えた。

「え、いや……オレは……ほら、この通り赤目だし……姫さんの護衛以外で、目の色を変える薬を飲む気もないし……」

「それなら俺の部屋で飲めばいいだけの話だろ。その日は使用人も近づけさせないからさ、お前も気にする必要ないし。リディ！　たまにはそれくらい良いよな」

「え？　そりゃ、カインにも休みは必要だと思ってるから構わないけど……」

今度はこちらにお鉢が回ってきた。

だけど、カインにもっと休みをあげたいと思っているのは事実なので頷く。

兄がまるで首魁《しゅかい》を上げたかのように笑った。

「よおし！　お前の主の許可は取ったぞ！　カイン！　これからよろしくな！」

「えええええええ？」

兄に押し切られたカインが助けを求めるような目を向けてくる。それに私は「頑張れ」という視線で返した。

兄とカインが友達とか想像もしなかったが、それはそれで意外と気が合うのかもしれないと思ったのだ。

そしてもう一つ。

カインには今まで同僚や敵対者はいても、友達はきっといなかったのだろうなとなんとなくだが思うのだ。私は友達のつもりでいるけれど、彼がそう思っていないのは明らかで（主人だと思われているから）、そこは残念だとずっと思っていた。そんな彼に、友達ができるのは、それが兄であろうが良いことに違いないと考えた。

——兄さん、悪い人じゃないしね。

絶対に口に出したりはしないが、友達思いの世話焼きなことは知っている。自分を蔑《ないがし》ろにしがちなカインには、兄のような人は悪くないはずだ。

少しずつ、明るい世界にも馴染《なじ》んでもらえれば。

未《いま》だ自分を日陰にいるのが似合いだと思っているところのあるカインだ。兄との付き合いは、きっと良い刺激になるはず。欲を言えば、兄とカインがどうやって知り合ったのか、詳しく知りたいところではあるけれども。まあ、二人の話から大体想像つくから良いか。

しかし――だ。先ほど話を聞いて思ったが、兄は相変わらずのようだった。

だってカインは兄のことを最初、『ルーカス』と呼んでいた。それはつまり、兄はまだ父の名前を偽名として使っているということを意味する。

私は「俺のことはアレクと親しみを込めて呼んでくれ」「公爵令息を愛称でなんぞ呼べるか！」「いいじゃねえか、友達だろ」「それを言っているのはあんただけだ。オレは認めてない！　友達なんているか！　表の人間は表の人間と仲良くしていれば良いだろ！」「嫌だ！　俺はお前とも仲良くしたいんだ！」とか何とか、カインと非常に低レベルな言い争いをしている兄をじっと見つめた。

――兄さんて、本当懲りないんだから。

以前それで怒られて、早めに領地に飛ばされたことをもう忘れたのだろうか。こんな息子ではさぞ父は苦労するだろう。

兄から言わせれば、きっと「お前に言われたくない」なのだろうが、私はもう片付いたから良いのだ。

そんなことを考えていると、誰かに……いや、フリードに後ろから抱き締められた。

いつものことなので驚きはしない。抱き締められた腕に自分の手をそっと重ねると、後ろからフリードが笑った気配がした。

「何考えてるの？　リディ」

「別に大したことは考えてないよ？　ただ、兄さんがこの調子じゃ、お父様も苦労するだろうなあって思っていただけで……」

そう言うと、カインとの言い合いをやめた兄が、ギッと私を睨んできた。

「待て、リディ。それはお前の話だよな？」

「え？　兄さんだよ？　決まってるじゃない」

やっぱり言われたと思いながら言い返すと、兄は胡散《うさん》臭そうな顔で私を見た。

「お前……今まで自分がやらかしてきたこと、本当に分かってないのか？」

「何もやらかしてなんていないけど。あ、そうだ！　兄さん。今更かもしれないけど、ワイヤー元男爵のこと、ありがとう。兄さんがあの男をとっちめてくれたんだってね」

今日、偶然知ったことを告げると、兄は一瞬ポカンとし、それから思い当たったような顔になった。

「あ？　ああー。あの糞豚のことな。あいつは色々法律を破っていたから、別にお前のためだけにやったわけじゃねえし、あの件は親父も関わっているから……って、ん？　お前、どうしてその話を知ったんだ？　親父から聞いたのか？」

「ううん。今日、本人から偶然」

「はあ？」

兄が顔色を変え、私を凝視する。私を抱き締めていたフリードも「リディ、何の話？」と鋭い声で聞いてくる。

「ええと、話せば長くなるんだけど……」

「良いからさっさと話せ」

「あ、はい」

前置きを兄に遮られた。

このまま話すのもなんなので全員でソファに移動してから（カインは絶対に座らないと強固に立ったままでいることを主張した）今日会った出来事を最初から最後までと、フリードにはついでに昔あったワイヤー元男爵との因縁も話した。全部を聞き終わった兄が、憎々しげに吐き捨てる。

「……あの糞豚爺。全財産巻き上げてやったのに、ほんの二年とちょっとで戻ってくるとかどういうことなんだ。貿易に才があるだけじゃなく、賭博にも強いとか。そんなバイタリティー溢れる爺だと知っていれば、もっと徹底的に痛めつけてやったのに」

フリードも同意した。

「私のリディを愛人にだと？　そのワイヤー元男爵、死にたいのかな？　それならそう、はっきり言えば良いのに」

声がいつものトーンのままなのが、逆に怖い。私は慌てて説明した。

「それは前の話。今日は、確かに愛人に……みたいな話にはなったけど、私、ちゃんと人妻だからって主張したから！」

「でも、あの糞爺、お前が王太子妃だってことすら分かっていなかったんだろう？　先週帰ってきたばかりだって言っても、少し調べれば誰が王太子妃になったかくらい分かるもんだろうけどな。よっぽど、人望がないんだろうさ」

兄の言葉に、フリードが笑いながら言う。

「もう世界中に、リディは私のものだって主張したつもりだったんだけどな。まだ、足りなかったってことなのかな？」

「いや、それはない」

兄からの冷静なツッコミに、私も心の中で強く頷いた。

フリードが隣に座った私の腰を引き寄せる。フリードにもたれるような体勢になった私は、素直に彼の肩に頭を乗せた。そんな私たちを呆れたように見た兄は、「またバカップルが無自覚でなんかやってる」と言い、「それで」と話を続けた。

「ワイヤーのことだが。あの爺、イルヴァーンのカジノで稼いだって言ってたんだろ？　イルヴァーンには地下カジノがある。そこに入り浸っていたってなら、地上の情勢を知らないのも理解できる。荒稼ぎして、そのままヴィルヘルムに戻ってきたんだろうな。で、知らずに王太子の出資したカフェの正面に店を構えたわけだ。……はっ！　馬鹿じゃねえ？」

「リディとの勝負の話だが、リディが負ければ私にものの道理を説いてくれるそうじゃないか。リディ、負けてくれても全然構わないよ。あとは私が引き受けるから。それにね、彼の道理がどんなものか、非常に興味があるんだ」

「……嫌。絶対に勝つって決めてるから」

負けても良いというフリードを至近距離から睨み付ける。彼が、私のためにこういう言い方をしてくれたのは分かっていたが、負けるのは絶対に嫌だ。案の定、私が膨れると、すぐにフリードは謝ってきた。

「ごめん、ごめん。私だってリディが負けるなんて思っていないよ。私のリディはとっても頼もしいからね。信用してる。でも、少しくらい私のことを頼って欲しいと思うのは駄目かな？」

「駄目じゃないし、頼ってる。だって、結局、負けた時の保険に使わせてもらってるんだもん。フリードに任せれば負けても何とかしてくれるって……ワイヤー元男爵には正々堂々勝負しろ、なんて言っておいて、酷いやり方だよね」

項垂《うなだ》れると、フリードがよしよしと頭を撫でてくる。

「酷いなんて思わないよ。だってリディは、どうにかして責任を取ろうとしたんでしょう？　負けても、周りに被害が及ばないように私に振った。それで良いんだよ。私はリディの夫なんだから、気にする必要は全くない。いくらでも利用して。そうだな……もし、頼ってもらえなければ、私はリディに、いざという時にも頼れないような夫だと思われているのかと落ち込んでしまうよ」

「そんなこと思うはずない！」

誰よりも頼りになる人だと思っているのだ。あり得ないと否定すると、フリードはぽん、と小さく私の頭を叩いた。

「なら、それで良いじゃないか。妻に何かあれば夫が出ていくのは当たり前のことだからね。それより、リディ。その、第三者の審判のことだけど当てはあるの？」

「あ、審判もなんだけど……勝負の話も含めて、フリードに相談しようかなって思ってたの」

「相談？」

フリードの肩から身体を起こし、きちんと座り直す。兄もここにいるのならちょうど良い。聞いてもらおう。

私は、フリードと兄に向かって内緒話を打ち明けるように言った。

「実はね――私、こんなことを考えているんだけど……」

◇◇◇

「小娘！　お前！　一体、何をした！」

開店三日前。思った通り、ワイヤーが目を見開きながら、開店準備中の店に飛び込んできた。

フリードはいない。彼がいれば、すぐに正体がばれてしまうので、この勝負が終わるまでは、こちらへ来ないことになっていた。代わりにカインがいてくれるので不安はないが、ワイヤーの血走った目を見た時は、ちょっとだけフリードが恋しくなってしまった。

一瞬、店にいた店員たちが殺気立ったが、すぐにそれも鎮まる。彼らにも事前に説明していたのだ。目配せをすると、彼らは何事もなかったかのように自らの作業に戻った。

うん、さすがに優秀だ。

ワイヤーは、店の奥にいた私を見つけると、持っていたチラシを私の目の前に突きつけてきた。

「『新店対決！　期間はオープンから一週間。どちらの店があなたの好みか、投票しましょう！』なんだこれは！　わしはこんなもの知らんぞ！」

唾を飛ばされ、ばっちいと思った私は、さっと彼から距離を取った。

「え？　だって、ワイヤーさん、審判はこっちで決めて良いって言ったじゃないですか。だからこうしただけです」

「審判、だと？」

訝《いぶか》しげな顔をするワイヤーに、私は「はい」と頷き、説明した。

「やっぱり、一番公正な審判は、食べて下さるお客様かなって思いまして。それなら皆に投票してもらって結果を大々的に発表するというのはどうかなと考えました。お客様には対決期間中、お会計時に不正防止の魔術が掛かった特別なコインを、一会計に一枚渡します。それを最終日に、広場に設置した箱に入れてもらうんです。好きだった方の店の箱に入れて下さいって言って。その総計が多かった方の勝ち。分かりやすいし、不正も行いにくいでしょう？」

「そ、それは確かにそうだが……違う！　わしは何故、見世物のような真似《まね》をしたと言いたいのじゃ！　それに勝手に大きなイベントを行っては国に目を付けられてしまう。そんなことも分からぬのか！」

「あ、大丈夫です。町の組合にも城にもイベント開催の許可は取ってありますから」

さらりと告げると、ワイヤーは小さな目をこれでもかというほど見開いた。

「きょ、許可、だと？　組合はともかく城の？　そんな簡単に取れるものなのか？」

「はい。快く許可をくれましたよ？」

信じられないと私を凝視してくるワイヤーだが、嘘は言ってない。

三日前、フリードと兄にこのイベントについて相談した結果、二人が国王と父に許可を取ってくれたのだ。町の商店を牛耳る組合は、兄がコネがあるとかで、それもあっさり許可が下りた。兄曰《いわ》く、組合員たちの多くが、私のカレーやハンバーグのファンだったらしい。有り難い話だ。

兄やフリード……使える限りのコネを使った。ずるいと言われればそれまでだが……ここは目を瞑《つむ》って欲しい。

私はニコニコと笑いながら、驚いて反応できないワイヤーに言った。

「新店対決って大々的に銘打ってイベントにした方が、町の皆はきっと喜んで参加してくれると思うんです。だから頑張りました。きっと他の町や、噂を聞いた王都の外からもお客様がやってくるだろうし町の活性化にも繋《つな》がるかなって。新たにオープンしたばかりの私たちの店が早速町に貢献できるんですよ。素晴らしいことですよね！」

「小娘ぇぇぇ！」

ようやく我に返ったワイヤーが私をギリギリと睨み付けてくる。きっと、色々悪巧みを考えていたのが水泡に帰したと怒っているのだろう。そんなことだろうと思った。

「私に、任せてくれるっておっしゃいましたよね？」

「～～！」

「勝負は公正に行きましょう。勝つ自信、あるんですよね？　なら、大勢の前で私を叩きのめせる絶好の機会ではありませんか？」

小首を傾げながら言うと、ワイヤーはハッとしたような顔をした。

そうしてブツブツと呟《つぶや》き始める。

「そ、そうだ……わしの店がこんな小娘の店に負けるわけがない。イルヴァーンから腕利きの料理人だって連れてきたのだ。いくら小娘がカレーライスのオリジナルレシピ保有者とはいえ、カレーを出すわけではないのだから負けるはずが……小娘！　一つ聞くが、カレーライスは新店のメニューにあるのか！」

「いえ、ここはコンセプトが違いますから、カレーはありません」

代わりに、他のオリジナルレシピはあるけどね、と心の中だけで返す。

前世の知識がある分、ずるいとは分かっている。だけど、だからこそ持っているものを皆に広めたいと思っているのだ。美味しい料理を知って欲しいし食べて欲しい。その思いで料理を作っているのである。

だから本当は、カレー店やハンバーグ店のように、老若男女《ろうにゃくなんにょ》、皆が楽しんで食べてくれればそれだけで良い。他の店と競いたいなんて思ってない。どちらかと言うと、協力して、切磋琢磨《せっさたくま》して、一緒に町を盛り上げていければと思っている。

でも、それをするにはワイヤーのような男は邪魔なのだ。今回の彼の新店も、兄に調べてもらったところ、殆ど詐欺に近いような手段で前経営者から奪い取ったらしい。限りなく黒に近い灰色だと兄は苦い顔で言っていた。前経営者から話を聞けば、二束三文で買い叩かれ、かなりワイヤーを恨んでいるそうだ。上手くいっていた店を強引に奪われたのだから当たり前だけれど。

前の時も、ワイヤーは酷いやり方でうちの店長であるラーシュを追い詰めていた。私はそれが許せなくて、カレーを彼らに伝授したのだ。ワイヤーから彼らが逃《のが》れられるようにと願って。

今回は前回とは事情が違うが、それでも似たような真似を繰り返すワイヤーを放っておけないのは同じ。私の全力をもって、徹底的にワイヤーを負かす。そして、約束通り王都から出ていってもらおうと思っていた。

私の言葉を聞いたワイヤーが明らかにホッとした顔をする。

「なんだ、カレーライスはないのか。それなら恐るるに足りんな。……ふん、イベントか。まあ、良かろう。考えてみれば、わしの店を国内外にアピールする大きなチャンスじゃからな。更なるわしの飛躍への足がかりにしてくれるわ。よし！　小娘！　癪《しゃく》ではあるが、その方法で受けて立ってやろうではないか！　寛大なわしに感謝するが良い」

「ありがとうございます」

どうやら自分の都合の良いように納得したらしい。彼もまた、自分が負けるわけがないと思っているようだ。自分の店に自信を持つ。それは経営者として当たり前のことだが、彼が自らの料理人の腕を信じていると分かったのは悪くなかった。

――でも、私だって負けないんだから。

でなければ、協力してくれた城の皆にも、お茶のレシピを譲ってくれたデリスさんにも申し訳が立たない。皆の期待を背負っているのだ。絶対の自信を持って、和カフェをオープンさせてみせる。

そう決意しながら、私は自信たっぷりに帰っていくワイヤーを見送った。

5・兄の東奔西走

「うおおおお……死ぬほど忙しい」

「大丈夫ですか？　アレクセイ様」

「これが大丈夫に見えるのなら、お前には眼鏡《めがね》が必要だ……って、眼鏡掛けてたよな」

「……何を言っているのかさっぱり分かりませんが、お疲れだということだけは伝わってきました。少し休んで下さい」

「……ありがとよ」

手の動きを止め、羽根ペンを放《ほう》り出すと、シオンが「では、これはいただいていきますね」と言いながら、終わった書類を回収していった。

◇◇◇

ここ数日、俺《おれ》は目の回るような忙しさに追われていた。

妹が、新店対決をする、などと言い出したからである。

以前とは違い、事前に相談するようになった分だけマシではあるが、俺の仕事量が倍増したのは間違いなかった。ものすごく不本意だが、妹の案は国にとってプラス要素も非常に大きいので、「駄目だ」と拒否することも難しい。

頭の中でざっと経済効果を計算した結果、これは行けると判断したのだ。妹に踊らされた感はあるが、ゴーサインを出したのは、フリードと俺。諦《あきら》めて動くしかなかった。

話が決まり、フリードに言われてまず俺がしたのは、国王と父にイベントの許可を取ることだった。事の次第を聞いた国王は面白がっていたが、父は何よりもまず自らの胃を押さえていた。

気持ちは分かる。

「……リディ」

「親父……言うだけ無駄だ。思った通り、早速やることの規模がでかくなってやがる」

「うむ……カレー店の時の比ではないな」

乾いた笑みを浮かべる父に、俺は淡々と言った。

「だが、経済効果はかなりでかいと俺は踏んでる。リディの店はカレー店もハンバーグ店も大人気だからな。リディが出す新たな店に、すでに町の皆は新たなオリジナルレシピが公開されるのかと、興《きょう》味津々《みしんしん》だ」

「その相手となる、ワイヤー元男爵の店はどうなのだ。……言い方は悪いが、リディの店と争えるようなレベルなのか。……我が娘ながら、料理の才能は本当に図抜けているからな……」

嘆息する父に、俺は急いでまとめ上げた調査報告書を渡した。

「なんでもイルヴァーンで人気だった料理人を連れてきているらしいぜ。かなりの腕前なのは確かだろうし、リディでなければ俺も心配したと思う」

「うむ。だが……リディだからな」

「そう。リディなんだよ」

父と揃《そろ》って笑ってしまった。

妹だから。

それが理由になってしまうのが、おかしかったのだ。

父が仕切り直すように言う。

「リディなら間違いなく勝つだろう。そこは心配していない。そのワイヤー元男爵の件は私も覚えているが、確かにあの男は性根が腐りきっていた。愚かなくせに、多少のことでは目が覚めたりはしない真性の屑《くず》だ。男爵位と財産を失って大人《おとな》しくなったと思っていたが――屑というものは何度でも起き上がるものなのだな」

「本当にな。ちょこまかと鬱陶《うっとう》しい」

「うむ。あれは金を稼ぐ才覚はあるが、それ以外に特筆した才能はない小物だ。リディに痛い目に遭わされるくらいでちょうど良い。幸い、殿下も協力して下さるそうだし」

「むしろ、自らの手で制裁したいって、怒り狂ってた。リディを愛人にって言われていたことを知って、ブチ切れたんだろ」

その時のフリードのことを思い出す。何気ない口調だったが、あれは絶対に切れていた。

妹のことになると、すこぶる心が狭くなるフリードが、自分の妻を愛人に、などと言われていたと知って、怒らないはずがないのだ。

「ワイヤーの奴《やつ》、つい最近王都に戻ってきたばっかりで、リディが王太子妃になったことすら知らないんだよ。自分の発言が王太子に喧嘩《けんか》売ってるってことに気づいてないんだから、怖いよな」

「知らないから許されると思ったら大間違いだ。私もワイヤー風情に『娘を愛人に』などと言われたと知って、腸《はらわた》が煮えくりかえるほどには怒っているからな」

「だよな」

涙ながらに娘の結婚を祝った父ならではの発言だった。

嫁いではいったが、その娘は勤め先である王城にいて、毎日のように顔を合わせるのだ。下手《へた》をすれば屋敷にいた時より会う回数が多くなっている現状、父の態度が結婚前と変わらない、いや更に過保護になるのも仕方なかった。

父は俺の報告書をざっと確認し、頷《うなず》いた。

「娘を馬鹿《ばか》にされて黙っているなど親とは言えん。良いだろう。お前の言う通り、経済効果もかなりあるようだし、イベントの開催を許可しよう。――陛下。それでよろしいですか？」

俺たちの話を面白そうな顔で聞いていた国王が頷く。

「うむ。ルーカスの娘は今や私の娘でもあるからな。それに皆が喜ぶ楽しい企画ではないか。拒否する理由はないな」

「はっ。ではそういう方向で話を進めます。――アレク、当然お前がイベントを仕切るのだろうな？」

「えっ……」

父に鋭い視線を投げかけられ、たじろいだ。……後始末やある程度の根回しはやらなければと考えていたが、イベントを仕切るまでは思っていなかったのだ。

「あとで意味も分からず走り回るより、最初からイベントを仕切っておいた方が、後々楽だとは思わないか」

「……そうだな。そうするわ」

嫌だと言おうとしたが、尤《もっと》もすぎる父の言葉には頷くしかなかった。

確かに、どうせ後始末をしに回ることが分かっているのなら、最初から全部自分の管理下に置いておいた方が楽だ。

こうして俺は、妹の突発的な思いつきを実行するべく、急遽《きゅうきょ》休みなく働く羽目になったのだった。

◇◇◇

「引き受けたのは自分だって分かってはいるが、本当になんでこうなったんだ？」

「アレクセイ様は、意外と自分から苦労を背負い込むタイプだったんですね」

「……否定したいところだが、違うと言い切れない自分が悲しい」

少しだけ休憩しようとソファに移動する。お茶を飲みながら、片手で書類を持った。

収支予想が書かれたそれを苦い顔をしながらも確認していると、シオンがクスクスと笑った。

「お疲れ様です」

「本当だぜ」

溜息《ためいき》を吐《つ》く。

正式にフリードの部下として認められたシオンは、付き合ってみれば、文官としての才能に満ち溢《あふ》れた、俺が喉《のど》から手が出るほど欲しかった人材だった。

わりと深い場所まで知ることが許されて、書類作成などを任せることのできる人物の登場。

そう、今まで俺の周りにはいなかったタイプ。

俺はフリードに、彼を俺の助手に欲しいと必死で頼み込んだ。

「奴は、俺が探し求めていた人物だ！」

「そ、そうか……」

希《まれ》に見る俺の熱心さに引いた様子のフリードだったが、彼は俺の願いを叶《かな》えてくれた。

今のシオンは、軍師兼、俺の助手といったところか。

彼にはフリードの執務室とは別に設けてある俺の仕事部屋で、主に作業をしてもらっている。

今日は執務室の方まで来てもらっているが、もちろんフリードの許可は取ってある。そのフリードはといえば、国王に呼ばれ、ここにはいない。彼も色々と忙しいのはよく知っている。

「ほんっと、お前がいてくれて良かったぜ……」

本心から告げると、シオンは困ったように笑った。

「そう言っていただけると、こちらとしても嬉《うれ》しいですが。……アレクセイ様。ご正妃様はいつもこのような感じなのですか？」

トラブルメーカーな妹のことをあまり知らないシオンならではの発言に、俺は大きく頷いた。

「そうだな。規模はでかくなったが、今回は事前に連絡があっただけマシだ。結婚前は、あちこちで色々とやらかしてやがったから……」

妹が今までに行ってきた様々なことが走馬燈《そうまとう》のように頭の中を巡っていく。乾いた笑みを浮かべる俺に、シオンは「なるほど」と生真面目《きまじめ》な顔をして言った。

「問題なら、城から出させないようにすれば良いのではありませんか？　本来、正妃とはみだりに城の外へ出たりはしないものだと思うのですが……」

「それはその通りで、普通ならそうなんだろうが……リディだからなあ。閉じ込めたら萎《しお》れてしまいかねないし、何より夫のフリードが、リディを閉じ込めておくことを良しとしていない。自由なリディが好きなんだと。護衛も付けているようだし、そう言われたらこっちはもう何も言えねえよな」

それに、俺や父もフリードの方針には感謝しているのだ。おかげで妹は結婚しても、何も変わらず笑っている。フリードに愛されて幸せそうだ。

きっと、フリード以外と結婚していれば、こうはならなかっただろう。あの妹を受け止められる器量の持ち主が早々いるとは思わないし、妹も本来の自分を押し殺そうとするはず。

結婚相手はフリードしかいないと言い切った父が如何《いか》に正しかったか、今の妹を見ていればよく分かる。

シオンが納得したように頷いた。

「ご正妃様、お幸せそうですからね。見ている方も温かい気持ちになれます」

「イチャイチャしすぎで鬱陶しいの間違いだろ」

そう訂正すると、シオンは苦笑した。なかなか否定しづらいといったところか。

ちょうど話が途切れたところで、持っていた紅茶のカップと書類を置く。時間を確認し、立ち上がった。

「……よっし、行くか」

「おや、お出かけですか？」

「ああ、ちょっとな。夕方までには帰るから、留守を頼む」

「分かりました」

シオンが頷いたのを確認し、俺は部屋を出た。

やることは山積み。一つずつ確実に片付けていかねば、更に仕事が増えてしまう。

「あー、サボりてぇ」

愚痴りながら、俺は町へと向かった。

◇◇◇

町へ向かった俺の目的地は、南の町の組合だった。イベントを行うのなら、国だけではなく、商業店舗が所属する組合にも許可を取らなければならない。

通常なら、面倒なやり取りが何度も行われるある意味最大の山場。だが、今回に限り、俺はそれほど心配していなかった。

現、南の町の組合代表は、妹の知り合いで、なおかつ組合員たちの多くが妹に対し、非常に好意的だからだ。

案の定、組合で話をすると、二つ返事で了承が返ってきた。それどころか「リディちゃんがあの糞《くそ》野郎をとっちめるところを大々的に見ることができるんだろう。清々する。楽しみにしてる」とか、「リディちゃんに協力できることがあればいくらでもする」といった、頼もしすぎる伝言までもらってしまった。昔、ワイヤーは組合に対して発言権を持っていた。その時、嫌な思いをさせられた者も多かったのだろう。追い出してもらえるのなら、是非そうして欲しいと真剣に頼まれた。

組合とのやり取りは、互いに腹の探り合いになることも多く、気の抜けない仕事の一つでもあるのだが、妹に関することだけは「リディが」と言うだけで、話が通ってしまう。

妹の影響力の大きさに震撼《しんかん》するひとときだ。

だが、そのことに多分妹は全く気づいていない。偏屈な爺も多い組合。王族の言うことを聞くのが嫌だという者も中にはいる。そんな爺ですら、妹の名前を出すだけで「リディちゃんがそうしたいのなら、協力する」と言い出す始末。

オリジナルレシピ保有者のくせに独《ひと》り占めせず、町の発展に使っている妹を自らの孫のように思っているのだ。

妹に何かあれば、城の料理人だけでなく、町ですら牙《きば》を剥《む》く。なかなかに空恐ろしい王太子妃となったものだと嘆息するしかなかった。

そうして、関係各所に根回しを済ませた俺は、城に戻ると、次に魔術師団の本部へ向かった。

団長のウィルに用事があったのだ。

ウィルの部屋に着く。無造作に扉を開けた。

「よう、ウィル！　邪魔するぜ！」

「だからお前は、あれほどノックをしろと！」

ウィルの部屋に入ると、執務机で作業をしていたウィルが顔を上げ、文句を言った。

俺はそれに笑うだけで応《こた》え、彼の近くへ移動する。ウィルは溜息を吐くと、書類を片付け、俺の顔を見た。

「で？　僕に何の用だ」

「お、俺が頼み事をするって分かんのか？」

「お前が今、忙しいのは僕だって知っている。いくらお前でも、用事もなく訪ねてこられるほど暇ではないだろう」

「そうなんだよなあ……」

ウィルにまで俺の実情は知られているようだ。ウィルは心配そうな顔で俺に言った。

「お前、ずいぶんと疲れているんじゃないか？　目の下の隈《くま》が酷《ひど》いぞ」

「……リディの思いつきに振り回されるのは昔からだからもう慣れた。ただ、規模がでかいと、その分キツさも増すなって実感してる。全部終わったら、まとめて休みを取るつもりだから気にすんな」

「そうか……で？　頼みだったな。僕がリディの力になれることがあるのか？」

「お前はほんっとうに、ブレねえよなあ」

この幼馴染《おさななじ》みは、昔から妹のことが好きで好きで堪《たま》らない。それはフリードと結婚した今も変わらないようで、何か手伝えることがあるのかと目が期待で輝いていた。

「僕もなかなか忙しい身ではあるが、リディのためになるのなら協力は惜しまない。何でも言え」

「ああうん。お前ならそう言ってくれると思っていたよ……」

他《ほか》の頼みなら嫌そうな顔をするくせにと思いながら言うと、ウィルは不快げに眉《まゆ》を寄せた。

「なんだ。文句でもあるのか」

「いや、ないない。なーんもない」

言いながら、ウィルに不正防止の魔術を掛けたコインの作成を依頼する。

この男の切ない気持ちを知っている身としては、余計なことは言わぬが花だ。

いつまでも妹のことを吹っ切れず、新しい恋へ進むこともできない。結婚して幸せそうに日々を過ごす妹を、ウィルはいつも見ているこっちが泣きたくなるほど切なそうな顔で見つめている。

それをうじうじして情けないと言うのは簡単だ。実際、事情を知れば、分かったような顔で言う者もいるかもしれない。だけど俺はそうしたくはなかった。

ウィルの恋だ。ウィルが納得できるまで、抱えていれば良い。ウィルのフリードに対する忠誠は本物だし、公私混同《こうしこんどう》はしない奴だと知っている。

じっとウィルを見つめていると、彼がポツリと言った。

「……この間、久しぶりにリディに会ったんだ」

「ん？　どこでだ？　つーか、何かあったのか？」

王太子妃となった妹は、城の中ならどこでも彷徨《うろつ》くことができる。だから会ったこと自体は不思議に思わなかったのだが、ウィルの表情がどうにも浮かないものに見えて思わず聞いてしまった。

ウィルは少し間を置いた後、ポソポソと口を開いた。

「イルヴァーンの王太子夫妻が転移門でいらっしゃった時があっただろう。あの時だ。お二人のお迎えに、殿下とリディが来て、それで——」

「ああ、あの時か」

イルヴァーンの王太子夫妻が来ていたのは知っている。その間のフリードの業務を全《すべ》て被《かぶ》っていたのだから当たり前だろう。あれは急な訪問で、こちらもてんやわんやだったのだ。

「ヘンドリック殿下だろ？　フリードの友人の。互いの妃《きさき》の顔合わせをしたって聞いたぜ？」

「……ああ」

どうにも煮え切らない。視線だけで話を促すと、ウィルはようやく重い口を開いた。

「……久しぶりに見たリディが、本当にすごく、すごく綺麗《きれい》になっていたんだ。殿下と一緒に入ってきたリディを見た時、一瞬誰《だれ》だか分からなかった。それくらいリディは綺麗になっていて……その……リディは幸せなんだって改めて実感したというか」

「……そうか」

相槌《あいづち》を打つくらいしかできない。ウィルは気にした様子もなく一人、話し続ける。

「殿下との結婚がリディに良い影響を与えたんだってすぐに分かった。殿下も穏やかで落ち着いていらっしゃって。二人揃って立っているのがしっくりくるというか……すごく、自然だった」

「へえ」

まさか、ウィルがそんなことを言い出すとは思わなかった。これはいよいよ、彼も不毛な初恋から卒業する時が来たのだろうか。若干の期待を込めてウィルを見つめる。

彼は、溜息を吐きながら、口を開いた。

「でも、やっぱりリディが好きだと思ったんだ」

「……は？」

雲行きが怪しい。真顔になった俺に、ウィルがその時のことを思い出したかのように言う。

「つまり、結婚しようが、殿下のために綺麗になろうが、リディを好きだという気持ちに全く変化はなかったということだ。いや、もっと好きになったかもしれない。そんな自分に心底絶望したし、嫌気が差した」

「そ、そうか。……それは何と言って良いのやら。ご愁傷様、で良いのか？」

結論。やっぱりウィルはウィルだった。そう思いながら彼を見ると、ウィルは呆《あき》れたように笑っていた。

「良いわけがないだろう。リディは結婚した。僕の思いが叶う日は来ない。分かっているのに好きなままなのだから嫌になる」

「そうだよな」

不毛だという自覚はあるらしい。何とも言えない顔で頷くと、ウィルは疲れたように言った。

「結局僕は何も変わらない。それだけのことだ。……アレク、所望の品のことだが、すぐ作成に入る。

対決までに用意しなければならないんだろう？」

「ああ。あまり日数に余裕がなくて悪いな」

強引に話を切り替えてきたウィルに気づきながらも、こちらも合わせる。時間の余裕のない頼み事。

申し訳ないとは思うが、頼めるのは彼しかいないのだ。

俺の頼みを聞き、ウィルは大きく頷いた。

「大丈夫だ。リディのためだろう？　必ず間に合わせると約束しよう」

「……おう、頼むわ」

「リディが計画したイベントを失敗になどさせない」

自信たっぷりの言葉に、普段からこれくらいの気概で依頼を引き受けてくれたら良いのにと少しだけ思う。気持ちを切り替え、次に行かなければならない場所はどこだっけと考えた。

そうだ。臨時で出す警備兵の話を近衛《このえ》騎士団の団長であるグレンとしなければならないんだった。

「グレンのところへ行ってくる」

次の算段を付けながら言うと、ウィルが真顔で返してきた。

「時間がないんだったな。分かった。お前もリディのために頑張れ」

「言われるまでもねえよ」

俺はウィルに辞去を告げ、慌ただしく次の場所へと向かった。

6・彼女と勝負

いよいよ、勝負の一週間が始まった。

事前に、勝負をするというビラを配っておいたので、噂《うわさ》は町中に広まっている。開店前からどちらの店にも行列ができるほどの人の入りだ。

ワイヤーの店は、イルヴァーン料理を提供するらしい。カフェメニューが中心だが、ヴィルヘルムから出たことのない人も多いので、遠い異国の料理は興味を引くと思う。実際、かなりの人数が並んでいた。

対して私の方は、ワイヤーほどではない。そこそこレベルの行列だ。

理由は簡単。和カフェオープン！　と銘打ちはしたが、メニューは当日公開とし、どんな料理があるのか説明しなかったから。

上用《じょうよ》まんじゅうやあんみつと書いても、その存在を知らない人たちには理解できないのだから仕方ない。食べてもらって初めて、こういう味なのだと分かってもらうしかなかった。

ただ、カレーライスとハンバーグのオリジナルレシピ保有者が新たな新店を！　と兄が噂を広めていたようで、また何か新しいものが出てくるのではないかと、それなりの人数が並んでくれていた。

「ようし！　皆、王都に和菓子旋風《せんぷう》を起こすわよ！」

声を掛けると、開店スタッフとして集まってくれた城の皆が応《こた》えてくれる。

和菓子を受け入れられるかどうかは心配していなかった。

食べてさえもらえれば、絶対に喜んでもらえる。

他国はどうか知らないが、ヴィルヘルムの国民はわりと日本人の舌に近いものを持っている。皆に試食をしてもらった際、味の細かい微調整はしたし、もちろん好みはあるだろうが、好きな人は多いと思っていた。

「開店！　勝負、スタート！」

開店時間は、あらかじめ向こうの店と合わせてある。店を開店させ、待っていた客を一組ずつ、店員が笑顔で席に案内する。

「へえ、変わった服だなあ」

茶衣着を見たことのない客が、店員の服装を見て目を丸くする。そして和風の内装に驚き、渡したメニューを見て、更に驚いた。

「は？　オ、オリジナルレシピがこんなに……？」

「お客様。よろしければ商品の説明をいたしましょうか？」

「た、頼む……」

今回私が、新たに登録したオリジナルレシピの数は十を優に超える。見たことのない和菓子の名前を前にして動揺する客に、店員たちは戸惑うことなく対応していた。

絶対に質問されることは分かっていたので、事前に商品説明の教育をしておいたのだ。

未知の食べ物におっかなびっくりするものの、だけどオリジナルレシピという魔の響きに魅入られた客たちが次々に注文をしていく。

「三色団子と煎茶《せんちゃ》の冷茶、入りました！」

「こちらはあんみつです！　玄米茶、温茶です！」

「練り切り、お願いします！」

厨房《ちゅうぼう》に次々と注文が通る。それを私は料理人として受けていた。

ホールにいないのは、王太子妃が現場を彷徨《うろつ》かない方が良いと言われたからだ。

知っている人は私の顔を知っているし、王太子妃の経営する店だと分かって来ている人もいる。顔を出せば騒がれる可能性があるので、厨房にいるしか選択肢がなかった。

「あんみつ、用意できたわ！　持っていって！　お茶は温度に気をつけてね！」

「はい！」

元気な声で返事が返ってくる。

今回、茶器や皿にもかなりこだわった。和菓子が映える皿を必死で探し、茶器も緑茶を淹《い》れても違和感のないデザインのものを選んだ。

金に糸目を付けず、こだわりにこだわり抜いた和カフェは、非常に満足な出来映えとなっていた。

「うまっ！」

「なにこれ……美味《おい》しいっ！」

ホールの方から、客のどよめきが聞こえてくる。その内容は、和菓子を絶賛するもので、偶然声が聞こえた私は、頬《ほお》を緩めた。

「良かった……。喜んでくれているみたい」

思わず手を止め、じーんと感動していると、隣で手伝ってくれていた城の料理長（オープンの日は絶対に来ると言って聞かなかった）が自慢げに言った。

「師匠の作り出す料理はどれも絶品ですからね！　当然です！」

「ありがとう。和菓子が認められて嬉《うれ》しい」

どうしようもなくこれが本音だった。

とはいえ、感激に浸っている暇もない。次々にオーダーが通り、私たちは急いで作業に戻った。

◇◇◇

「つ、疲れた……」

一日目が、無事終了した。

出足はそこそこだったが、和カフェが多くの未公開オリジナルレシピを取り扱う店だと、店を利用した客から口コミで広まり、午後からは驚くほど長い行列ができた。

大通りに大行列は迷惑だ。ましてや、向かいの店もかなり行列ができていたから、このままでは大通りが機能しなくなってしまう。

さすがにこれはまずいと青ざめていると、この展開を予想していた兄が、待機させていた兵士たちを使い、上手《うま》く皆を誘導したり、関係ない人たちのために道を空けたりしてくれた。

国に許可を取るというのは、結局こういう時に即座に対応してもらえるようにするためなのである。

とにかく何とか初日を乗り切った私は、厨房にある丸椅子《いす》に腰掛けた。ずっと立ちっぱなしで腰が痛かったのだ。フリードと毎晩朝までエッチしていても平気なのに、よほど緊張していたのだろう。足もガクガクしていた。

なんとなく、厨房を見回す。用意した和菓子は有り難くも完売した。残っているのは、試食用に除《の》けておいた練り切りが一個だけ。

生ものだから、余らせたくないと思っていたが、心配する必要はなかったようだ。

初めて和菓子に触れた皆がどう反応するか不安だったが、お客さんの七～八割は好きだと言ってくれた。これはかなり良い数字だと思う。全員が好き、なんてことはあり得ないと分かっていたし、食べているうちに好きになることもある。ゆっくり和菓子の良さを知ってくれれば良い。ここは時間を掛けるべきところで焦ってはいけないと分かっていた。


「明日は、もっと用意しないといけないかな……」

オリジナルレシピの噂を聞きつけ、午後から客が増大したことを思い出し、明日の仕込みを考える。

きっと、明日はもっと客が増えるだろう。有り難いことだが、仕込みの量を調整するのも大変だ。ある程度は、城の厨房で手の空いた料理人たちが用意してくれているが、もう少し足しておいた方が良いかもしれない。あとで、厨房を訪ねよう。

ぐったりしつつも、城に帰ってからの予定を立てていく。この店のオーナーは私なのだ。考えなければいけないことはいくらでもあった。

「リディ、お疲れ様」

「あ、フリード」

そろそろ帰らなければと思っていると、厨房にフリードが入ってきた。彼は私を見つけると、優しく目を細める。

「終わった頃《ころ》だと思って迎えに来たんだ。閉店してからなら私がいても構わないでしょう?」

「うん。ありがとう。疲れていたから嬉しい」

素直に礼を告げる。このタイミングでフリードの顔を見ることができたのがすごく嬉しかった。

「聞いたよ。大人気だったようだね」

「皆が頑張ってくれたおかげ」

自分だけの力では絶対にできなかった。そう思いながら告げると、側《そば》にやってきたフリードは私の頭を褒めるように撫《な》でた。

「リディが頑張ったから、皆も頑張ろうって思ったんだよ。リディの頑張りが皆を動かしたんだ。それは誇っていい」

「……うん」

「すごく疲れているように見えるけど、大丈夫?」

「ん。まだまだいける」

目を瞑《つむ》りながら答える。フリードに頭を撫でてもらうと、なんだかじわじわと元気になっていく気がするのだ。もちろん気のせいだということは分かっているが、これが好きな人の力というものだろう。他《ほか》の誰《だれ》にもできないことだ。

「えへへ……フリードの手、気持ち良い」

「リディの髪もさらさらで気持ち良いよ。さっき、料理長に聞いたけど、和菓子、完売したんだって？　おめでとう」

「ありがとう。明日は多分、もっとお客さん増えると思うから……仕込みを増やすよう厨房に伝えなきゃって考えていたところなの」

これからの予定を伝えると、フリードは考えるように言った。

「和菓子か。甘いものは苦手だけど、リディが作ったものには興味あるかな」

「えっ!?　食べる？」

フリードが甘いものがあまり好きでないのは知っている。だから、彼が言い出すまでは何も言わなかったのだ。

私から言い出せば、彼は食べると答えるに決まっている。フリードがその気になった時にでも食べてもらえればいいなと思っていたので、それが意外と早くて嬉しかった。

思わず腰を浮かせると、フリードが宥《なだ》めるように私を再度座らせる。

「落ち着いて。食べたいと言っても、完売したんでしょう。またの機会で良いよ」

「実は！　じゃじゃん！　試食用に除けておいた練り切りが一個あるの！」

「え？」

私は急いで立ち上がると、保存棚の中から練り切りを取り出した。春も終わりかけ、もうすぐ初夏なので、薔薇《ばら》の練り切りを作ったのだ。

練り切りは四季《しき》折々《おりおり》の植物や風物詩をかたどる繊細な細工を施すもの。

初夏のイメージとして薔薇の他に青葉も作ったが、フリードに食べてもらうのなら薔薇を残しておいてよかった。

「和菓子の甘さは、ケーキやチョコレートの甘さとはまた違うから。フリードも和菓子を楽しんでくれると嬉しい」

「で、でも、最後の一つなんでしょう？　私は良いから、リディが食べれば――」

遠慮するフリードに、私はずいっと詰め寄った。

「フリードに食べてもらいたいの。私は何度も試食してるし、それにフリードはこの店の出資者なんだよ。誰よりも食べる権利があるの」

「……分かった。有り難くいただくよ」

「うん！」

降参、と両手を上げたフリードを見て、私は笑顔になった。

菓子楊枝《ようじ》で一口サイズに切り分け、フリードに「あーん」と言って食べさせる。

フリードは少し屈《かが》み、素直に口を開けた。練り切りを味わうように食べ、しばらくしてから「うん」と頷《うなず》く。

「どう？」

「悪くないね。すごく上品な甘さで、私はいつもの菓子よりもこちらの方が好きかもしれない」

「本当⁉　嬉しい！」

色々な人に美味しいと言ってもらったが、やはりフリードの言葉は格別だ。

思わず彼の首に飛びつくと、フリードは笑いながら抱き留めてくれた。

「ほら、リディ。危ないよ」

「だって、嬉しかったから！」

「リディの作る料理は、どれも美味しいっていつも言ってるのに」

「それはそうだけど……今回のは何か違うの」

何だろう。私が作ったからというよりは、彼の好みに合ったという感じがしたのだ。

これは私の勘でしかないが、多分外れていないと思う。

「そっか。これがいけるのなら、大福も好きかもしれないね」

フリードは大福も食べたことがない。それこそ甘いものが好きではないからと彼自身が遠慮したのだ。だけど餡《あん》が大丈夫なら、大福も好みに合うのではないだろうか。

「今度用意する！　是非食べて！」

「リディが作ってくれるのなら何でもいただくけど……ふふっ、リディ、子供みたいにはしゃいで可《か》愛《わい》いな。これで人妻なんだから嘘《うそ》みたいだよね？」

至近距離で覗《のぞ》き込んでくるフリードの目は悪戯《いたずら》っぽく輝いている。その目をしっかりと見つめ返し、私は言った。

「ちゃんと人妻だよ。フリードの奥さんだもん」

「だよね。こんなに可愛い奥さんがいて、私は幸せだな」

「私も格好良い旦那《だんな》様がいて、幸せだよ」

「ふふ、一緒だね」

「うん」

近かったフリードの顔が更に近づいてくる。唇にキスが落とされ、私はにっこりと笑った。

「フリード、大好き」

「私もだよ。でも、これから一週間はリディを抱くのは諦《あきら》めた方が良いかな。毎日、忙しそうだし、大事な勝負をしている最中だものね。そんなリディをこれ以上疲れさせるのは良くないと思うし」

「……ごめん。でも、そうしてもらえると助かる」

帰ってからの予定もあるし、身体《からだ》は慣れない長時間の立ち作業ですっかり疲れている。眠らせてもらえるのなら有り難い。正直に自分の現状を伝えると、フリードは「仕方ないね」と言ってくれた。

「奥さんが頑張っているのに邪魔するわけにもいかないしね。作戦上、私はこうして迎えに来るくらいしかできないけど、リディのことは応援してるから。私にできることがあれば何でも言って」

「十分色々してもらってる。フリードが出資してくれたおかげで、店も思った通りに作れたし」

好きにして良いと言われて、本当に好きにさせてもらえた。ほぼ毎日、店に通うことだって許してくれたし、王太子妃となった私がここまで自由にやれているのは全部フリードのおかげだ。

「フリードには感謝してるの。本当にありがとう」

「お礼なんて良いよ。私は、リディが笑ってくれればそれで良いんだから」

「うん。フリードのおかげで毎日楽しい」

「それは良かった」

ちゅ、ともう一度唇が落ちてきた。それを私はうっとりと受け止める。フリードとのキスはどうにも心地よくて、舌を入れる濃厚なキスでなくても身体から力が抜けてしまいそうになる。

「フリード……」

「リディ、そんな顔しないの。我慢しなくちゃいけないのに、抱きたくなるじゃないか」

「ん……勝負が終わったら、いっぱいして……」

ぎゅうっと抱きつきながらフリードに告げると、彼は嬉しそうに笑った。

「もちろんだよ。リディを摂取できなかった期間を埋めなくちゃいけないからね。もういいって言うくらい愛してあげる」

「……うん」

それはとっても楽しみだ。二人、互いの目を見つめ合っていると、わざとらしい咳《せき》払いが聞こえた。

「おーい……そこのお二人さーん。そろそろ二人の世界から戻ってきてくんないかな」

「っ!?」

ハッと我に返った。

聞こえたのは呆れたようなカインの声。声のした方をそうっと窺《うかが》うと、顔を少し赤くしたカインと、それこそ呆れたような兄、そして申し訳なさそうな料理長の姿があった。

「えっ……あの……」

一瞬、どう言えばいいのか分からず言葉に詰まる。カインがポリポリと頬を掻《か》きながら言った。

「もう店を閉める時間だから呼びに来たんだけど……」

「だから、どうせいちゃついてるって言っただろ。ほらみろ。大当たりだったじゃねえか」

兄が予想通りみたいな言い方をするのにちょっと腹が立ったが、いちゃついていなかったとは言えないので黙り込む。私を抱き締めたまま、フリードが言った。

「新婚なんだ。仲良くして何が悪い」

「悪かないが、お前らの場合は度を超していることが多いんだよ」

「心外だな」

フリードは抱き締めていた腕を解くと、私に言った。

「帰ろうか、リディ。城でも色々やることがあるんでしょう?」

「う、うん」

頷くと、「あの……」と料理長が怖《お》ず怖《お》ずと声を掛けてきた。

「し、師匠。申し訳ありませんが、明日の仕込みについてご相談させていただきたいのですが……」

「ええ。その件については、私もあとで城の厨房へ寄ろうと思っていたの。今日の感じでは、足りないだろうから。あなたも来てくれる?」

「分かりました」

料理長はホッとしたように返事をした。彼も私と一緒に一日厨房に立っていたのだ。仕込み量が気になるのは当たり前だ。

少し細かいやり取りをした後、私は戸締まりを料理長と兄に任せ、フリードと共に城に帰った。

◇◇◇

勝負を始めて、四日が経過した。店の様子はと言えば、なかなか上手くいっている。

客は日ごとに増え、開店前から二時間待ちの札が上げられているくらいだ。

ワイヤーの店も並んではいるが、開店当日ほどではなく、常時十人ほどが並んでいる程度で落ち着いている。

客入りだけなら、ワイヤーの店を遠く引き離しているし、大勝利と言っていいだろう。

だが、今回の勝負は最終日に『美味しかった方の箱にコインを入れる』なので、客が多いからといって油断していいわけではなかった。

「ワイヤーさん、一回くらい様子見に来るかなって思ったけど来ないね」

お昼の休憩中、スタッフ用の控え室で、私はお茶を飲みながら、目の前にいるカインに零《こぼ》した。

いくら忙しくても、休憩は一日に二度、きちんと取るようにしている。ちょうど今は私の休憩時間で、あとは皆に任せてのんびりさせてもらっていた。

「……オレ、様子見に行ってこようか？」

「んー、いいや。気にはなるけど……期間中はやめとく」

今は勝負をしている最中なのだ。自分の店に集中していたかった。

「師匠」

カインとのんびりお喋《しゃべ》りに興じていると、カレー店の店主を任せているラーシュが控え室に顔を覗かせた。彼も時間がある時は協力してくれている。今日も昼の忙しい時間だけお願いしていたのだが、何か問題でもあったのだろうか。

「何？　何かあった？」

「いや、師匠にお客さんだ。客の前でっていうのもどうかと思ったから裏口から入ってもらった」

「ん？　誰？」

客と言われても、すぐには思い至らない。疑問に思いつつも立ち上がると、ラーシュの後ろから一人の女性が顔を出した。

「リディ、元気にしていたかい？」

「ティティさん！」

顔を見せてくれたのは、ティティという、以前私が町でお世話になったことのある女性だった。知り合った時は娼婦《しょうふ》をしていたが、今は娼館《しょうかん》の店主にまでなっている。

ヘレーネとは反対側に泣きぼくろがある彼女は、身体の線を強調するような服装をしている。時が経《た》ち、貫禄《かんろく》もついたが、同性の私から見ても艶《つや》っぽく、良い女だなと思えた。

久しぶりに会えた喜びに、急いで近くに行く。

ティティさんは、私の姿を頭の天辺《てっぺん》から足のつま先までじっくりと見ると、感心したように言った。

「やっぱり私が言った通りだっただろう？」

「え？」

何のことだろう。訝《いぶか》しげに彼女を見つめると、ティティさんはウィンクをしてきた。

「付き合う男次第で、女は変わるってね。あんた、しばらく見ない間に良い女になったじゃないか。ほんのり色気も出てきたようだし、旦那に愛されているんだねえ。幸せそうで良かったよ」

「っ！」

「遠目だったけど、パレードも見せてもらったよ。おめでとう」

「あ、ありがとうございます……！」

お礼を言い、あとは互いの近況を報告し合う。ラーシュはティティさんの案内だけして、厨房に戻っていった。カインも親しい人が来たのだと察してくれたのか、いつの間にか姿を消している。二人だけでの気の置けない会話はとても楽しかった。

ティティさんは和カフェに興味津々《きょうみしんしん》の様子で、色々と聞いてきた。

「すごいねえ。こんなの見たことないよ。あんた、色々知ってるんだねえ」

「色々っていうか……これしか知らないんですけどね」

言いながら、メニューについても説明する。ティティさんは終始感心しきりで、思わずと言った風に言った。

「私も島を出て、多くの国を見て回ったから様々な文化を知っているんだ。でも、これは見たことないって断言できる。一体どこの国の文化なんだい？」

「ええと、私の想像……です。……って、島？」

日本と言ってても分かってもらえるわけがないので、適当に濁したが、ティティさんの言葉に違和感を覚え、慌てて言った。

「島って……もしかしてアルカナム島ですか？」

「良く知ってるね。そうだよ。あんたなら問題ないだろうから言うが、実は私はウサギの獣人なのさ。耳と尻尾《しっぽ》は魔術で隠しているけどね」

「ウサギの……ソル族？」

獣人についての知識を思い出しながら尋ねると、ティティさんは目を丸くした。

「本当に良く知ってるねえ。ソルの名前まで出るとは思わなかったよ。さすがは王太子妃といったところかねえ」

「い、いえ……他国について勉強するのは当然ですから。あの、もしかして、ティティさんも誘拐されて娼館に？　……あ、いえ、無神経な発言でした……ごめんなさい」

失礼なことを聞いてしまった。慌てて謝罪したが、ティティさんはからりと笑った。

「違う違う。私は誘拐なんてされていないよ。閉鎖的なソルが嫌なのとつがいに縛られるのが嫌で、自分から出てきたのさ。娼館にいるのは、都合が良いから。ウサギの獣人はまあ、色々と大変でねえ。交尾したい時に相手を得やすいというのはすごく助かるのさ」

「そ、そうなんですか……」

「だから本当に気にしなくて良いよ。私は好きでこの世界にいるんだ。たまに故郷に置いてきた妹のことを思い出したりはするけど、自分から出てきたからねえ。今更どの面《つら》下げて帰れるって言うんだい。それに、あんな息の詰まりそうな場所に帰りたいとも思わないのさ。ソルは他国との関わりを自ら絶っているからね」

「そう、ですか」

ウサギの獣人が人間たちに嫌気がさして、交流を絶ったのは知っている。つい最近も思い出したばかりだからだ。

じっとティティさんを見つめる。明るい口調で話すティティさんの様子に嘘はなさそうだ。女としての自信に満ち溢れて、誇りを持って今の仕事をしている。そんな風に感じた。

「ティティさんがそれで良いのなら、私が口出しすることではないと思いますし、他の人に言うつもりもありませんけど……あっ」

言いながら、私は思い出していた。姉を探しているという友人になったイリヤのことを。

ティティさんは娼館の店主という立場だ。もしかしたら、イリヤの姉の噂くらい知らないだろうか。

「あ、あの……一つ、聞いても良いですか？」

「ん？　なんだい？」

「実は私、探している猫の獣人がいるんですけど……特徴は――」

イリヤのことは言わず、姉の特徴だけをティティさんに伝える。ティティさんは、最初難しそうな顔で私の話を聞いていたが、尋ね人の名前を言うと顔色を変えた。

「猫の獣人で、フィーリヤだって？　なんであんたの口からあの子の名前が出るんだい？」

「え、えーと……友人から頼まれまして……」

誤魔化しつつも言うと、ティティさんは胡散臭《うさん》そうな顔をした。

「友人って、変な奴《やつ》らじゃないだろうね？」

「ち、違います！　絶対安全な人です！」

「絶対安全？」

コクコクと私は高速で何度も首を縦に振った。探しているのは身内なのだから、絶対安全で間違いないはずだ。

「は、はい。そこは信用していただいて大丈夫です。それで、えーと、そんなことを聞くってことは、もしかしてティティさん、フィーリヤさんのこと、何か知ってます？」

情報があるのなら、きっとイリヤが喜ぶ。そう思ったのだが、ティティさんは「あの子が今、どこで何をしているのか知らない」とキッパリと言った。

「フィーリヤは私より八つ年下でね。私もだが、あの子も族長の娘なんだ。そのよしみで昔はよく世話をしてやったものだけど……私も十八で島を飛び出てきたからねえ。最後に見たあの子は十だろう？　さすがに参考にならないと思うよ」

まさかの知り合いだという話に目を丸くした。ティティさんが心配そうに聞いてくる。

「結構、気の強い子だった覚えがあるよ。あの子、いなくなったのかい？」

「……みたいです」

「そうか……それは、あの子の妹も悲しんだろうね。フィーリヤの二つ下に、妹がいるんだよ。イリヤっていう子でね、小さくて、いつもフィーリヤの後をついて回っていた……」

まさかのイリヤの名前まで出て、私は目を瞬かせた。実際の知り合いとくれば、隠していても意味はないだろう。むしろ正直に告げて、協力を仰いだ方が良さそうだ。

私は周囲に誰もいないことを再度確認し、ティティさんに言った。

「その……私の友達っていうのが、イリヤなんです。お姉さんの行方《ゆくえ》を探したいって頼まれて……」

「驚いた！　意外と世間は狭いねえ！」

イリヤの名前を出すと、ティティさんは愕然《がくぜん》とした。だけどすぐに表情を引き締める。

「他ならぬあんたとイリヤの頼みだし、昔世話した子の捜索なら是非協力したいところだけど、残念ながら今は何も情報を持っていないんだ。長年、獣人であることを隠して生きてきたからね。獣人と関わろうとも思わなかったのさ。頼りにならなくてすまないね」

「いえ、仕方のないことですから」

獣人が自らの身を守るために行ったことを否定できるはずがない。

ティティさんは、考え込むような顔をし、しばらくしてから言った。

「分かった。私の方でも、知っていそうな奴に聞いておいてやるよ。同じ獣人、しかも知っている子が行方不明なんて放《ほう》っておけるわけがないからね。リディ、教えてくれて助かったよ。獣人であることを隠してはきたけど、知り合いを無視するほどの畜生に成り下がったつもりはないんだ」

「はい……」

「何か分かれば、ラーシュに連絡を入れる。それでいいね？」

「はい……はい……」

頼もしい助けを得られたことが嬉しい。私は何度も頷き、ティティさんに言った。

「その、ティティさんのこと、イリヤに言っても良いですか？」

「もちろんさ。協力するって伝えておいておくれ。ああ、あと、どうせその話、あんたの旦那も関わっているんだろ？　私のこと、言ってくれて構わないよ」

「い、良いんですか？」

正体をフリードに告げて良いというティティさんを呆然《ぼうぜん》と見つめると、彼女はからかうような笑みを向けてきた。

「あんたの旦那が、のべつ幕なしに私の正体を言って回るような男なら、私も良いとは言わないさ。あの王太子は信用できるんだろう？　何せ、あんたの旦那なんだからね」

「！　はい！」

私を信用しているから、その夫であるフリードも信用できるのだと言われ、胸が熱くなった。

ティティさんが、「その代わり」と手を出してくる。

「へ？」

「あんたのオリジナルレシピだっていう、和菓子。それを是非食べてみたい。……そうだね。それが、私の正体を王太子に話す対価と思ってくれれば良い。簡単なことだろ？」

茶目っ気たっぷりに言われ、私は目を瞬かせた。すぐに破顔する。

「はい！　いくらでもどうぞ！」

前日の仕込みは十分。ティティさんに全種類ご馳走《ちそう》したって大丈夫だ。

笑顔で頷くと、ティティさんは「楽しみだ」と目を細めて笑ってくれた。

◇◇◇

リピーターもたくさんいたし、自信はある。だけど、絶対ではないので、どうしたって不安に襲われる。

この一週間、やれるだけのことはやった。客数だけならうちが圧倒的に多かったはずだ。

最後の客を全員で見送る。明日はいよいよ投票日だ。

「勝負は明日……」

「……うん。きっと大丈夫」

オーナーである私が、不安になっていては駄目だ。私の不安は、従業員の皆へと伝播《でんぱ》する。私がどっしり構えていれば、皆も安心して明日を迎えることができるのだ。

「よし……頑張ろう。皆、片付けを始めるわよ」

「む？　……もう閉店なのか？」

「え？」

気持ちを切り替えよう。そう思い、皆に声を掛けると、違う方向から予期せぬ返事があった。

急いで声の聞こえた方向に向くと、そこには一人の旅装束の男が立っていた。

黒い髪で、頭にはターバンのようなものを巻いていたが、端の方がほどけかけている。女性が好みそうな甘い顔立ちだ。身長はそれほど高くはないが、姿勢が良いので背が低いとは思わなかった。

「イルヴァーン料理とオリジナルレシピの和カフェ対決。噂を聞いて急いでやってきたんだが……」

「ええと、先ほど最後のお客様をお送りしたところで……」

私に変わり、店員の一人が男に説明する。男は説明を受けながら、するするとほどけかけた頭のターバンを外していた。

額に大きな傷跡がある。それを見て、私は「あっ」と思った。

――この人、タリムの人だ。

タリムの男性の特徴は、額に傷があること。それを思い出した私は、店員と話す男性をじっと観察した。

長く旅をしてきたのだろう。茶色っぽい旅装は薄汚れている。ずた袋のようなものを肩から掛けているが、中身は詰まっているようで膨らんでいた。旅に必要な荷物が入っているのだろうか。

足は皮のブーツだったが、かなり傷《いた》んでいた。

転移門を使わずに移動してきたのだろう。彼の格好はまさに旅人というに相応《ふさわ》しかった。

「……本日の営業は終了しました。ですから、明日の勝負用のコインは差し上げられません。それでもよろしければ、どうぞ食べていって下さい。……長く旅を続けてこられたのでしょう？」

そう私が声を掛けると、男に説明をしてくれていた店員が驚いたように言った。

「師匠？　よろしいのですか？」

「いいわ。コインさえ渡さなければ、ルール違反にはならないもの。それに、わざわざタリムから旅をしてきた方をこのまま帰すのも申し訳ないかなと思うし。せっかくヴィルヘルムまで来たのだもの。美味しいものを食べていって欲しいわ」

そう説明すると、男がばっと私を見た。

「お前、オレがタリムから来たと分かるのか？」

「え、ええ。その傷跡で……。もしかして隠していらっしゃいましたか？」

タリムは毎年冬に南下作戦を行ってくる国として、ヴィルヘルムからは当たり前だが嫌われている。だからタリム出身だと知られたくなかったのかと思ったが、男は否定した。

「いや？　そういうわけではない。ただ、お前のような年端もいかない娘が知っていることに驚いただけだ」

「年端もいかないって……私、これでも十八なんですけど……」

「十八？　もっと下に見えたぞ」

「……お席にどうぞ」

文句を言ってやりたいところだったが、相手は客だと思い、堪《こら》えた。

いつもなら接客は皆に任せるのだが、彼は他国の人間で、私の顔を知らない。王太子妃だと騒がれる心配がないのなら、私が接客しても問題ないだろうと判断した。

「もう閉店するつもりでしたので、残ったものしかお出しできないんです。それでもよろしいですか？」

「構わない」

どっかりと席に座った男は、どうにも偉そうだった。いや、偉そうというより、そういう態度が板に付いているというか、とても自然なのだ。

――もしかして、タリムでも結構偉い人だったりするのかな。

それならヴィルヘルムには敵情視察にでも来たのだろうか。色々考えつつ、今日最後の上用まんじゅうを持っていった。

真っ白なおまんじゅうは、なかなかの自信作だ。温かい玄米茶と一緒に出すと、男は「ほう」と目を見張った。

「初めて見た」

「是非、召し上がってみて下さい」

「いただこう」

男は臆《おく》さず、まんじゅうを手に取り、真ん中から二つに割って口の中へと放り込む。

「……ふむ、タリムにはない、初めて食べる味だ。だが、悪くはないな。オレは好きな味だ」

「お口に合ったようで何よりです」

「この玄米茶というのもなかなかに味わい深い。両方とも癖になるな」

何度も頷きながら、男はまんじゅうを完食した。お茶も飲み干し、満足そうな顔になる。

「……美味《うま》かった」

「ありがとうございます」

心からの声に、笑顔になる。お客の「美味しい」は料理人の力になるのだ。

褒めてもらえたのが嬉しくて笑っていると、男がきょろきょろと辺りを見回し始めた。

「ところで、今の菓子を作った料理人はどこにいる？」

「え？」

どうやら私を探しているようだ。何の用だろうと首を傾《かし》げると、男は言った。

「直接礼を言いたい。呼んでくれ」

「ああ、そういうことですか。それなら私ですから、もう結構ですよ。美味しいと言っていただけて嬉しかったです。ありがとうございます」

名乗り出ると、男は驚いたように私を見た。

「お前が？　これを作った料理人なのか？」

「はい。和菓子のオリジナルレシピは全部私の名前で登録してありますし、出資者は別にいますが、この和カフェのオーナーは私です」

「そういえば……最初、店員がお前のことを師匠と呼んでいたな。そういうことか……」

納得したように男は頷き、改めて私に言った。

「オレはハロルドという。お前、良い腕をしているな。よければオレの専属にならないか？」

「へ？」

何を言い出すのかと男——ハロルドを凝視すると彼は言った。

「オレもそろそろ国に帰らねばと思っていたところだ。お前を連れ帰れば良い土産《みやげ》になる。何、生活に不自由はさせない。なんだったらオレの妻の一人にしてやってもいいぞ？」

妻の一人、という言葉に眉《まゆ》が寄る。

そういえば、タリムは一夫多妻制度で、男の財産に応じて何人でも妻を娶《めと》れるのだった。ヴィルヘルムとは違う。タリム人の彼にとっては、失礼な話というわけはないのだろう。

それは分かるし、その国それぞれに常識があるのは理解できるが、私には到底受け入れられない
……というか、忘れてもらっては困る。私は既婚者なのだ。

フリードという最愛の夫を持つ身で、他の男となんてあり得ない。

「……どちらもお断りします。私、人妻ですので」

真顔で断ると、ハロルドは驚いたような顔をした。

「ほう？　お前、結婚しているのか！　それは良いな！」

「どうして、そうなるんですか」

普通、それは諦めるべきところではないのか。

そう思ったが、ハロルドはむしろウキウキとさえしながら言った。

「人妻となんて最高に燃えるシチュエーションではないか。時間を掛け、じわじわとこちらに引き込み、いずれは夫を捨てさせる。あれは至高の瞬間だな」

どうやら本気で言っているらしいと理解し、戦《おのの》いた。

一夫多妻制度とかそういう問題ではない。この男は、単に最低の女たらしなのだ。

今の言葉でそれが分かった。

「……私とは根本的に考え方が違うようです。永遠に分かり合える日は来ないと思いますので、やはり遠慮させていただきますね」

「分かり合えないと決めつけるのは良くないぞ。一度付き合ってみて、それから判断してみるのはどうだろうか。オレは束縛しないタイプだし、タリムは良い国だ。お前も気に入ると思う」

「私は、夫を愛していますので、頷きかねます」

「たまにはつまみ食いというのも悪くないと思うがな」

「お腹《なか》を壊したくはありませんので」

「大丈夫だ。何事も経験と言うではないか」

「お一人でどうぞ。私は間に合ってます」

「まあ、そう言わず」

「だから、断ると言ってるんですけど？」

私はこんなにもはっきり断っているというのに、ハロルドは全く退《ひ》かない。そしてハロルドに言い寄られる私を見て、周りの店員たちの雰囲気も悪くなってきた。

まさに一触即発《いっしょくそくはつ》の状況。どうにかしなければと思っていると、厳しい声が響いた。

「いい加減にしろ」

同時に後ろから誰かが私を抱き締めてきた。一瞬、硬直したが、慣れた匂《にお》いと感覚に力を抜く。

「フリード……」

私を抱き締めているのはフリードだ。閉店時間になったので迎えに来てくれたのだろう。彼は冷たい表情でハロルドを見ていた。ハロルドはといえば、突然乱入してきたフリードを見てポカンとしていた……が、その顔が納得したように輝いた。

「なんだ！　フリードか。髪が黒かったから一瞬誰だか分からなかった。久しぶりだな。去年の国際会議以来か？」

「えっ⁉」

親しげに話しかけるハロルドを凝視する。フリードは鬱陶《うっとう》しげな態度を隠そうともせず彼に言った。

「お前こそ、どうしてこんなところにいて、私の妃《きさき》を妻の一人に、などと言っている。タリムの第八王子」

その言葉に、場にいた全員が固まった。だけど、それは私も同じだ。

予想外のフリードの言葉に、一瞬、頭が理解することを拒否してしまった。

——えっ。どうしてタリムの第八王子がヴィルヘルムの王都で和菓子を食べてるの。

意味が分からない。急いで昔勉強したことを思い出す。

確かタリムには後宮があり、そこには百人以上の女性が在籍していたはずだ。息子は三十人くらいはいたはず。私も正確な数は知らない。きっとハロルドは、その三十人いる息子の一人なのだろう。

フリードが嘘を吐くわけがないし、呼ばれたハロルド王子もフリードの言葉を否定しなかった。彼は薄く笑うとフリードの目を見て言った。

「どうしてこんなところにと言われても。少し人探しをしていただけだ。だが、それももう終わり。

大体予想はついたし、そろそろ国へ帰るところだ。……それより、フリード。今、妃と言ったか」

「ああ。リディは私の正妃だ。その彼女を国に連れて帰るなど、ふざけた物言いは即刻やめてもらおう」

心底不快だという顔をして、フリードがハロルド王子を睨《にら》む。

ハロルド王子は、逆に面白そうな表情になった。

「ヴィルヘルムの王太子妃は、町中でカフェを営んだりするのだな。一度後宮に入れば死ぬまで出てこられないタリムとは大違いだ」

「お前が無類の女好きだということは知っているが、リディに手を出す気なら、覚悟しろ。無事にタリムに帰れると思うな」

私を抱き締めるフリードの腕の力が強くなる。ハロルド王子は己を睨み付けてくるフリードに両手を上げて降参の意を示した。

「分かった。お前の妃は諦める。オレはまだ死にたくないからな。大体オレは、嫉妬《しっと》深い恋人や夫がいる女には手を出さない主義なんだ。面倒だからな」

「どうだか」

「……お前が結婚したのは知っていたが――なあ、たった一人の女に縛られて楽しいか？　オレには到底理解できない。せっかくの一夫多妻の権利。存分に行使すれば良いものの」

「見解の相違だな。私はリディ一人で十分だ。リディ以外はいらない」

キッパリと告げたフリードを、ハロルド王子はむしろ感心したように見つめた。

「そうか、そういう考えもあるか。だが、いつも上っ面の笑顔で相手を煙に巻いていたお前が、女一人に必死になっているところを見ることになるとはな。それだけでもヴィルヘルムまで来た甲斐《かい》があったというものだ」

ハロルド王子は、ゆっくりと席から立ち上がった。

「騒がせるつもりはない。……フリード、次の国際会議にはまたオレが行く予定になっている。その時、改めて話をしよう。今は、見なかったことにしてくれるとありがたい」

「良いだろう」

フリードが了承すると、ずた袋を背負ったハロルド王子は彼に言った。

「助かる。明日中にヴィルヘルムを出ていくと約束しよう。今日はもう夜だ。勘弁してくれ」

そうして、懐から和菓子の代金を出すと、テーブルの上に置いた。

ハロルド王子の視線が私に向けられる。

「フリードの妃。お前を連れ帰れないのは残念だが仕方あるまい。和菓子だが、とても美味かった。次に国際会議で会う時は、また別の菓子を振る舞ってくれ」

「は、はい」

「閉店時間にもかかわらず、押し入るなど無粋な真似《まね》をしたな。快く中に通してくれたこと、感謝している」

「いえ……せっかく遠方からお見えになったのですから」

そう返事をすると、ハロルド王子は静かに笑い、後は一度も振り返らず店を出ていった。

それを全員で見送る。完全にその姿が見えなくなったところでフリードはようやく私を解放した。

振り返ると、彼はホッとしたように笑った。

「無事で良かった。でも、吃驚《びっくり》したよ。迎えに来たら、リディがハロルドに迫られているんだからね。何事かと思った」

「ありがとう。……でも、私も驚いた。まさかタリムの王子とか、思いもしなかったの」

かなり位の高い人物だろうと予想はしていたが、王族だとはさすがに分からなかった。

「考えてみれば、イルヴァーンのヘンドリック殿下も自分探しの旅をしていたって言うし、わりと王子って自由なのかな？」

「そんなわけないでしょう」

「……だよね」

呆れたように言われ、それはそうかと思い直す。

「王子にも色々な義務は付きまとうんだ。それを無視することは本来なら許されない。……ヘンドリックの自分探しも、あれは国王と喧嘩《けんか》したヘンドリックが城を飛び出したことから始まったんだよ。普通にあり得ない話だよね」

「国王と喧嘩って……つまり家出ってこと？」

「そう」

「……」

真顔で肯定され、私は心の中で「ヘンドリック王子って……」と思っていた。

「一応、家出中も定期的に城と連絡は取っていたみたいだけどね。私も初めて聞かされた時は呆れたよ。さっきのハロルドは……人探しをしていたと言っていたけど」

「人探し、か」

言いながら私は、もしかしてその人探しとはシオンのことではないかとほんの少しだけ疑っていた。シオンはタリムで軍師の地位にいた人だ。王族と付き合いがあっても不思議ではない。

とはいえ、根拠のない推測なので口に出したりはしないけれど。

考え込んでいるとフリードが言った。

「リディ、どうしたの？　何か思い当たることでもあった？」

「ううん。明日はいよいよ投票だなあって思っただけ」

咄嗟《とっさ》に話を変える。明日のことを話すとフリードは納得したように頷いた。

「そうだね。一週間、長かったな」

「そう？　私はあっという間だったけど」

クタクタになるまで働き、夢も見ずに眠る日々。一週間なんて、瞬きする間に過ぎていったような気がする。だが、フリードは至極真面目《まじめ》に言った。

「リディを抱けない一週間とか、長い以外の何ものでもないよ」

「……フリード。もう」

あまりにもらしすぎる理由に苦笑する。この一週間、ずっと真夜中まで仕込みをして、部屋に戻れば気絶するように眠るを繰り返していたから、フリードには随分と迷惑を掛けてしまった。フリードに抱き締めてもらって眠るのは幸せだったけれど、絶倫が服を着て歩いているような彼には辛《つら》かったはずだ。

「ごめんなさい」

「リディが謝ることではないでしょう？　元は私が提案したわけだし、実際疲れたリディを見ていたら、休んで欲しいとしか思わないよ。ただ、さすがにそろそろ限界かな」

「だよね」

真顔で頷く。今回に限らず、月のものがきた時ももちろんフリードは控えてくれるが、終わった後は大抵大変なことになる。私の都合に付き合ってもらったのだから、勝負が終わったあとは快くフリードに付き合うつもりだが、激しいプレイになることは間違いないだろう。

「もうちょっと、待ってね」

我慢をさせているのが申し訳ない。そんな気持ちでフリードを見つめると、彼はコクリと頷いた。

「分かってる」

その顔があまりにも真剣で、思わず噴き出してしまう。なんだかフリードが可愛く思えた私は、かかとを上げ、彼の耳元で囁《ささや》いた。

「私も早く、フリードに抱かれたいと思ってる」

フリードにだけ聞こえるように小さく告げた言葉。彼は嬉しそうに笑い、「明日はワイヤーに勝てると良いね」と言ってくれた。

それに対する私の答えは「当たり前！」の一択である。

◇◇◇

——投票日。

早朝、私はフリードと一緒に、投票が行われる予定の広場へと一足先に赴いた。

なんとなく早くに目が覚め、眠れなかったのだ。散歩に行きたいという私に、フリードが付き合ってくれた形だった。

二人で町を歩く。朝早いせいか人はまばらで、時折散歩やジョギングをする人とすれ違うくらいだ。

パン屋さんからは、パンの焼ける良い匂いがしている。

大通りの先にある、広場に着く。

予定の場所にはすでにコインを入れるための投票箱が二つ、並んで設置されていた。その周りには厳戒態勢の兵士たちが何人も配備されている。

「おはよう」

「おはようございます！　殿下、ご正妃様！」

兵士たちに声を掛けると、私たちに気づいた彼らは最敬礼で挨拶《あいさつ》を返してきた。

フリードが彼らに尋ねる。

「昨夜から今朝に掛けて、不審人物は見なかったか」

そんな人物いるはずない。そう思ったのだが、返ってきたのは予想外の答えだった。

「深夜、破落戸《ごろつき》のような者が五名。投票箱を狙《ねら》ってやってきました。正当防衛の範囲内で反撃し、捕らえてあります」

「……え？　投票箱を狙ってやってきたの？」

「はい」

「こんなものを持っていって、どうするつもりだったんだろう」

ワイヤーのことだから何かするだろうとは思ったが、意味が分からない。首を傾げていると、兵士の一人が言った。

「その場で問い詰めたところ、投票箱に特殊な細工をするよう命じられていたそうです。現在は、詰所の簡易牢獄《ろうごく》に閉じ込めております。午後に城に搬送予定ですが……殿下、ご確認なさいますか？」

指示を仰がれたフリードは厳しい顔つきで彼らに言った。

「いや、必要ない。予定通り午後に搬送で良い。彼らはワイヤーの名前を出したのか？」

「いいえ。彼ら自身、雇い主が誰なのか分かっていなかったようです。ただ、大金をもらったのでやった、と」

「なるほど。一応、自分がやったとばれない程度の小細工はしたわけか。投票箱を狙ってくる時点で、犯人は誰か、明白だけどね」

「……だよね。でも、正々堂々と勝負しようって言ったのに……。勝負師は勝負事で嘘を吐かないんじゃなかったの？」

がっかりだ。

基本は屑《くず》でも、勝負なのだからそこはしっかりやってくれると信じた私が馬鹿《ばか》みたいである。

「うう、急に心配になってきた。ワイヤーさん、約束、ちゃんと守ってくれるよね？　私が勝ったら二度と王都に近づかないって話、あれまで嘘を吐かれたらさすがに困るんだけど……」

何のために勝負を受けたのか分からなくなってしまう。

不安になっていると、フリードが言った。

「大丈夫。リディが勝てば、それは絶対に守らせるから。私の妃とした約束を反故《ほご》になどさせないよ。だからリディは気にせず最後まで頑張って」

頼もしい夫の言葉に、不安もすぐに溶けていく。

「ありがとう。でも、もう頑張るところとかないんだけどね。今日は投票だけだから」

やれることは全《すべ》てやった。あとは運を天に任せ、祈るのみだ。

決戦の時間は刻一刻と近づいていた。

◇◇◇

正午になると同時に、投票が始まる。

広場には溢れんばかりの人が集まっていた。皆それぞれ配られたコインを思い思いの投票箱の中に入れていく。

それを私やワイヤーは、店の代表として投票箱の後ろに立って見ていたのだが、投票が始まって三十分もしないうちに、驚愕《きょうがく》の光景に驚くことになった。

――ほぼ全員が、私の店の箱にコインを入れているのである。

「……え？　どういうこと？」

こんなの、結果を見なくても、勝敗は明らかだ。

チラリと隣を見ると、怒りのあまりかワイヤーの太った身体が小刻みに揺れていた。

「あ、あの……大丈夫ですか？」

「な、何故《なぜ》だ……！」

「わ、ワイヤーさん？」

突然、大声を上げたワイヤーに驚きつつも声を掛ける。ワイヤーは私を指さし、集まった人たちにがなるように言った。

「お前たち！　散々、わしの店で、美味い美味いと料理を食べていたではないか！　それなのにこの小娘に投票するとはどういう了見だ!!　納得いかん!!」

顔を真っ赤にして怒り狂うワイヤーだったが、私もそれには同感だ。

ワイヤーの店には、連日行列ができていた。皆が皆、和菓子が好きだとは思わない。イルヴァーン料理に惚《ほ》れ込んだお客さんだって大勢いたはずだ。

それなのに、ほぼ全員が私の店に投票するなど、それこそ不正を疑ってしまう。

もちろん、私の店の関係者にそんなことをする者はいないと確信しているけれど、何か作為的な動きがあったのではと疑うのは仕方なかった。

「だって、怖いもん……」

「え?」

ポツリと零したのは、投票を終えたばかりの十才くらいの少年だった。少年は母親に手を引かれていたが、ワイヤーが自分を見ていることに気づくと、慌てて母親の後ろに身を隠した。

そうして顔だけを出し、小声で言う。

「この人の店、夜になると毎日怒鳴り声が聞こえてくるんだ。僕の家、店からは少し離れた場所にあるんだけど、それでも聞こえる。毎日、毎日、そんなの聞かされて、いくら美味しくても投票しようなんて思えないよ」

「なっ!」

ワイヤーが驚いたように目を見張る。少年の言葉を受け、すでに投票を終えた人たちも同調した。

「そうだ。その声、オレも聞いた」

「私は、友達から話を聞いたわ」

「オレは怒鳴っている現場を見た。料理人が可哀想《かわいそう》ってレベルじゃなかった」

「私は、暴力を振るってる音を聞いた」

「俺《おれ》も」

次々に皆がワイヤーの暴言や暴力を告発していく。ワイヤーは、まさか知られているとは思わなかったのだろう。驚きで身体を硬直させていた。

「……皆、意外に見てるってことなんだよな」

「カイン？」

護衛として私の少し後ろについていてくれたカインがポソリと言った。どういう意味かと目線だけで問いかける。

「姫さんは別に良いって言ってたけど、実はオレ、どうしても気になって、ワイヤーの店に何度か偵察に行ってるんだ。それで、見た」

「見たって何を？」

予想はついていたが聞かずにはいられなかった。カインが言葉を濁さずにはっきりと言う。

「ワイヤーの、料理人たちへの暴力と暴言」

「っ！」

思わず息を呑《の》む。

「姫さんの店に客入りで負けてるのが、余程悔しかったみたいでさ。一日目の夜からあったらしい。高い金を出して連れてきたのに、どうして結果を出せないんだって……可哀想に、向こうの料理長、ずっと責められて、泣きそうな顔をしていたぜ……」

「……」

「それが毎日続くんだ。姫さんは自分の店に必死で気づいてなかっただろうけど、ワイヤーの店、実は毎日少しずつ客は減っていってた。何故か分かるか？」

「……分からない」

本当に分からなかった。カインの顔を見ると、彼はやるせなさそうな顔をしている。

「毎日、一晩中、怒鳴られ、暴力を振るわれるんだぜ？　気力が続くはずがない。ワイヤーの店。美味しかったのは最初の二、三日だけで、あとはどんどんまずくなってるって、暴力沙汰《ざた》と一緒に噂になってた」

「……」

「そんな店、誰だって行きたくないだろ？　逆に姫さんの店は、いつ行っても皆、笑顔でさ。楽しそうに働いて、オリジナルレシピだって物珍しい。行って、楽しいよな。皆が姫さんに投票するのは当然だと思うけど」

「そんなことが……」

知らないところで暴力や暴言といった行為が行われていたことにショックを隠せない。

確かにワイヤーは、不正を働いたわけではない。破落戸に対しては黒寄りのグレーだと思っているが、証拠《しょうこ》はないし、目に見えて不正な何かをしたわけではない。

だけど、それ以上にこれは駄目だと思った。

町の人たちがワイヤーに言う。

「俺たちは誰もあんたの店に投票なんてしない。あんたのような人に、俺たちの町にいて欲しいと思わないからな。俺たちは、俺たち皆が楽しめるようにと心を配って下さるリディアナ妃についていく！」

「リディアナ妃……？」

怒りに燃えていたワイヤーが困惑した表情を見せた。それを見て、彼がまだ私が王太子妃であることに気づいていないのだと理解する。

ここまで皆から嫌われているワイヤーだ。本当に誰も彼に私のことを教えなかったのだろう。

いい加減、自分から名乗った方が良いだろうかと思っていると、人々の後ろから声が聞こえてきた。

「そこまでだ！　勝負の結果は明らか。投票時間はまだあるが、この勝負、和カフェ側の勝ちとする！」

「あ、兄さん」

声の主は兄だった。今回のイベントをほぼ全て取り仕切っていたのは兄なので、ある意味予想通りの登場なのだが、思っていた時間より随分と早い。

兄は人混みをかき分け、ワイヤーの前に立つとニヤリと笑った。

「よう。ワイヤー。久しぶりだな」

「……ヴィヴォワールの小倅《こせがれ》！　お前、どうして……！」

ハッとしたようにワイヤーは私を見た。そうしてやっぱりと言わんばかりに叫ぶ。

「そうか、分かったぞ。わしに負けたくないあまり、兄を使ったのか。人には不正をするなと言っておきながらこの始末。無効だ！　こんな勝負は認められない!!」

「馬鹿が。お前じゃあるまいし、リディがそんなことするはずねえだろ」

「兄さん、口調、口調……！」

基本、城では猫を被《かぶ》っていることの多い兄が、ワイヤーに対し、素で話したことに驚いた。小声で指摘すると、兄はハッと鼻で笑った。

「こいつ相手に取り繕っても仕方ねえだろ。もう爵位すらない奴だぜ？」

「そ、そりゃあそうかもしれないけど……」

そんな簡単で良いのだろうかと思ったが、兄がそれで良いと言うのなら私にはそれ以上言えない。

兄は、ワイヤーに相対し、にっこりとそれは良い笑顔を向けていた。

「お前は、自分の行動で自滅したんだよ。せっかく良い料理人だったのにな？　馬鹿なことをしなければいい線までいったかもしれないってのに、自業自得《じごうじとく》ってやつだ」

「何が自業自得だ。お前に……わしの全てを奪っていったお前に、わしの何が分かる！」

ワイヤーからしてみれば、兄は憎い相手でしかない。ものすごい形相だったが、兄が動じることはなかった。

「分かるさ。お前が町の皆に嫌われていることも、これから先、お前が王都への出入り禁止になることも」

「わしは！　絶対に出ていかんぞ！　こんなインチキ勝負、負けたなど認められるか！」

ギャアギャアとワイヤーは兄に向かって吠《ほ》え立てた。兄は、実にわざとらしく手をポンと打つ。

「お、そうだ。忘れてた。一応言っておくけど、お前、王族侮辱罪で投獄される可能性があるからな」

「……王族侮辱罪？」

何を言い出すのかとワイヤーが眉を寄せる。兄は、「お前は知らないようだけど」と実にもったいぶった前置きをした。

「ヴィルヘルムの——うちの国の王太子がつい最近、ようやく結婚したんだよ。その相手がこいつ。つまりお前は、現王太子妃に、散々暴言を吐き散らしていたってことだ。現在進行形でな」

「……は？　王太子妃、だと？」

ギョッとしたようにワイヤーが私を見た。その顔には「こんな小娘が」と書いてある。

やっぱり。そういう反応をされると思った。

「お前が？　この国の……フリードリヒ殿下の正妃だと言うのか」

「うちは筆頭公爵家だぞ？　家柄を考えれば、当然過ぎる結果だろう」

兄がのんびりと答える。ワイヤーは真偽を問うように、周囲にいる人たちの顔を見た。パレードで顔ばれしているのだ。当たり前だが、皆、私が王太子妃だと知っている。

誰も否定しないことで、ようやく事実だと認識したのか、ワイヤーの身体が先ほどの比ではないくらいにガクガクと震え始めた。

「お、王太子妃？　いや、まさかそんなはずは……」

「お前、往生際、悪いな」

兄が呆れたように言う。そして、「こんなこともあろうかと」とにんまりと笑った。

その顔は、明らかになにか悪巧みをしていますという顔で、碌《ろく》なことを考えていないのだろうなと一目で察してしまった。

「兄さん……」

「説明しても、絶対にお前は信じようとしないと思ったから、こいつの夫を呼んである。なあ、会いたかったんだろう？　確か、ものの道理とやらを教えるんだったよな」

「は？」

兄の言葉を聞き、ワイヤーが目を見開く。兄は楽しげに言った。

「そう口にしたそうじゃないか。フリードも聞きたがっていたぞ。——ただし、ものすごく怒っていたけどな。フリードにとって、リディを貶《おとし》められることは逆鱗《げきりん》に触れられることと同じ。知らなかったでは済ませられない。——なあ、フリード」

「そうだな」

「え……」

突然、フリードの声が聞こえた。ワイヤーだけでなく、その場にいた全員がキョロキョロと周りを探し始める。私も、朝一緒にいたフリードがどこにいるのかと思わず周りを見回してしまった。

「リディ、ここだよ」

「わっ！」

いきなり腰を引き寄せられ、驚きのあまり息が止まるかと思った。

慌てて隣を見ると、いつの間にかフリードが姿を現している。

髪の毛は染めていない。いつも城で見る姿そのままだった。

「フ、フリード？　な、なんでいきなり……」

「朝、一緒にここに来たでしょう？　その時に、帰還魔術を使えるようにしておいたんだ。あとはアレクに念話で呼ばれるまで、執務室で仕事をしていただけだよ」

朝の散歩は偶然だったのだが、彼には考えがあったようである。

「リディ、少し下がっていてくれるかな。彼は私が対処する」

「……分かった」

フリードが私の腰から手を放す。彼の言葉に素直に従い、私は数歩後ろに下がった。私の出番は終わり。今からはフリードのターンだということは分かっていた。

「フ、フリードリヒ殿下……ほ、本物……」

ヒィ、と恐怖に震えるような声が聞こえた。ワイヤーが発したものであることに気づき、そちらを見ると、彼はフリードを凝視し、真っ青になっていた。

いくらワイヤーでも、フリードを偽物扱いなどできないのだろう。だって彼は特別な人だ。一目で本物の王族だということが分かるオーラのようなものを、生来兼ね備えている。誰もが注目せざるを得ない輝きを放っているのだ。それを全面に押し出したフリードに、ワイヤーは完璧《かんぺき》に気圧《けお》されていた。分かってはいたことだが、ものの道理など説けはしないだろう。存在感が違いすぎる。

フリードは彼に視線を向けると、静かに言った。

「ワイヤーと言ったか。私の妃に何か文句でもあるのか？」

「め、滅相もございません……！」

フリードの視線を受け、ワイヤーは慌ててその場に平伏した。

兄や私に対し、あまりにも横柄だったから忘れていたが、彼は元々権力におもねるタイプの人間だ。

「そ、そっか……」

国でほぼ一番偉いと言っていいフリードに対し、今のような態度になるのは当然だった。

フリードは地べたに這《は》いつくばるワイヤーに向かって言い放った。

「報告はすでに受けている。私の妃に対する暴言の数々、夫として見過ごすわけにはいかない。覚悟はできているのだろうな」

声にならない悲鳴が漏れる。ワイヤーは必死になって訴えた。

「し、知らなかったんですっ！　ど、どうかお許し下さいっ！」

「その上、勝負に負けてもインチキだと言い張る始末。私のリディが不正を行う？　勝負の間、ずっと彼女を見てきたが、お前とは違い、リディは毎日夜遅くまで料理人たちと一緒に仕込みをし、店を良くするために努力し続けてきた。他人に当たり散らすしか能のないお前と一緒にされるのは不愉快だ」

「は、ははー」

もうワイヤーは一言も返せない。ただ恐縮し、フリードの言葉にへこへこと頷くだけだ。その姿はあまりにも醜かった。

「……権力に弱いというのは知ってたけど」

嘆息していると、フリードにワイヤーを任せた兄がやってきた。

「酷いもんだろ？　だから、俺も親父もあいつが大嫌いだったんだよ。フリードに出てきてもらうのが一番早いとは思ったけどな……押しつけるんじゃなかったぜ。見ているのも気分が悪い」

「うん……この分じゃ、反省なんてしてくれないだろうな……」

ただ、フリードの言葉にその通りですと頷いていているだけだ。それがどうにも納得できなくて複雑な気持ちになっていると、兄が言った。

「ま、しないだろうな。だが、リディ、覚えておけ。世の中にはワイヤーみたいな屑はいくらでもいるんだ。そういう奴らに反省なんて求めても意味はない。芯《しん》から腐った奴に矯正《きょうせい》は期待するだけ無駄だからな」

「うん……」

とても残念な話だが、兄が正しいのは理解できる。

フリードを見つめると、彼はワイヤーに沙汰を下しているところだった。

「リディを貶めたお前を許す理由はどこにもないが、その顔をこれ以上見るのも不愉快だ。お前はリディと勝負をし、そして負けた。その約束を履行してもらおう。リディとの約束通り、王都を去れ。そうすれば、王族侮辱罪に問うことはしないでおこう」

「……そ、そんな……」

フリードからはっきりと命じられ、ワイヤーが愕然とする。

ただの町娘や貴族の娘との約束とは違う。王族の、王太子であるフリードに命じられたのなら、それは確実に実行しなければならないものだ。王都の外門を守る門番たちにもワイヤーのことは通達されるだろうし、そうなれば彼が王都に入ることはできなくなる。

約束など知らぬと嘯《うそぶ》けば、牢屋に放り込まれてしまうのだ。

「ま、待って下さい……」

「嫌だと言うのなら、それこそ王族侮辱罪を適用しようか。リディのことは私だけではなく、父も母も可愛がっているから、かなり罪は重くなるだろう。ワイヤー、ここでお前が素直に出ていけば、約束を履行したと見なし、あとの罪については目を瞑る。だが、出ていかないと言うのなら、王族侮辱罪だけではなく、アレクが調べ上げてきた、お前がこの国に戻ってきてから行った数々の犯罪についても全て追及する。お前が生きているうちに牢を出られるのか微妙なところだが――その方が良いと言うのなら止めはしない」

「で、出ていきます！」

フリードの最後の言葉がとどめとなったようだ。王都に入れなくなるのは嫌だが、死ぬまで牢獄はもっと嫌だったのだろう。

話を聞いていた皆が、自然と彼のための道を空ける。さあっと潮が引くように道ができていく。

ワイヤーは這々《はうはう》の体《てい》で広場を逃げ出した。フリードが兵たちに視線を送る。それに彼らは頷き、ワイヤーの後を追っていった。おそらく王都を出たのか確認するためだろう。

皆の視線が自然とフリードに向く。

フリードは「アレク」と兄の名前を呼んだ。それに兄は応え、皆に言う。

「ワイヤーの経営していた料理店については、店舗を得る段階で不正が確認されたため、元の経営者に返却することにする。また、彼の連れてきた料理人たちについては、各自希望を聞き、その望みを最大限叶《かな》えるよう努力すると約束する。もし、それ以外でワイヤーの被害に遭っている者がいればそれについても話を聞こう」

兄の言葉を聞き、周りがホッとしたような雰囲気になっていく。

「リディ、こっちにおいで」

「うん」

フリードに手招きされた。その側へ行くと、彼は私を隣に置き、皆に言った。

「せっかくのイベントがこのような形で終わってしまうのは悲しい。そこで、新たなイベントの開催を発表する。これから更に一週間、今度は南の町の飲食店全店舗が参加する、抽選イベントを行う。各店舗で一回食事をするごとに、今回のものとは違うコインを渡す。集めたコインは、この広場で抽選に使うことができる。抽選はコイン三枚で一回。景品には食事券などが含まれている。――詳細を」

フリードの言葉を受け、兵士たちが用意していた大きな紙を広げる。そこには景品がずらりと書かれていた。

食事の割引券や引換券。店のオリジナルグッズをプレゼント、というのもある。主に私が考えたのだが、もちろん協力してくれた店主たちにも意見は聞いた。

この景品については、無理を言って私がお金を出させてもらっている。フリードには和カフェを出資してもらったし、自分だけ何もしないのが嫌だったのだ。

最初、フリードは良い顔をしなかったが、皆に喜んでもらうためにお金を使いたいのだと言うと、最後には納得してくれた。

私の資金は、カレー店とハンバーグ店で稼いだものだ。町に還元できるのならそうしたい。

フリードの話を、最初は戸惑ったように聞いていた町の人たちの顔が、抽選イベントの詳細を聞き、だんだん笑顔に変わっていく。

「面白そう……」

「コインを貯《た》めると抽選できるのか。楽しみが増える感じで良いな」

「どの店でも良いっていうのは楽しいかも」

聞こえる声は肯定的なものが多く、ホッとする。

——良かった、喜んでくれているみたい。

ずっと、考えていたのだ。

ワイヤーの暴言云々《うんぬん》の話は知らなかったけれど、彼のことだ。きっと負けても素直に出ていったりはしないだろうと。となると、町の人たちの前で揉《も》めることになる。

せっかくのイベントがあまり快くないものに変わってしまわないだろうかと心配だった。

それを補うために、そのあとにもう一つ別のイベントを考えたのだ。

南の町、全店を巻き込んだ一大イベントを。

フリードに先に話を通し、そのあとに、実は町の偉い人だったティティさんに協力を依頼した。彼女がうちの店にやってきた時にこっそり話してみたのだが、彼女は面白がって、この企画を通してくれたのだ。

南の町の全飲食店が参加、などという大きな話が数日で通ったのは彼女の力だ。

あと、フリードのおかげ。

彼は私が和カフェで働いている間、城でこの話を通すべく頑張ってくれた。忙しい中、全部の許可を取り、話を進めてくれたのだ。

ちなみに、対決イベントの雑務で走り回っていた兄は、この新しい企画を昨日まで知らなかった。

昨日、執務が終わる直前、フリードから聞かされた兄は、口をポカンと開けて、しばらく呆然としていたらしい。

「終わったと思ったら、また新しいイベントとか……！　町全部とか、更に規模が大きくなってるじゃねえか！　ふざけんなあああ！　お前はどこまで俺を振り回せば気が済むんだ！」

とは、今朝方、城で兄に会った時に言われた台詞《セリフ》である。

だが、兄も皆のイベントに対する印象が悪いものにならないかは心配していたらしく、企画自体には賛成してくれた。

「だから……こいつは嫌なんだ。反対できないようなものばかり持ってきやがる……くそっ！」

そして嘆息しつつも、フリードから話を引き継いでくれたのだ。

さすがに兄には申し訳なかったかなと思うが、他に思いつかなかったので勘弁して欲しい。

それに兄には、シオンという新たにできた右腕がいる。

シオンはとても優秀な人だから、兄の負担もかなり軽減されるはずだ。……はずだと信じたい。

私を隣に置いたフリードが、皆に告げる。

「今回の抽選イベントは本日、この時よりスタートする。今度は勝負は関係ない。各自、好きな店で好きなように食べて、コインを集めてもらいたい」

フリードがそう締めくくると、集まった町の人たちがわっと歓声を上げ、拍手をした。私も一緒になって手を叩《たた》く。上手く次のイベントへと繋《つな》げることができたようだ。

皆はそれぞれ自分の行きたいお店に向かって散っていった。

「上手くいったみたいだね」

フリードが小声で私に言ってくる。それに大きく頷いた。

「うん。ワイヤーさんのこと、すっかり忘れてるみたい。悪いイメージだけを残さずに済んで良かった……！」

「そうだね。でも、抽選なんてよく思いついたね、リディ」

「うーん、お楽しみ要素があったら楽しいなって思っただけなんだけど……」

実は、前世で商店街の福引きが楽しかったことを思い出したのだ。福引きを引くために、その時買う必要のなかったものまで買っていた自分の行動を思い出せば、一定の効果はあるのではと考えたのだが、とりあえず、皆は面白そうだと思ってくれたみたいだ。

ちなみに、外れというか、末等は『和菓子一個引換券』である。規定金額以下の和菓子をどれでも一個交換できるというものなのだが、食べたことのない人に、更に和菓子が広がれば良いなと思って景品の中に入れた。

「リディのお菓子が末等っていうのは納得できないけど。特等でも良いよね」

不満げにフリードが言うのがなんだかおかしい。私は笑いながら彼に言った。

「和菓子自体は一個なら、高価なものじゃないから。ちょうど良いと思うよ」

「リディのお菓子ってだけで価値が跳ね上がるんだよ。私にとってはね」

愛《いと》しい、と目だけで訴えられた。

そんな風に言ってくれるのが、自分の愛している人だと思うとすごく嬉しい。

「ありがとう。でも、末等にすれば、たくさんの人に食べてもらえるから、私はその方が良いの」

「リディらしいね」

「和菓子をもっと広めたいから」

だから、和カフェももっと頑張りたい。まだ公開していないレシピはたくさんあるし、徐々に品数を増やしていって、固定客を確保するのだ。

「今回は、南の町だけだけど、いつか全部の町でイベント開催したいなあ」

「それは……それこそ国を挙げての一大イベントになるね。宰相とアレクが胃と頭を押さえそうだ」

私の願望を聞いたフリードが苦笑する。だけど、そういうのも面白いと思うのだ。

「とりあえず、次のデートは、南の町以外にしようよ。他の町も偵察して、できるイベントを考えたいよね」

「リディ、本当にやる気なんだ。まあ、国民には良い刺激になるだろうから反対はしないけど。事前調査がかなりいるね」

「だから、デートするの」

そう告げると、フリードは「そうだね」と目を細めて笑った。

「じゃあ、たくさん出かけないとね」

「うん」

頷くと、フリードは楽しそうに言った。

「本当、リディといると退屈することがないよ」

「私もフリードと一緒で楽しい」

「そう言ってくれると嬉しいな。ね？　リディ。約束、覚えてる？　今夜は、良いよね？」

「もちろん」

そろそろ抱きたいのだと言外に訴えてくるフリードに笑顔で答える。

「ずっと我慢してもらってたもんね。……いいよ」

大好きなフリードのために、私もできる限り頑張ろう。

明日は……多分、和カフェに行くのは午後からになるだろうが、それも仕方ないだろう。

対決イベントは終わったし、私がいなくても店は回る。

そうだ。そろそろカレー店やハンバーグ店と同じように別に店長を決めて、代わりに営業してもらわなければならない。その選定も早くしなければ。

フリードが私の腰を引き寄せてくる。それに素直に従い、微笑《ほほえ》んだ。

◆◇◆

私はどの店に行こうかと悩んでる人や、これから一週間間違いなく今まで以上に忙しくなることに、早くもうんざりしている様子の兄を眺めながら、とりあえずは終わったのかなと思っていた。

「くそっ！　くそっ！　くそっ！」

兵士に追われるように王都を逃げ出した。荷物一つ持ち出せなかったのが悔しくてならない。

「また、あの小娘のせいで……！」

ヴィルヘルムの王太子妃になったという小娘。あれと関わってからというもの、碌なことがない。

せっかく財産を築き、この国に戻ってきたというのにあっという間に追い出されてしまった。

しかももう二度と王都の敷居はまたげない。

「おのれ……」

何もかもが腹立たしい。どうにかあの小娘に復讐《ふくしゅう》したくて仕方ない。

「何が王太子妃だ……絶対に、いつか復讐してやる」

「なあ？　今、王太子妃って言ったか？」

「あ？」

声が、聞こえた。

振り返るも誰もいない。周りには木々や茂みのようなものはあるが、人は誰もいなかった。

「誰だ？」

「じいさん、王太子妃に復讐するってさっき言ってたよな？」

声はわしの言葉を無視し、更に質問を重ねてくる。姿の見えない詰問に背筋が寒くなったが、わしは大声を出して、それに耐えた。

「そ、そうだ！　何か文句があるか！」

「そうか。――それなら、あんたは俺の敵だな」

「っ!?　ぎゃあああああああああ!!」

何が起こったのか分からなかった。茂みから突然飛び出してきたのは巨大な獣。

肩に痛みより先に熱さを感じ、噛《か》まれたことを知った。

「痛い、痛い、痛い、痛い!!」

「――あの人に、何かするなら、俺があんたを殺す。――分かったか」

「分かった！　分かったからやめてくれ！　助けてくれ！　このままでは死んでしまう！」

経験したことのない痛みが正気を奪う。人に襲われたことなら何度もあった。拷問《ごうもん》を受けたことも数え切れないほどある。

だけど、こんなよく分からないものに、分からないまま襲われたのは初めてだった。

――怖い。

これに関わってはならない。

長年、培ってきた勘が働く。このまま関われば、きっと本当に命を失ってしまう。

それが分かったから、わしは叫んだ。

「あの小娘には二度と関わらん！　ヴィルヘルムにも近づかんと約束する！　だから、助けてくれ!!」

「その言葉、忘れるなよ？」

全身に掛かっていた圧迫感がなくなる。わしを襲っていたのは、黒い獣。それは犬のようにも狼《おおかみ》のようにも見えた。わしを一顧だにすることなく、茂みの中に消えていく。

「……はっ……はっ……」

命が助かった安堵《あんど》からか、急速に身体中が震え出す。

噛まれた場所が、酷い痛みを訴えていた。出血したのだろう。寒気のようなものも感じる。

「な、なんだ……あの化け物は……」

あれは、あの小娘に敵対するものを許さなかった。あの小娘は、あんな恐ろしいものを飼っているのか。そんな話、聞いてない。あんなものに勝てるわけがない。

「言われなくとも……二度と近づくものか……」

腹立たしい気持ちはもちろんあるが、自分の身の方が大切。

それに、わしはこれからもう一度カジノに潜り、財産を稼ぎ直さなければならないのだ。

あんな恐ろしいものに関わって命を落とすのはごめんだ。

――オオオオーン‼

「ひっ！」

獣の遠吠えが聞こえる。それが警告だと気づいたわしは、即座に全部を忘れることにし、小娘と関わりのない国へと向かうことを決めた。

それが唯一、自分の命が助かる方法だと悟っていたから、わしはその本能に従うことを決めたのだ。

――命は惜しい。

つまりはそういうことだった。

4.5・彼とトラブルメーカーな彼女（書き下ろし）

「リディが可愛《かわい》い」

「……さよか」

「私の妻になってから、より一層可愛くなった気がする」

「そりゃ良かったな」

「あまりにも可愛いから、部屋の中に閉じ込めておきたくなった」

「へいへい」

「あんなに可愛くてどうするんだろう。誰《だれ》かに取られないか、一緒にいないと気が気でないよ。今も、町に行っているけど正直心配で堪《たま》らない」

「へー」

「……」

午後の執務も終わりに近づいている。

リディは今日、和カフェの開店準備で町に行っていて、城にはいない。そんな少し寂しい気持ちの中、書類にサインをしながら結婚したばかりの妻のことを、隣で同じく仕事に励んでいるアレクにとりとめもなく話していたのだが、あまりにも返答がおざなりなことに気づき、書類から顔を上げた。

「……おい」

「へー」

「……」

何も言ってないのに返事が返ってきた。

アレクの視線は書類にある。少し考え、私はもう一度同じ言葉を言った。

「リディが可愛い」

「そうか、そうか。良かったな」

実に気のない返事だ。先ほども思ったが、かなり適当に返されている気がした私はアレクに言った。

「……少し早いけど、今からリディを迎えに行くから、後は頼んでも良いか？」

「おー……って、行かせるかよっ!!」

がばりと顔を上げ、私を睨《にら》み付けるアレク。そんな彼に私は少々呆《あき》れつつ言った。

「……なんだ。聞いていたのか。あまりにも適当に頷《うなず》くから上手《うま》くいくかと思ったのに」

「……お前の惚気《のろけ》を本気で聞いてどうするんだよ。お前の話なんて大体リディが可愛いの一言で片付くだろ。面倒くさい」

「……実際可愛いんだから仕方ないじゃないか」

「お前な」

再度睨まれたが、本気でそう思っているのだから文句を言われても困る。

私の妻となったリディは、もう、どうしてくれようかと思うほど毎日可愛くて、キラキラした笑顔で「お帰りなさい」と言われた日には、すぐさま押し倒したくなるほど愛《いと》しさが募るのだ。

結婚して良かった。

恋人となった時にも幸せだと思ったが、結婚はまた別の幸せがあった。

結婚後、リディの態度は更に甘みを増し、その目には常に私に対する信頼が見えるようになった。

唯一無二《ゆいいつむに》の存在として愛されているのが分かる彼女の様子に、私のリディに対する愛情が更に増すのは至極当然のこと。

「アレク……結婚は良いぞ……」

「ほんの一年ほど前まで、結婚なんてごめんだと、絶望を顔に張り付けていた奴《やつ》と同一人物の台詞《セリフ》とは思えないな」

「何を言っているんだ。愛する人が公私ともに自分のものになるんだぞ？　最高じゃないか」

自分の左手薬指に目をやる。そこにはリディと揃《そろ》いの指輪が嵌《は》められていた。

私とリディ、二人だけの約束の指輪だ。これを見ると、いつも彼女が側《そば》にいてくれるような気持ちになる。

夫婦が揃いのアクセサリーを身につけるのはヴィルヘルムの風習だが、想像していた以上に素晴らしい。指輪にして正解だった。彼女の目の色と同じ色の宝石がついたそれを見る度に、リディを思い出すことができる。

うっとりと指輪を見つめていると、アレクが言った。

「……お前が幸せそうで何よりだよ。毎日惚気を聞かされ続けるこっちの身にもなって欲しいけどな」

げっそりとした顔をして、アレクはヒラヒラと手を振った。

「お前、城の兵士たちにも『殿下、毎日お幸せそうで良かったですね』ってあったかい目で見守られているんだぞ。フワフワしているのが見え見えだからな？　新婚で浮かれているのはよーく分かっているが、いい加減地に足をつけてだな……」

「分かっている。外では見せないようにしている」

「……だから、兵士や女官にはバレバレなんだよ。……いやもう良いけど」

嘆息し、アレクはこちらを向いた。

「それだけ幸せそうにしてくれると、身内としてはまあ、悪い気はしなけどな。お前があからさまに幸せオーラ出してるから、親父も機嫌が良いし。ま、問題は、お前の正妃になったリディだな」

反射的に片眉《まゆ》が上がった。威圧するような声が出る。

「リディに何か問題でも？　私は彼女が側にいてくれるだけで満足なんだけど」

「こっわ。お前、そのひっくい声、やめろよな。俺《おれ》を脅してどうするんだよ」

嫌そうな顔をして、アレクは言った。

「別に文句とかじゃねえよ。覚悟しとけよって言いたいだけ。あいつは……基本退屈が嫌いだからな。暇になると大抵余計なことを始める。今回の『和カフェ』も元は退屈から始まったことだろう？」

「……それは」

アレクの言葉に言い返せなかった。

婚約期間は怒濤《どとう》だった。色々なことが次から次へと起こり、半年の婚約期間が何年にも感じられたくらいだ。だが、結婚してからは比較的落ち着いた日々が続いている。

それに退屈したリディが「そうだ、和カフェを作ろう」などと言い出したのが、今回の始まりだったのだから。

「……」

「思い当たるだろ。ま、そういうことだ。リディが退屈し始めたら、危険信号だと思え。放《ほう》っておくと……ま、今回みたいなことになる」

アレクが書類に目を落とした。彼が今見ているのは、リディが作った『和カフェ計画書』だ。

新店を作るに当たり、どんな店にするのかきちんとした書類を提出しろと言われ、わずか数日で彼女はこれを作成してきた。どれだけ本気で取り組んでいるのか、その行動力だけでもよく分かる。オリジナルレシピ満載の新店は、きっと成功を収めるだろう。

リディは突拍子もないことをよくするが、不思議と失敗はしない。今回も最高の結果を叩《たた》き出すと、関係者全員が信じていた。

「良いじゃないか。賛成したのはお前もだろう？」

「賛成っつーか、今回は親父から押しつけられただけだけどなー。何かさ、嫌な予感がするんだよ。これだけでは終わらないっつーか、規模が大きくなりそうな気がするっつーか」

「まさか」

一蹴《いっしゅう》した。

さすがにそれはないだろう。

リディはただ、新しい店を開きたいと言っただけだ。だが、アレクは渋い顔をする。

「……フリード。お前はリディを舐《な》めてる」

「……」

「俺は知ってる。あいつはこんなものでは絶対に終わらない」

「……アレク」

十八年間、リディと付き合い続けてきた実の兄の言葉が重くのしかかってくる。

なんだか空気まで重くなった気がした。

「……そろそろリディを迎えに行ってくる」

話を変えたくて、椅子《いす》から立ち上がった。時計を確認すれば、ちょうどいい時間。どうせリディは夢中で店の準備をしているだろう。迎えに行かなければいつまで経《た》っても帰ってこない。そんな気がする。

カインを護衛に付けているからそう心配してはいないが、リディのいない部屋に帰っても楽しくない。それくらいなら、彼女を迎えに行って、少しでも長くリディと一緒にいたいと思っていた。

仕事も殆《ほとん》ど終わっている。今日くらい、少し早めに上がっても良いだろう。

自分の考えを告げると、アレクも同じように立ち上がった。

「俺も行く。たまには良いだろ。俺もちょっと外の空気を吸いたいんだよなあ」

「……構わないが」

アレクはリディの兄だし、彼女もアレクに会いたいだろう。そう思ったので了承すると、アレクはぐっと伸びをした。

「よっし、じゃあのんびり歩いていくかー」

書類を片付け、二人で執務室を出る。

私室とは反対方向に歩き出すと、執務室の前に詰めていた兵士が声を掛けてきた。

「殿下、どちらに？」

「時間もあるし、リディを迎えに行くつもりだ」

「ご正妃様を？　なるほど。承知いたしました。そのように女官長には伝えます。いってらっしゃいませ、殿下」

リディが和カフェを開店させるべく頑張っているのは城の皆も知っている。兵士はあっさりと納得し、私とアレクを見送ってくれた。

城を出れば、もう夕方。

早くリディを迎えに行かなければと思っていると、アレクが言った。

「あー……そろそろ夏だなあ。日も随分長くなってきた」

「そうだな」

夕日を眩《まぶ》しそうに眺めるアレクに同意する。アレクはふと、思い出したように呟《つぶや》いた。

「そういえば……あれから結構経つけど、まだアイツ、見つからないんだよなあ」

「あいつ？　なんの話だ？」

意味の分からないことを言うアレクの顔を見る。彼は顔に手を翳《かざ》し、目を細めた。

「ちょっとな、知り合いを探してるってだけ。別に国の重要人物とかそういうのじゃなくて、完全なプライベートだからお前は気にしてくれなくていい」

「そうか」

アレクの口からプライベートという言葉が出るなんて、よほど私的な知り合いなのだろう。探しているのなら協力すると言いたかったが、彼が望んでいないのなら口に出すべきではない。気にするなと言うくらいだ。放っておいて欲しいのだろう。

アレクもそれ以上は言わなかったので、話を続けるのはやめておく。

目線を前に戻すと、少し先ではあるがリディの姿が見えた。もちろん側には護衛のカインもいる。

彼らは仲良さそうに話していて、こちらにはまだ気づいていないようだった。

声を掛けようか。そう思っていると、隣にいたアレクが驚いたような声を出した。

「あ……！」

「どうした、アレク？」

「あああー!!」

何事だ。ギョッとして彼を見ると、アレクはいきなり走り出した。

その勢いに、先に気づいたカインが目を見張り、何故《なぜ》かさっと姿を消す。

「……？」

――どういうことだ？

さっぱり意味が分からない。

首を傾《かし》げながらもアレクの後を追う。

そのあと、アレクとカインが実は知り合いだったことを知り、そして何故かワイヤー元男爵と『新店対決』なるものをしようと思っているとリディから聞いた私は、なるほど、これがアレクの言っていた『どんどん規模が大きくなる』という話か……と、妙に納得してしまった。

そして、隣でアレクが燃え尽きたような顔をして「やっぱりこうなった……」と嘆いていたが、それについては気の毒ではあるが、私はそっと目を逸《そ》らし、聞かなかった振りを決め込んだ。

番外編・彼女とカフェのお客様（書き下ろし）

「ありがとうございました！」

元気な声がホールから聞こえてくる。

今日もお店は順調。私は三日ぶりにやってきた店の厨房《ちゅうぼう》で、上機嫌に新作の和菓子作りに勤《いそ》しんでいた。

◇◇◇

フリードと一緒にワイヤーを追い払ってから丸二日、私は不本意ながらも城に引き籠《こ》もっていた。

理由は簡単。一週間我慢をさせたフリードと、大変盛り上がってしまったからだ。私も悪いなと思っていただけに彼を止めることもできず、むしろ煽《あお》りに煽り……結果として私は見事に抱き潰《つぶ》されることとなった。

王華《おうか》があるのに抱き潰されるとはどういうことだと思うのだが、事実は事実。私は腰の痛みに呻《うめ》きながら、デリスさんからもらった体力回復薬に手を伸ばした。

この薬がなかったら、間違いなく寝込んでいただろう。盛るフリードを止めなかった私にも責任の一端はあるので彼を責めたりはしないが、『抱ける状態なのに我慢をさせる』のはその後が怖いので今後は絶対にやめておこうと心から思った。でなければ、私の腰が死ぬ。

ガンガンに腰を振られて、喘《あえ》がされて、声は枯れるわ、腰は使い物にならなくなるわで大変だった。

体力回復薬をくれたデリスさんには心から感謝だ。

とにかく、そのせいで実に三日ぶりの来店となったわけだが、久方ぶりに現れた私に、皆は非常に優しく、「無理はしないで良いですよ」とか「辛《つら》かったら座っていて下さい」とか、察したように世話を焼いてくれようとするのがとても恥ずかしかった。

「本当に、本当に心配してくれなくて大丈夫だから！」

そう皆に訴え、厨房に立たせてもらえたのがついさっき。ようやく普段通りに仕事をすることができ、私は心底ホッとしていた。

町を騒がせた新店対決も終わり、店も落ち着いている。特に今は、南の町全部を巻き込んだ抽選イベント真っ最中。客も良い感じにばらけ、比較的営業しやすい状況だった。

「いらっしゃいませ！　一名様でよろしいですか？」

「ええ」

ホールから声が聞こえてくる。どうやら新たなお客様がやってきたようだ。

普段ならそのまま作業に戻るところなのだが、何故《なぜ》か声の主が妙に気になり、私はこっそりホールを覗《のぞ》いてみた。その姿を確認し、驚きのあまり目を見張る。

――えっ!?

入り口の辺りに、見覚えのある女性が立っていた。女性は店員に案内されて席に向かったが、その途中で明らかに私に目を合わせてきた。どうやら覗いていたことがばれていたようだ。

パチリとウィンクを送られる。一瞬、何が起こったのかと呆然《ぼうぜん》とし、それから慌ててホールに飛び出した。王太子妃がいると騒がれてもどうにでもなると腹を括《くく》り、案内されたばかりの女性のところへ許される限り最速で向かう。

「あ、あの！」

声を掛けると、女性は私が来ると分かっていたかのように笑みを浮かべた。

「ふふ……来ちゃった」

来ちゃった、ではない。脱力しながらも私は言った。

「……いらっしゃいませ、メイサさん」

小声ではあるが名前を呼ぶと、彼女は「正解」と人差し指を立て、茶目っ気たっぷりに笑った。

来店したのは魔女、メイサ。

言わずと知れたデリスさんのお仲間。つい最近、私が紹介を受けた人物である。

まさかこんなに早く再会することになるとは夢にも思わなかった私は、驚きつつも挨拶《あいさつ》をした。

「その……お久しぶりです。まさか来て下さるとは思いませんでした」

「ふふふ。新しくお店を開店させたって聞いたから立ち寄ってみたの」

「ありがとうございます」

情報提供者はやはりデリスさんだろうか。それならもしかして、彼女も来ているのかと周りを見回すと、メイサさんは「違うわ」と笑いながら言った。

「あの引きこもり魔女が来るわけないじゃない。言ったでしょう？　『また機会を狙《ねら》って食べに行くから、その時にはめいっぱいサービスしてね』って」

「あ……あの時の」

前回、別れ際に言われたことを思い出し、納得した。

きっとメイサさんは、私が『和カフェ』を開店させることを知っていたのだろう。機会を狙って食べに行くというのは、空いている時間を見計らって食べに行くからよろしくと、そういう意味だったに違いない。普通ならあり得ないが、彼女が魔女だというのならそれもきっとあり得る話なのだ。

「……さすが、魔女」

「うふふ。褒めても何も出ないわよ」

本心から驚いたのだが、メイサさんは本気には取らなかった。

「それで？　良ければあなたのお勧めを教えてくれると嬉《うれ》しいのだけど」

「えーと、好き嫌いはありますか？」

「特にないわ」

「それでしたら——」

少し、考えた。メイサさんの好みは分からない。それなら私が今一番気に入っているものを食べてもらえば良いのではないだろうか。

「……まだ、お客様にはお出ししたことのない新作和菓子があります。よろしければ如何《いかが》ですか？」

本格的に暑くなってきてからお披露目しようと思っていた和菓子。数日前から仕込んでいたそれが、ちょうど完成したところだったのだ。味見の結果は上々。

寒天を材料とするそれは、見た目にも楽しい、なかなかにお勧めの逸品だった。

新作を紹介すると、メイサさんはじっと私の目を見つめながら聞いてきた。

「……ねえ、それ。デリスも食べたことないの？」

「はい。さっきできたばかりですので。もちろん、またデリスさんのところに持っていくつもりではありますけど」

「そう。じゃ、それをいただくわ。デリスより先ってところが気に入ったの」

「分かりました」

笑顔で頷《うなず》き、厨房に戻る。様子を見ていたホール係の一人が小声で話しかけてきた。

「ご正妃様。今のお客様は、お知り合いですか？」

「そうなの。彼女の相手は私がするから、あなたは他《ほか》のお客様をお願い」

「分かりました」

知り合いだと聞き、ホッとしたようにホール係は頷いた。

「今はお客様も少ないし、大丈夫だと思います」

「ありがとう」

偶然なのだが、メイサさんが案内された席は一番奥で目立たない場所だった。これなら私がついていても問題はなさそうだ。

厨房に戻った私はさっそく新作の和菓子を皿に盛り、お茶を用意した。温茶か冷茶か悩んだが、まずは温茶を出すことにする。

「お待たせしました。琥珀糖《こはく》と煎茶《せんちゃ》になります」

「まあ、綺麗《きれい》」

皿の上に載ったキラキラと輝く色とりどりの菓子を見て、メイサさんがはしゃぐ。琥珀糖は、砂糖と寒天が原料の、外は硬く、なのに中は柔らかい見た目は宝石のような砂糖菓子のことだ。せっかくなので、色々な色を作ってみた。ピンクや黄色、水色に緑色、紫色、などなど。形は二センチほどの立方体。我ながらとても綺麗にできたと思う。

寒天が手に入ったので作れるなと実は前々から画策していたのだ。夏のメインにどうだろうと試行《しこう》錯誤《さくご》していたのだが、ついに今日、完成した。おそらく女性に受けるはず。土産《みやげ》ものにも使いやすいと思っている。

「とても美味《おい》しいわ。不思議な食感で、癖になりそう。これからの季節にぴったりね」

「ありがとうございます」

一つ食べ、メイサさんがにっこりと笑う。どうやら気に入ってくれたみたいだ。

メイサさんは、琥珀糖の色や形を楽しんでいる様子で、非常に上機嫌だった。

「今までのお菓子とは全く趣《おもむき》が異なるのね。でもとても上品で美味しいわ。デリスったら、こんなに美味しいものを独《ひと》り占めしていたなんて。教えてくれたら良かったのに」

「デリスさんは、イチゴ大福が一番お気に入りです。ここではお出ししていませんので、よろしければ今度、デリスさんに会った時にでもメイサさんの分を預けておきますけど」

大福はこの店では出せないのでそう言うと、メイサさんは、笑顔で頷いた。

「こんなに美味しいと分かっていたら、前回も食べてから帰っていたわ。是非、お願いするわね」

「分かりました」

喜んでくれるのならいくらでも。メイサさんは次にお茶を一口飲み、「まあ」と感嘆の息を吐いた。

「これもまた素晴らしいわ。紅茶とは全く違うのね」

「ありがとうございます。それ、実はデリスさんのレシピで作ったものです」

「……っ！　ごほっ、ごほっ」

うっとりとしていたメイサさんが、突然、思いきり咽《むせ》た。

お茶を零《こぼ》しこそしなかったが、喉《のど》に詰まったのか、苦しそうに呻いている。そうして何とか呼吸を整えると、私を凝視してきた。

「ちょ……嘘《うそ》でしょ。あのまずいお茶しか出せないデリスのレシピですって⁉」

「本当ですよ。和カフェは、このお茶があったからこそ開店できたようなものですから。和菓子にすごく合うでしょう？」

私の言葉を聞き、メイサさんが、額を押さえる。

「合う、合うけど……ええ？　でも、あのデリスのお茶なのよね？　……デリスってまともなお茶も出せたの？」

それには苦笑いを返すしかない。デリスさんの薬草茶はとても効能に優れているが、味という点では最低だからだ。

「ごく最近、ですけど。デリスさんも色々研究しているみたいですよ」

「……でも、絶対私には出してくれないと思うわ」

「……ええと、どうでしょう」

でも、それはそうかもしれない。妙に納得していると、食べ終わったメイサさんが立ち上がった。

「ごちそうさま。デリスのお茶っていうのはアレだったけど……でも、どれもとても美味しかったわ」

「ありがとうございます」

「これ、お会計ね」

いただいた金額を確認し、お釣りを返す。新作ではあるが、大体値段は決めていたのだ。ついでに用意していた小さな白い箱を手渡す。

「お釣りです。ありがとうございました。あと、これ、お土産です。中身は先ほどの琥珀糖が入っていますから、良かったらお持ち下さい」

「良いの？」

「はい。次に会った時、サービスするという約束でしたから。是非どうぞ」

それに、デリスさんの家で会った時には何も渡せなかった。その時の分もという気持ちを込めて渡すと、メイサさんは快く受け取ってくれた。

「ありがとう。それなら遠慮なく。ふふ……せっかくだからデリスのところに寄っていくわ」

「それは楽しそうですね」

デリスさんにも食べてもらえるなら嬉しい。笑顔になると、メイサさんは外を指さした。

「だって、ずっと監視されているんですもの。いい加減腹立たしいから、直接自慢することにするわ」

「えっ？」

監視？　何の話だとつられて外を見ると、見覚えのある大きな鴉《からす》が木の枝に止まっているのが見えた。真っ黒な鴉。あれは確か、デリスさんの使い魔のはず。

「あ……」

「分かった？　デリスの使い魔、私が店に入ってから、ずっとあそこにいるのよ。私があなたに何かするとでも思っているのかしらね。失礼な話だわ」

頬《ほお》を膨らませたメイサさんだったが、本気で怒っているわけではないというのは見ていれば分かる。だって目が笑っているのだ。彼女は私にウィンクをすると、軽く手を振った。

「そういうわけだから、もう行くわね。さあて、デリスに自慢してやらなくちゃ！」

「またのお越しをお待ちしております」

やっぱり怒っていない。それを確信し、頭を下げた。メイサさんが外に出ると、デリスさんの使い魔の大鴉は枝から飛び立ち、メイサさんを追いかけていった。

メイサさんとデリスさん。前回の二人のやり取りを覚えているから、メイサさんがデリスさんに突っかかる様子が簡単に目に浮かぶ。

「デリスさんも琥珀糖、気に入ってくれるかな」

期せずして、デリスさんにも新作を口にしてもらえることになったのが嬉しくて、私は口元を綻《ほころ》ばせた。

◇◇◇

夕方になった。

店は適度に客が埋まっている。ここ一時間くらい新規の客も入っていないし、厨房も暇になってきた。ちょうどいいタイミングだ。少し早めではあるが、城に戻ろうかなと考えていると、突然兄がやってきた。

今日、兄が来るとは聞いていない。どうしたのだろうと思っていると、兄は厨房にいる私に向かって手招きをしてきた。

「あ、いた。リディ、ちょっとこっちに来い」

「何？　兄さん」

トトトと寄っていくと、兄は辺りに聞こえないくらいの小声で私に言った。

「……陛下と王妃様が店に来たいとおっしゃっている。……リディ、店を一時的に貸し切りにすることは可能か？」

「へ？」

ギョッとして兄を見る。兄の顔は真顔で、嘘を吐いているようには見えなかった。

「えっ……陛下と、お義母様がいらっしゃるの？　み、店……あー、うん。今から客を入れなければ、一時間後くらいには貸し切りにできると思うけど……」

客の平均滞在時間は三十分から一時間程度。貸し切りにするのは問題ない。

そう伝えると、兄は誰《だれ》かと念話を始めた。話が決まったのか、私に目を向けてくる。

「……リディ、一時間後、陛下と王妃様がいらっしゃることになったぞ」

「……わあ。大変だ」

和カフェに義理の両親が興味を持っていることは知っていたが、まさか本当に来てくれるとは思っていなかった。予想外の展開に驚いていると、兄はガシガシと自らの頭を掻《か》く。

「陛下がな、王妃様をお誘いになって。王妃様も、お前の店なら行きたいと頷かれて、善は急げって――」

「ああ……」

なるほど、展開が読めた。

国王は義母と距離を縮めようと今も頑張っている。珍しくも義母の興味を引いた和カフェに、気が変わらないうちに連れていこうと張り切ったのだろう。

「陛下、お義母様のこと大好きだから……」

「何がどうなってそうなったのか俺《おれ》にはさっぱりなんだが、そうみたいだな。……ま、そういうことだ。先に行ってお前に話を通してこいって親父に言われて、俺が先に来たってこと。お前、念話使えねえだろ」

「ふうん。了解」

兎《と》にも角《かく》にも決まったのなら、それに合わせて行動するしかない。

私は従業員たちを集め、これから国王たちがやってくる旨を彼らに伝えた。

突然の国王の訪問を聞き、皆の表情が引き締まる。私は彼らに言った。

「いつも通りやれば良いから。お客様には一時間後に貸し切りになることをご説明して、帰っていただいて。ご迷惑をおかけするのだから、お土産をお渡ししてね」

中にはのんびりしたかった客もいただろうから、その時間を奪ったことにはお詫《わ》びをせねばならない。残っていた琥珀糖を少しずつ小袋に詰め、お土産として、客に配った。

そうして客が帰ったあと、簡易ではあるがスタッフ全員で掃除をして、国王を迎える準備を整えた。

ここのスタッフは、全員城の関係者なので国王たちが来ると言っても、必要以上に驚いたり、騒いだりはしない。皆にはいつも通り配置についてもらい、国王が来るのを待った。

カインは裏で待機。彼は国王とは面識がないし、下手《へた》に顔バレして騒ぎになるのも避けたい。説明すると、カインは快く頷いてくれた。伝令の役目を果たした兄と一緒に、国王たちが帰るまで大人《おとな》しくしているそうだ。

「兄さんは、もう良いの？　陛下のお側についていなくて」

「陛下には護衛もついているし、俺がいる必要はない。親父にもお二人の邪魔をするなって言われてるしな。用事は済んだし、陛下がいらっしゃったのを見届けてから勝手に帰る」

「分かった」

頷くと、兄はカインに向かって笑いかけた。

「カイン。一緒に暇を潰そうぜ！」

「断る」

「お前、俺にはわりと塩対応なところあるよな」

「それくらいでちょうどいいって学んだんだ」

兄とカインのやり取りを聞き、クスクス笑う。ちなみに、今日のホール係は私だ。

皆は反対したが、私の店に来てもらうのだから、私が対応するべきだろうと主張した。和菓子の説明だって制作者なのだから一番上手《うま》くできる。義理の両親に良いところを見せたいのだと言えば、皆、納得したように退《ひ》いてくれた。

そして迎えた来店予告時間。真っ先に姿を見せたのは義母だった。

彼女は私に目を向けると、好意的な笑みを浮かべてくれた。

「来ましたよ。今日はリディが給仕をしてくれるのですか？」

「はい。だって、私の店ですから。——いらっしゃいませ。お義母様。来て下さって嬉しいです」

「ほほう。なかなか良い店だな」

「リディの店なのですから当然です」

——あれ？

続いて国王、そして何故かフリードが現れた。夫に目を向けると、彼はいそいそと私の側にやってきた。そんなフリードに驚きを隠さず言う。

「え？　フリード？　執務は？」

「大体、片付いた。それに父上と母上だけがリディの店に行くなんてずるいじゃないか。話を聞いた段階で、私も行くと主張したよ。……駄目だったかな？」

「まさか。来てくれて嬉しい」

フリードは国王との仲は良いが、義母とはまだまだ要努力といったところ。だから来るとは思っていなかったのだが、彼も少しは母親との接し方に慣れたのだろうか。

三人、全員で来てくれたことがとても嬉しかった。

あらかじめ予定していた席に三人を案内する。店はそんなに広くない。護衛兵がかなりいて焦ったが、彼らは店の外で待機してくれるらしい。

私はメニューを三人に渡し、注文しやすいよう、簡潔に商品の説明をした。

お勧めはと尋ねられたので、少し考えて答える。そのまま注文となったので、「少々お待ち下さい」と定型の言葉を述べ、厨房へ戻った。なんとなく様子が気になりこっそり後ろを振り返ると、和カフェの内装に興味があるのか、義母がソワソワと楽しそうに周りを見回していた。それを国王が優しい目で見つめ、フリードはそんな二人を若干呆《あき》れたように見ている。彼は私の視線に気づくと立ち上がり、こちらにやってきた。

「リディ、一緒に行っても良い？」

「え、良いけど。今は他のお客様もいらっしゃらないし」

厨房にオーダーを通し、待機場所に行くとフリードもついてきた。義母たちの様子を窺《うかが》う。二人は不器用にではあるが、言葉を交わしているように見えた。

「……良かった。少しずつ仲良くなってる」

「それは否定しないけど、ここに来るまでの間、デレデレする父上という見たくないものを見る羽目になったよ」

「え……？」

フリードを見る。彼は肩を竦《すく》めながら言った。

「母上と一緒に町に出ることができたのがよほど嬉しかったんだろうね。一生懸命母上に話題を振っていたよ」

「えと、それでお義母様は？」

「以前のような冷たい感じではなかったね。だけどまだまだ戸惑っているというのが正しいかな」

フリードの言葉に頷いた。確かに、それはよく分かる。

義母のことが好きで堪《たま》らない国王は、何とか義母と仲良くなろうと必死なのだ。それがあまりにも必死過ぎてよく空回りしている。

「父上に会うたびに、お前が羨《うらや》ましい、羨ましいって言われるんだ。前なんてね、呼び出されたから行ってみれば『どうしたら、毎日抱いても嫌がられないのか。私もお前のような毎日が送りたいのだが』なんて真顔で尋ねられたんだよ。父上の場合、それ以前の問題だと思うんだけどね」

「……そ、そうだね」

なかなか返答に困る話だ。しかし真面目《まじめ》に答えるのなら、フリードの言う通り、抱く、云々《うんぬん》の前に、まず国王は義母に『好き』と言ってもらう必要があると思うのだ。

素直になれない義母は、それでも少しずつ夫である国王に近づこうと彼女なりに頑張っている。焦《じ》れる気持ちは分かるが、まだ待ちの時間。ここで逸《はや》ると全《すべ》ては台無しになってしまうだろう。

「まずは、気持ちを通じ合わせてから、かな」

「私とリディみたいにね」

「……うん」

にっこりと微笑《ほほえ》まれ、同意した。

いくら妃《きさき》の義務といえど、毎日複数回抱かれるのは肉体にも精神にもかなり負荷が掛かる。

私が平気なのは王華があるというだけでなく、フリードを愛しているから。それに他ならない。

好きでもない人と毎日延々と交われるほど私は心が強くないし、それは義母も同じだろう。大好きな人が相手だから、いくら触れられても気持ち良いと思えるのだ。

だから義母とそういう関係になりたい国王にはもう少し頑張ってもらうしかない。

義母がきちんと自らの気持ちを認めて、それこそ王華が変化した暁《あかつき》には、きっと毎晩だろうと快く付き合ってくれるだろうから。

「……いや、お義母様の話を聞いた限りじゃ、難しいか」

考え直した。

だって義母は身体を重ねる回数が多すぎて、行為自体が嫌になってしまった人だ。もしそのトラウマを解消できたところで、一日——いや、一週間に一回程度がギリギリなのではないだろうか。

「ま、そこは外野が口を挟むところじゃないか」

お膳立ては済んだのだ。あとは二人で何とかして欲しい。

「ご正妃様。注文の品、用意できました」

「あ、ありがとう。持っていくわね」

考えていると、厨房から声が掛かった。

トレイを受け取り、フリードを連れて義母たちのところへ行く。

「お待たせしました」

義母のために用意したのは、三色団子だ。義母は餡《あん》を食べたことがないし、その辺りの好き嫌いが分からなかったので、最初は餡のないものを選んだ。国王にはみたらし団子。フリードにはしょうゆ団子を用意した。どれもお勧めの品。是非食べてもらいたい。

「まあ……」

「ほう……」

「へえ……」

声は義母、国王、フリードの順。団子を口にした三人がそれぞれ驚いたような顔をする。

フリードが感心したように言った。

「悪くないね。前に食べさせてもらった練り切り？　も美味しかったけど、私はこちらも好きだな」

「ありがとう。気に入ってもらえたのなら良かった」

フリードは醤油《しょうゆ》味も好きではないかと思ったのだが、大当たりだった。

ホッとして笑うと、三色団子を食べた義母も言ってくれた。

「リディ。とても美味しいですよ。さすが私の娘。あなたは何でもできるのですね」

「ありがとうございます、お義母様。なんでも、はできませんが、喜んでいただけたのなら何よりです。形は似ていますが、陛下とフリードのものは味が全く違うんですよ。良ければ、交換して食べてみて下さい」

実は、それも狙いの一つだった。皆でそれぞれシェアすることで、会話が盛り上がったりしないだろうかと考えたのだ。

交換、という言葉に戸惑いを見せた義母だったが、国王が自分の皿を義母の方に寄せてきた。

「エリザベート。私のみたらしを食べるといい。その、こちらもなかなか美味だった」

「……ありがとうございます。いただきますわ。その、ヨハネス様もどうぞ」

少し迷ったようだが、それでも義母は頷いた。義母と交流できたことに、国王が嬉しそうな顔をする。

「ふむ。これも美味《うま》いな。エリザベート。その……そなたの好みはどれなのだ？」

「わ、私は……最初の三色団子が……」

「そうか。そなたはこういう味が好みなのだな。また一つ、そなたのことを知ることができて嬉しく思う」

「そ、そうですか……」

「ああ。もう一つどうだ」

そっと差し出され、義母はふるふると首を横に振った。

「そ、それはヨハネス様がお召し上がり下さいませ」

「――そうか、残念だな。そなたにもっと食べてもらいたかったのだが」

「じ、次回にとっておけば良いではありませんか。こ、今回で終わりというわけではないのですから」

「！　そうか！　そうだな！　次があるな！」

目を輝かせる国王。義母は恥ずかしいのか俯《うつむ》いてしまった。だがその耳は誰が見ても分かるほど赤い。義母としては最大限に頑張ったのだろう。名前も呼んでいたし、国王もとても嬉しそうだ。

少しずつ、二人の仲は近づいている。それが分かるような会話だった。

――なんか、良いなあ。

ほっこりした気持ちになり、二人を見つめる。先に自分の分の団子を食べ終わったフリードが立ち上がった。

「あとはお二人でごゆっくりどうぞ。私はリディと一緒に城に戻ることにしますから」

「え……？　フ、フリードリヒ？　ま、待ちなさい」

義母が目を見張る。フリードは国王に視線を向け、確認を取った。

「父上。よろしいですか？」

「あ、ああ！　もちろんだ。お前も妃と一緒にいたいだろう」

「ええ、そうなんですよ」

義母が驚いているうちに、国王とフリードの間で話が決まってしまった。

フリードは私の腰を抱くと、「行こうか」と声を掛けてくる。それに慌てて頷くと、彼は実に手際よくフロアから私を連れ出した。その途中、待機していたスタッフに声を掛けることも忘れない。

「父上たちの給仕を頼む。私は、リディと先に出るから。多分、もう少しゆっくりなさるのではないかな」

「承知いたしました。お任せ下さい」

「ちょ、ちょっと、フリード！　私、まだ着替えてないから！」

そのまま外へ連れ出そうとするフリードを止め、私は彼をバックヤードに案内した。茶衣着のまま外へとか、さすがに嫌だ。だけど接客の途中で連れ出されるとは思わなかった。

フリードとしては、良い雰囲気だから両親を二人きりにしてあげたかったのだろうし、その考えも分かるが、途中退場というのはいただけない。

「接客の途中だったのに……！」

「ごめんね。でも、二人にするなら今しかないと思ったから。それに、そういう時に息子の私やリディがいたら、邪魔にしかならないでしょう？」

「それはそうだろうけど……ま、いいか。お義母様、嫌がっていらっしゃらなかったし」

カフェで二人きり、くらいならそこまでハードルも高くないだろう。

納得した私は大人しく着替えることを決め、更衣室へ向かった。途中、カインに会ったので、フリードと一緒に帰る旨を伝えると、兄が嬉しそうに彼を引っ張っていった。どうやら飲んで帰るらしい。

『はなせ！』とカインが騒いでいたが、本気なら彼は間違いなく逃げているので、口だけだろう。せっかくだから楽しんでくれれば良いと思う。

フリードには外で待ってもらうようお願いし、私は手早く着替えを済ませた。裏口から出ていくと、待っていたフリードが手を差し出してくる。その手を素直に握った。

「……私も、いつまでも母上を苦手だと言っていられないからね」

「……フリード？」

私の手を引き、歩き出したフリードが苦笑しながら言った。

「私はね、母上に対し、もう思うところは何もないんだよ。リディのおかげでね。それに私も結婚したし、子供の時のままではいけないと思っている。成長しなくてはってね。だからまずは父上の協力から始めようかと考えたんだ」

「陛下の？」

フリードは凪《な》いだ瞳《ひとみ》で静かに言った。

「つがいのことをどれだけ愛《いと》しいと感じるものなのか、私が一番知っているからね。父上の苦悩はよく分かる。母上も父上を嫌っているわけではなさそうだし、それなら二人に仲良くなってもらいたいなと思うんだ」

「そっか。うん。良いと思う」

フリードの言葉に心から頷いた。

行きすぎた協力は義母にはまだ早いが、さっきみたいな二人きりにする、くらいなら悪くないし、国王も喜ぶだろう。義母も嫌だとは思っていないはず。だってさっき見た義母の顔は、困っているだけだったから。ただ、どうすればいいのか分からないだけだ。

「フリードが協力してくれるなら、お二人が仲良くなる日も近いかもね」

「母上の意志を無視しようとは思わないけどね。……私もリディのおかげで幸せになった。だから母上にも同じように幸せになってもらいたいって今は思えるんだよ」

柔らかな声音には、無理をしている様子はどこにもなかった。

フリードはその言葉通り、きっと辛かった過去を自らの力で乗り越えたのだ。そして、母親にも同じように幸せになってもらいたいと心から願っている。

——格好良いな。

そんな風に考えることのできる夫を、心から誇りに思う。

「フリード、愛してる」

なんだかどうしようもなく彼を愛しく思ってしまいそう言うと、フリードからも愛の言葉が返ってきた。

「私もリディを愛してるよ。リディがいなければ、きっと私は今も同じ場所に佇《たたず》んだままだった」

「そうかな。フリードなら、いつか同じ結論に達したと思うけどね」

遅いか早いか。それだけの違いだ。だが、フリードは首を横に振った。

「いいや。リディという最愛の人に巡り会えたから、考えることができたんだ。リディは私の全てだよ」

囁《ささや》かれる言葉が熱を持つ。なんだか妙に気恥ずかしい。

どうにも照れくさくなってしまった私は、夫の手を力を込めて握った。同じように返される強い力に、更に照れてしまう。フリードが優しく笑いながら私に言う。

「きっと父上も母上も遅いから、少し遠回りして帰ろうか」

「良いの？」

「少しだけね。夕方に二人で散歩するのも悪くないでしょう？」

それは悪くないどころか最高の申し出だ。

「行きたい」

大きく頷く。私の言葉を受けて、フリードが進路を変えた。仲良く手を繋《つな》ぐ私たちを見て、町の人たちが声を掛けてくる。

「殿下、相変わらず仲良しですね。デートですか？」

「お幸せそうで何よりです」

「ああ、そうなんだ。ありがとう、幸せだよ」

率直な言葉を返すフリードに、声を掛けた町の人も私も、なんだか笑顔になってしまう。

「ご正妃様もお幸せそうですね」

フリードに言ってもからかい甲斐《がい》がないと分かったのだろう。どうやらターゲットは私に変更になったようだ。だけどそれに私は「そうなの」とフリードに負けないくらい堂々と答えてみせた。

その直後、喜んだフリードに抱き締められ、周囲からそれこそ冷やかされたが、私は私の発言を後悔しなかったし、彼がとても嬉しそうだったので言って良かったと心から思った。

番外編・死神と光の当たる場所（書き下ろし・カイン視点）

「よし、じゃ、飲みに行くか！」

「あんた、本気だったのかよ……」

「は？　当たり前だろ。冗談言ってどうするんだ」

「勘弁してくれ……」

姫さんと王太子が雑踏に紛れたのを見届け、さて、オレも少しばかりぶらつこうかと思ったところで、ある意味予想通りとでも言おうか、肩をがっつり掴《つか》まれた。

もちろんそれをしているのは、先ほどから飲みに行こうとうるさい姫さんの兄――アレクだ。

ものすごい笑顔で……こちらの顔が引き攣《つ》る。

アレクとは、オレがばあさんから黒目になる薬をもらった折に、せっかくだから行ってみようと好奇心で立ち寄ったカレー店で偶然出会った。

姫さんの店はいつも満席。店員に相席で構わないかと聞かれて頷《うなず》き、連れていかれたところにいたのがアレクだったのだ。

こいつは妙な親切心を発揮し、未知のカレーに戸惑う初対面のオレに、要《い》らないと断ったにもかかわらず世話を焼いてきた。

代わりに注文を済ませ、話題が他《ほか》になかったからかもしれないが、実は妹が経営している店なのだと話を振ってきたのだ。

さすがにそこまでされれば、こちらとしても会話に応じないわけにもいかない。それに相手は姫さんの兄。向こうは知らないとはいえ、主《あるじ》の身内だ。蔑《ないがし》ろにできるはずもない。

仕方なく割り切り、主である姫さんのことは適当に濁しつつ、会話に付き合っていたのだが、何故《なぜ》か妙に気に入られ、その後も強引に付き合わされてしまった。偽名を名乗られた時は笑いそうになってしまったが、彼の身分を考えればそれも仕方ないのだろう。オレの何が彼の琴線《きんせん》に触れたのかは分からないが、逃げようと思っても逃がしてもらえない。そして更に連れ回され、最後には飲みに行こうと、酒が飲める店に連行されたのだ。

……きっと、あの時のオレはどこかおかしかったに違いない。

でなければ、自分とは何の関係もない一般人（と言っていいのか微妙だが）と、酒を酌み交わそうなどと、たとえ時間があっても思わないはずだからだ。

本当に、どうして逃げなかったのだろう。いくら彼が強引だと言っても、オレが本気になればいくらでも逃げようはあったのに。

そして、自分らしくない行動を取った結果が……これだ。

オレはすっかりその時のことを忘れていたというのに、町中で姫さんといるところを発見され、追いかけられ、結果、互いに正体を明かす羽目になった。なんで覚えていたんだろう。忘れていてくれれば良かったのに。

こうなれば仕方ない。赤の死神だと暴露すればきっと嫌がられてそれで終わりだろうと腹を括《くく》った。

嫌うなら嫌えと思ったのに、何故か言われたのは「友人になって欲しい」の一言。

本気で意味が分からない。

友人なんて、元暗殺者で、今、姫さんを主と仰ぐオレに一番必要のないものである。

実際オレはその通りのことを彼に言い、その申し出を断った。

オレにはそんな暇はない。表の人間は表の人間と仲良くしていれば良いとはっきり言ったのだ。

アレクも筆頭公爵家令息、そして王太子の側近という立場だ。オレの言わんとすることは分かるはず。だからそれで話は終わり。彼との繋《つな》がりは切れたはずだった。はずだったのに――。

「なあ、どの店行く？ 前の店にするか？ それとも新しいところがいい？ それならつい最近、良い店を見つけたんだ」

「……行かねえ」

「店に行きたくないっつーなら、ウチで飲むか？ 良いぜ、俺《おれ》の部屋で良いよな。大丈夫。使用人は部屋に入れないから」

「……そうじゃない。だからオレは行きたくないと――」

「ようし！ じゃ、俺の家なー」

「行かないって、言ってるだろ⁉」

アレクはしつこかった。

それはもう、昔、誰《だれ》かに聞いた河川や沼に棲《す》むという生物、スッポンのようにしつこかった。

いくら断っても全く気にせず、笑顔でオレの手を引っ張っていくのだ。

まるで暗いところに好んでいようとするオレを、強引に光の世界に連れ出そうとするかのように、オレを友達だと呼び、事あるごとにこうして誘ってくる。その度にオレは根負けし、彼に付き合う羽目になっているのだ。

――こういうところ、何か、姫さんと似てるんだよな。

姫さんも同じだ。

アレクとやり方は違うが、姫さんもいつもオレを明るい場所へと連れていこうと引っ張っていく。

たとえばばあさんとの付き合いなんかがそうだ。

ばあさんの家に行った時はいつも三人で同じテーブルを囲んで、同じものを食べ、飲み、同じ話題について話す。

姫さんの身分を考えればあり得ないことだ。だけど、姫さんは気にしない。「デリスさんの家だから構わないよね」と屈託なく笑い、「一緒に」とオレを誘うのだ。ばあさんももちろん気にしないから、オレが勝てるわけもなく、最近ではそれが普通になっている。普通だと、オレ自身が思ってしまっている。オレに、そんな扱いは相応《ふさわ》しくないというのに。

オレは、深い闇《やみ》の中に住むのがお似合いの、人を殺すことになんの躊躇《ちゅうちょ》も抱かない人間だ。そんな人間に、まだ間に合うのだと言わんばかりに『普通』を差し出してくれる姫さんが、そしてアレクが眩《まぶ》しすぎて堪《たま》らない。

これが、オレという人間を知らない者にされているのなら何とも思わない。

だが、姫さんたちは違う。

彼らはオレが元暗殺者、しかも赤の死神と呼ばれた存在で、今もなおどこか壊れていると分かった上で笑顔を向けてくる。

姫さんを主と仰ぐようになって、オレも少しは変わったと思う。

無意味な殺しはしなくなったし、大事なものだってできた。ヴィルヘルムを、姫さんのいる場所を自分の帰る場所だと思うようになった。

これらは全部、昔のオレでは考えられなかったことで、それで十分だと、いや、与えられすぎだとさえ思っていたのに、彼らは更に与えようとしてくる。

「この間、リディの結婚祝いとかで良い酒が手に入ったんだよな。せっかくだから開けようぜ」

「……」

当然のように笑みを向けてくる男を、複雑な気分で見つめる。

裏のない笑顔。深読みしても意味がないことをオレは知っている。そして、オレに断るという選択肢がすでにないということも。

オレは、小さく溜息《ためいき》を吐《つ》いた。

「……行ってもいいけど、日が変わる前には帰るからな。王太子が一緒だといっても、あんまり長い間、姫さんの側《そば》を離れたくないんだ」

「おっ！　ようやく諦《あきら》めたか！　ようし！　どうせ明日も仕事なんだ。せめて今日は飲むぞ！」

「……へいへい」

喜びに目を輝かせたアレクに呆《あき》れつつ、頬《ほお》を緩める。

るだろうに。

お人好《よ》しの二人。王太子の側近に、王太子妃。オレなんかに構わなくてもいくらでも人は寄ってく
「……オレに構おうとするなんて、兄妹揃《そろ》って趣味、悪いよな」

しみじみと呟《つぶや》くと、即座にアレクが反論してきた。

「は？　俺とリディの趣味が悪い？　冗談だろ。俺も妹も最高に趣味が良いと思うぜ！」

「……そうか」

あまりにもアレクがキッパリと告げるから、気勢を削《そ》がれたオレはそれ以上何も言えず、黙り込んでしまった。

なんというか、気恥ずかしい。

――うん。やっぱり姫さんの身内だな。

隣を歩くアレクの顔を見る。

「ん？　なんだ？」

「なんでもない。……その酒、まずかったら許さないからな」

「任せとけ！」

……心の中がほんのり温かくなったような気がしたが、オレはそれには気づかないふりをして、仕方なくアレクと一緒に彼の部屋に行くことにした。

文庫版書き下ろし番外編・彼女とハンバーグ店のその後

「お疲れ様！　皆、元気でやってる？」

元気よく店の裏口を開ける。

和カフェもようやく落ち着いてきたので、今日は、フリードと一緒に最近ご無沙汰だったハンバーグ店の見回りにやってきたのだ。私が顔を出すと、店長を任せているデリクが嬉しそうに出迎えてくれた。

◇◇◇

結婚してすぐ、私は王都に『ハンバーグ専門店』なるものを開店させた。

ハンバーグ。そう、結婚前に私が厨房で作り、皆に絶賛された、日本ではお馴染みの庶民料理である。

料理長には、元、城の料理人であるデリクを据え、彼の推薦で従業員も雇った。

カレー店の時は、ほぼ一人で走り回ったが、今回のハンバーグ店にはフリードという協力者がいる。

一緒に店の候補地も選んだし、何なら仕入れにだってついてきてもらった。それはデートしているみたいでとっても楽しくて、私は終始ご機嫌だった。

そうして、準備万端整え、開店したハンバーグ店は、あっという間に王都の皆に受け入れられた。

やはり、日本食はヴィルヘルム人の口に合うのだろうか。日本食を広めたい私にはとても嬉しいことだ。

そのハンバーグ店だが、とにかく家族連れが多かった。価格をお手頃設定にしたのも良かったのだろう。夕方頃になると、店頭にはたくさんの人たちが並ぶ。女性客の姿もよく見かけた。

カレー店では決して多くはなかった女性客。だが、ハンバーグ店では半数近くは女性だ。

友人同士で来ているのもよく見かけるし、子供を連れてきている人たちもいる。

カレー店とはまた違う客層を得ることができて、とても嬉しかった。

「順調そうで良かったわ。何か困ったことはある？」

裏口から店内に入った私とフリードは、迎えに出てきてくれたデリクと一緒に従業員用の休憩室に向かった。今の悩みを尋ねると、デリクは難しい顔をしながら口を開いた。

「従業員の数が足りません。圧倒的に人材不足です……」

「やっぱりそれよね……」

人手不足なのは私から見ても丸わかりだった。

この店を作る時、デリクは己の伝手《つて》を使い、料理人を二人と、ホールスタッフを五人雇っている。

彼らは皆、デリクの言うことをよく聞いて働く、更には私とフリードの面接もパスした信頼できる人たちだ。

彼らとデリク、計八人で今までハンバーグ店を経営してきたのだが、ありがたいことにどんどん店の売上げが伸び、それと比例して忙しさも増した。今や、とてもではないけど八人だけではやっていけない状態なのだ。

「従業員募集はかけているの？」

「もちろんです。ですが、ここがご正妃様の経営する店であることは皆が知っています。残念なことに師匠と、もしくは殿下とお近づきになれるのではないかと考えるような輩が後を絶たなくて……」

「それは……困ったわね」

「はい、とても困りました」

以前とは違い、今の私はすでに顔バレしている。王太子妃の店ということで興味を持つ人も決して少なくないのだ。デリクが溜息を吐く。

「店自体は黒字ですし、何の問題もないんですけどね。人手不足だけは……」

「分かったわ。私の方でも何か考えてみる」

「お願い致します」

頭を下げるデリクに頷き、他にも細々としたことを話してからフリードと一緒に外に出た。基本的にフリードは、私の側にいるだけで口出しは一切しない。料理のことは分からないからと、黙っていてくれるのだ。

時間は夕方。外に出た私はフリードと店の表側に回り、行列を再確認した。

パッと見ただけでも二十組は待っている。ハンバーグ店は、カレー店ほど回転率が良くないので、待たせて申し訳ないという気持ちになった。

「……もうちょっとどうにかできないかなぁ」

解決策はないかと悩んでいると、ちょうど、一組の親子が通りかかった。

母親らしき女性と、十歳くらいの男の子だ。

「ねえ、お母さん。ハンバーグが食べたい！」

男の子の言葉に、女性は困ったような顔をした。

「たくさん並んでいるでしょう？　外門が閉まる時間になってしまうから、無理よ」

「えー！　一回くらい食べたいのに……」

「私たちは王都に住んでいるわけではないから。帰りの時間を考えると、難しいわねえ」

がっかりした男の子を、母親が宥めている。彼らは、そのまま外門の方に歩いて行った。今から家に帰るのだろう。王都の近くに住んでいる人たちの中には、昼間、王都で働き、夜になると自分の家に帰っていくという生活をしている者も多い。

王都の外門が閉まる時間は決まっているから、皆、家に帰るためにその時間までに外に出るのだ。

確かに女性の言ったとおり、今からこの行列に並んでハンバーグを食べれば、余裕で外門が閉まる時間になるだろう。王都に住んでいない人たちには、うちのハンバーグは、あまりにもハードルが高い。

「……気づかなかった」

だけど、彼女の言う通りだ。今の行列の状態では、なかなか外から働きに来る人に、ハンバーグは食べてもらえない。何せ、彼らは時間までに王都の外に出なければならないのだから。もし間に合わなければ、王都で一泊しなければならなくなってしまう。

「難しいな……」

色んな人にハンバーグを食べてもらいたい。そう思って、町中に店をオープンさせたけれども、やはりそれでもそれぞれの事情から、手が出ない人ができてしまう。どうにか外から来る人たちにもハンバーグを食べてもらえないだろうか。そんな風に考えながら歩いていると、私の手を握っていたフリードが声を掛けてきた。

「リディ」

「……えっ、何？」

慌てて顔を上げる。フリードがじっと私を見ていた。

「リディ、歩きながら考え事は危ないよ。城に戻ってからにしてはどうかな？」

もっともな言葉に、私は謝罪の言葉を紡いだ。

「ごめんなさい。さっきの親子が話しているのを聞いて、どうにかできないかと考えてしまって」

「気持ちは分かるけど、せっかく一緒に出てきたのに、私をずっとほったらかしというのは酷くない？　デートだと喜んでいたのは私だけだったのかな？」

「そ、そんなわけないじゃない。私も嬉しいって思ってる！」

「じゃあ、考え事なんてしていないで、私の方を見て欲しいな」

「うう……ごめんなさい」

確かに、一緒にいるフリードに対して失礼だった。反省していると、周りからクスクスと笑い声が聞こえてくる。ハッとして周りを見ると、皆が私たちを見ていた。

露店で野菜を売っている知り合いの店主が、ニヤニヤしながら私に言う。

「リディちゃん、旦那様を寂しがらせちゃ駄目だよ。まだ、新婚なんだからしっかり構って差し上げなきゃ」

「……気をつけます」

揶揄《からか》われるのはいつものことだが、今回は私が悪いと分かっていたので素直に助言として受け取った。しょぼんとすると、店主が私にトマトを投げながら言う。

「ほら、これをやるから元気を出しな。いつも二人仲良くしてくれると、私たちも嬉しいからね。あ、そうだ。最近妙な連中が彷徨《うろつ》いているらしいから、リディちゃんも気をつけなよ」

「妙な連中ですか？」

トマトを何とかキャッチし、店主に尋ねる。隣のフリードを見ると、彼も知らないようで首を横に振っていた。

「そうさ。昼間っから仕事をするわけでもなくぶらぶらしていてね。五人くらいの集団で行動しているんだ。今のところ問題は起こしていないようだけど、何かあってからでは遅いからね」

「ありがとうございます」

店主に礼を言った。町の人と仲良くしていると、こういう時、とても助かる。

今みたいに、城には入ってこないような情報なんかをわりと教えてもらえるのだ。

「五人くらいの集団かあ……」

再び歩き出しながら、先ほど聞いたことを呟くと、フリードも言った。

「そんな話、こちらには入っていなかったよ」

「ね。まだ罪を犯した、とかではないみたいだけど」

「念のため、王都を巡回する兵に気をつけるよう、通達しておくよ」

「その方がいいかも」

話をしながら歩く。すぐ側を、女性の二人組が通り過ぎた。彼女たちは話に夢中で私たちには気づいていない。その手にはうちのカレー店で販売しているカレーパンを持っていた。

——お客様だ。ありがとうございます。

心の中でお礼を言った次の瞬間、天啓が降りた。

カレーパン。そして、今私が手に持っているトマト。そしてそして——。

「……そうだ」

なんてことだ。どうして今まで気づかなかったのだろう。こうすれば、全部上手くいくではないか。

突然、問題を解決できるアイデアを思いついてしまった私は、キラキラと目を輝かせ、フリードに言った。

「仕入れに行かなきゃ！　この時間ならまだ市場も開いてる！　行ってくるね！」

「リディ」

善は急げ。

くるりと進行方向を反転させた私の首根っこをフリードがむんずと掴む。

勢いを殺され、私は見事につんのめった。

「うきゃっ！」

「リディ、一体どこへ行くつもりなのかな？」

フリードの顔が怖かった。それでも何とか言葉を紡ぐ。

「え、ええと……その、新しい仕入れを……」

「それは、今しなければならないこと？」

「うっ……」

できれば今すぐにでもと言いたいところだったが、フリードの目を見て諦めた。それでなくても、今日はすでに一回、彼には注意されている。これ以上、フリードの機嫌を損ねると私があとで酷い目に遭う可能性が高い。具体的には、夜に恥ずかしいお仕置きを色々とされてしまうのである。

「……明日にします」

「うん。そうしてくれると嬉しいな。あと、何をしようとしたのかも教えてね。本当にリディは少しも目が離せないんだから」

そんなことはないと言いたかったが、現在進行形で彼に捕まっている身としては、言い訳もできない。大人しく頷くと、フリードはようやく安堵の表情を見せてくれた。

◇◇◇

次の日、私は朝から仕入れのため、あちこちの店で買い物をした。

もちろん、フリードも一緒だ。昨日、私の話を聞いた彼は、今日は仕事を午後からにして、ついてきてくれたのだ。

「カインがいるからいいと言えばいいんだけど……やっぱりね、気になるから」

そうして私一人では持てない量が入った買い物袋を軽々と持ってくれた。

「ありがとう、フリードが来てくれて助かった」

フリードには、昨日のうちに私の考えを話してある。その考えとは、新たなメニューを店に出すという話だ。

両手に買い物袋を持ったフリードと一緒にゆっくりと店へ向かう。こうして歩いていると、買い物帰りの新婚さんみたいに見える。それに気づき、嬉しくなった私は「ふふふ」と一人で笑った。

「どうしたの？　リディ」

「ん？　あのね、なんか今の私たちって、買い物帰りの夫婦って感じがしない？　新鮮でいいなあって思って」

普通によくある光景だとは思うが、王太子とその妃であるフリードと私ではあまりできないことだ。そう思いながら話すと、フリードも「本当だね」と笑顔で同意してくれた。

「あ……」

上機嫌で歩いていると、少し先に、奇妙な光景が見えた。

男の子に五人ほどの大人の男性が話し掛けている。

別に男の子の方に嫌がっている様子は見えないし、なんならむしろ笑顔なのだが、パッと見た目は完全に事案である。というか、昨日聞いた昼間から彷徨いている五人くらいの集団って、もしかしなくても彼らではないのだろうか。

「フリード、あれ」

「そうだね、行ってみよう」

頷き合い、彼らのところへ向かう。近づくと声が聞こえて来た。

「ほら、家族の分もあるから、持っていきな」

「いいの？　でも……」

「子供が遠慮するんじゃねーよ」

「ありがとう、おじちゃんたち！」

子供たちがお礼を言い、笑顔で彼らの側から立ち去る。一体何があったのかと思っていると、男たちの一人と目が合った。彼は、最初は胡乱な顔で私たちを見ていたが、すぐに誰なのか気がついたようで、その表情が驚愕に変わった。

「あ！　……ヴィルヘルムの王太子夫妻！」

「そういう言い方をするってことは、この国の人ではないのかしら？」

尋ねると、彼らは一斉に気まずげな顔をした。私たちに最初に気づいた男が、視線を逸らしながら言う。

「私たちはイルヴァーンから来た料理人なんです。その……あなたと戦ったワイヤーさんに雇われていた」

つい先日、王都から追い出された男の名前を聞き、目を見開く。

「え……」

「実は、ワイヤーさんがいなくなったあと、店が元の所有者に戻され、私たちは行くところがなくなってしまったんです。何人かは国に帰ったんですけど、私たち五人は、できればヴィルヘルムで料理の勉強がしたいと城の担当者にお願いしていました。でも、なかなか雇い先が見つからなくて。それで、暇を持てあまして、最近は毎日皆でこの辺りを散歩していたのです。……あ、さっきの子には、国から持ってきていた日持ちのするお菓子をあげました。お腹が減っていた様子だったので」

「そうだったの」

皆が言っていた、『妙な連中』の全容が掴めた瞬間だった。そして、これはまたとないチャンスだということにも、もちろん私は気がついていた。そう、これぞまさしくWin-Winの関係。誰も損をする人がいない、素晴らしい話だ。

私は振り返り、フリードに言った。

「フリード！　いいよね⁉」

「……言うと思った。いいよ。彼らは被害者だからね」

苦笑しつつも、頷いてくれたフリードに笑顔を向ける。説明しなくても、私の言いたいことを理解してくれる彼がとてもありがたかった。

そう、フリードが言う通り、彼らはワイヤーさんの被害者なのだ。イルヴァーンから連れて来られた人たち。そして彼の暴力や暴言に苦しんでいた人たちでもある。そんな彼らが今、職場を失い、だけどもイルヴァーンには帰りたくない、ここで働きたいと言っている。

彼らの力になれるのは、今この時を置いて他にない。だから私は彼らにずばり、聞いた。

「ねえ！　あなたたち、うちで働く気はない？」

「え？」

皆が一斉に私を見る。そんな彼らを見つめ返した私は、これは勝ったと確信していた。

◇◇◇

「いらっしゃいませ！」

それから数日後、私はハンバーグ店の外で、新商品を発表した。

臨時カウンターで売っているのは、新作の『ハンバーガー』だ。

店で焼いたバンズに、レタスやトマト、スライスオニオン、そしてハンバーガー用に少し平たくしたハンバーグ、調味料なんかを挟んでいる。そうしてできたものをバーガー袋に入れれば、ハンバーガーの完成。

カレーパンと似たような発想だ。ハンバーグも、ハンバーガーにすれば、持ち帰りにできるし、よりたくさんの人に食べてもらえると考えた結果だった。

その予想は当たり、ハンバーガーは、販売初日から行列ができるほどの人気となっている。

「ハンバーガー一つ、下さい！」

「ありがとうございます」

売り子をしてくれているのは、新しく雇い入れた、元ワイヤーさんの店の従業員たちだ。あれから五人と話し、彼らにはうちの店に来てもらうことになった。

雇い入れる際、彼らの担当だという兄に話を通したのだが、兄の方でも彼らの雇い先を探すのに苦労していたらしく、「助かった。たまにはお前、役に立つな！」と非常に腹の立つ褒められ方をされてしまった。

ちなみにもちろん店長であるデリクにも彼らの事情を説明したが、彼は全く気にしなかった。それどころか「腕の立つ料理人が五人も増える！　ありがとうございます！」と手放しで喜んでいたくらいだ。それだけ店が忙しく、人手が足りなかったということなのだろう。デリクには本当に苦労を掛けて、申し訳ない。

「あ」

数日前に見かけた親子が、ハンバーガーを買っていた。

二人は従業員からハンバーガーを受け取り、ニコニコとしている。とてもいい笑顔だ。

「ハンバーグ店の方にはなかなか入れないけど、持ち帰りのこれなら、そこまで待ち時間もかからないから買ってあげられるわ」

「ありがとう、お母さん！」

二人が去って行くのを黙って見送る。

満足してもらえたようで何よりだ。ああやって喜んでもらえるのは、料理人冥利に尽きる。

私がオーナーだということは知られているが、大々的に出て行くのは好ましくない。

それは分かっていたので皆に見つからないよう、こっそり店の裏に下がった。従業員用の休憩室に行くと、そこにはフリードが待っていて、戻って来た私を抱き締めてくれた。

「お疲れ様、リディ」

「ありがとう。迎えに来てくれたの？」

「リディを迎えに行くのは私の役目だからね。仕事は終わらせてきたから気にしないで」

サボって出てきたわけではないらしい。さすが、私の旦那様だ。

休憩室にある椅子に二人で座り、フリードに先ほどのことを話す。前に見た親子がハンバーガーを買ってくれたことを話すと、フリードも一緒に喜んでくれた。

「良かったね、リディ」

「うん。王都に住んでいない人にも買ってもらえたっていうのは、すごく嬉しかったし、自信に繋がった。やっぱり、持ち帰りができるって大事だよね。食べてもらえる人の幅が増える」

私は私の料理で、たくさんの人に笑ってもらいたいと思っている。そのために今回頑張ったのだけれど、あの親子の笑顔を見て、十分に報われたと思っていた。

フリードが揶揄うように言う。

「リディ、知ってた？　最近、皆が言っていること。新婚の王太子妃は、料理で皆を幸せにするんだってさ。カレーに、ハンバーグに和カフェ。皆が知らない未知の料理をたくさん振る舞って、ヴィルヘルムに幸せを運んでいるそうだよ」

「え、何それ……」

そんな話初めて聞いた。驚いていると、フリードが私の頭を撫でてくる。

「リディは皆に好かれているね。とても誇らしいよ」

「ありがたいけど、まだまだこれからなんだけどな……」

本気で言ったのだが、フリードはクスクスと笑うばかりだ。

いつまでも部屋を陣取っていては皆に迷惑なので、デリクに声を掛けてから外に出る。

ハンバーガーを売り出したことで、店内飲食用の行列も多少は分散できるだろう。従業員の人数も増えたし、これでハンバーグ店の方は当面は、大丈夫のはず。

「次はまた、和カフェの方かなあ……」

和カフェは開店したばかり。しばらくは集中して通いたい。とはいえ、カレー店でも新作を出したいし、やりたいことは山ほどある。

私の目標。この世界にまだない前世の料理をたくさん再現して、皆に広めるのだ。

頑張らなければと気合いを入れていると、フリードが拗ねたように言った。

「本当にリディは料理のことばっかりだね。私のことはどうでもいいのかな」

「どうでもいいはずないでしょ。何言ってるの」

全く困った旦那様である。

どこで何をしていようが、私がフリードのことを大好きなのは、いつだって変わらない事実だというのに。

むくれながらもそう言うと、フリードは嬉しそうに笑い、大通りを歩いているにもかかわらず、素早く唇を重ねてきた。

「ちょ、ちょっと……何するの」

誰かに見られていたらどうするのだ。私は焦って抗議したが、フリードは笑顔のままだった。

「リディが一生懸命私のことを好きだって伝えてくれるのが嬉しくて。それとも、駄目だった？」

「だ……駄目じゃないけど！」

そこで駄目と言い切れないところが、惚れた弱みである。相変わらず私、フリードに弱すぎる。

フリードが大きな手を私に差し出しながら言う。

「ふふ、そんなリディが大好きだよ。さ、帰ろうか。皆が待っているからね」

「……うん」

大好きな人の手をキュッと握る。その感触が気持ち良くて、なんだかとても幸せな気分になってしまった。そっとフリードの横顔を盗み見る。その姿にキュンときた。

——ああもう、ほんと、私ってば、フリードのことが好きだなあ。

結局は、それに尽きる。

だから私は、『帰ったら、たまにはこちらから夜のお誘いを掛けてみようかな』なんて、お馬鹿なことを考えたりもするし、帰った後、しっかりその思いつきを実行し、彼に美味しくいただかれたのだった。

あとがき

※ご存じかと思いますが、メタネタ注意報。書籍読了後に読むことをお勧めします。

リディ↓リ　フリード↓フ

リ「皆、帰ってきたよ!!　こんにちは。王太子妃になっちゃったリディアナです！
タイトル詐欺全開で頑張ります!!」

フ「タイトル詐欺って……ま、まあ確かに言われてみればそうだけど……お久しぶりです。リディの夫のフリードリヒです」

リ「婚約者編十巻で、またねってお別れしてから、約十ヶ月。驚いてくれたかな？
王太子妃編、始まるよ！」

フ「私たちを信じて待って下さっていた方々、本当にありがとうございます」

リ「あのね、色々語りたいことはあるんだけどね！　残念ながら後書きは二頁しかないから要点だけ！　皆、婚約者編を応援してくれてありがとう！　本当これにつきます。そして蔦森《つたもり》えん先生、いつもありがとうございます。今回のフリードも、ものすごく素敵でしたー！」

フ「カバーか。リディ、ちょっと大人っぽくなったんじゃない？」
リ「そ、そうかな……えへへ。人妻オーラ出てる？」
フ「しっかり出てるよ。おかげで毎日、リディを抱きたくて大変なんだから」
リ「それ、いつも通りだよね。人妻関係ないよね？」
フ「……王太子妃編は、婚約者編で残したフラグを回収しつつ、新たなフラグを立てながら進んでいくのが基本のようです」
リ「今、絶対誤魔化したよね？　別に良いけど……って、ああ、もう頁がない！　えと、次回予告！　隣国より忍び寄る魔の手！　仮面舞踏会再来!!」
フ「リディ、焦りすぎ。さすがにその説明はザックリ過ぎると思うな。まあ、焦るリディも可愛いけどね。……ああ、では私たちはこの辺りで。また次巻、お会いできれば嬉しいです」
リ「分かりにくくて、ごめんなさい！　次もよろしくお願いいたします！」

◇◇◇

こんにちは、月神《つきがみ》サキです。

王太子妃編、いよいよ始まりました。こうして続きをお届けできるのも、皆様の応援あってのことです。本当にありがとうございます。

今後とも、どうかお付き合いいただけますように。

月神サキ　拝

王太子妃《おうたいしひ》になんてなりたくない!!
王太子妃編《おうたいしひへん》

月神サキ

2020年6月5日　初版発行
2021年4月19日　第二刷発行

著者　月神サキ

発行者　野内雅宏
発行所　株式会社一迅社
〒160-0022 東京都新宿区新宿3-1-13 京王新宿追分ビル5F
電話 03-5312-7432(編集)
電話 03-5312-6150(販売)
発売元：株式会社講談社(講談社・一迅社)
印刷・製本　大日本印刷株式会社
DTP　株式会社三協美術
装丁　AFTERGLOW

ISBN978-4-7580-9271-5

●本書は「ムーンライトノベルズ」(http://mnlt.syosetu.com/)に掲載されていたものを改稿の上書籍化したものです。
●この作品はフィクションです。実際の人物・団体・事件などには関係ありません。

MELISSA
メリッサ文庫